KB024202

Charles Bukowski

Notes of a dirty old man

ESSAYS

Notes of a dirty old man

음탕한 늙은이의 비망록

찰스 부코스키 지음

공민희 옮김

잔

차례

서문

1년도 훨씬 전에 존 브라이언이 조그만 2층짜리 월세방에서 지하신문《오픈 시티》를 창간했다. 그는 아파트로 거처를 옮기고 멜로즈애버뉴의 상업 지구로 신문사를 이전했다. 그러나 신문은 여전히 음지에 있었다. 지독하게 커다랗고 우울한 그늘 아래에. 판매 부수는 증가했지만 그만큼 광고가 들어오지 않았다. 이 도시의 더 나은 동네에《로스앤젤레스 프리 프레스》가 세워졌다. 그리고 광고를 실었다. 브라이언은 초기에 이 잡지사에서 일하며 발행 부수를 1만 6000부에서 세 배 이상 끌어 올려 자신을 적으로 만들었다. 국군을 세우고 혁명군에 들어간 셈이었다. 단순히《오픈 시티》대《로스앤젤레스 프리 프레스》의 대결이 아니었다.《오픈 시티》를 읽어 봤다면 그보다 더 큰 싸움이라는 걸 알아챌 것이다.《오픈 시티》는 큰 놈들, 가장 큰 놈들을 상대한다. 지금 거리 한가운데로 큰 놈들이 내려오는데 그들은 정말 추악하다.《오픈 시티》에서 일하는 건 재미있는 동시에 위험하다. 미국에서 가장 활기 넘치는 쓰레기 같은 신문이라 그럴 것이다. 하지만 재미와 위험은 토스트에 마가린을 발라 주지도 못하고 고양이를 먹이지도 못한다. 결국 토스트를 포기하고 고양이를 잡아먹는다.

브라이언은 미치광이 이상주의자이자 낭만주의자다. 그는 아기 예수의 거시기와 불알을 색칠하는 데 이의를 제기했다는 이유로《헤럴드 이그제미너》를 그만두었거나, 혹은 잘렸거나, 아니면 그곳에서 거지 같은 일이 많이 일어났기에 그만두고 잘렸을 수도 있다. 크리스마스 호 표지가 문제였다. "게다가 그건 내 하느님이 아니라 그들의 하느님이잖아." 존은 당당하게 말했다.

이 특이한 이상주의자이자 낭만주의자가《오픈 시티》를 창간한 이유였다. "우리 잡지에 일주일에 한 번씩 칼럼을 써 줄래?" 그가 붉은 턱수염을 긁으며 즉흥적으로 물었다. 알다시피 다른 칼럼이나 칼럼니스트들을 떠올려 보면 끔찍하게 재미없는 일이었다. 하지만 난 일을 시작했고 칼럼이 아니라 A.E. 하츠너가 쓴《파파 헤밍웨이》를 비평했다. 그리고 어느 날 경마가 끝난 뒤 자리에 앉아 '음탕한 늙은이의 비망록'이라는 제목을 쓰고 맥주를 한 병 땄고, 알아서 글이 술술 풀렸다. 살짝 무딘 칼날로 긴장하며 조심스럽게 후벼 파지도 않았다. 그런 건《디 애틀랜틱 먼슬리》칼럼에서나 필요하다. 평범하고 부주의한 잡지 기사처럼 쓴 것도 아니었다. 부담감이 전혀 없었다. 그냥 창가에 앉아 맥주를 홀짝거리며 나오는 대로 썼다. 머릿속에 떠오르는 대로 쓰고 싶은 걸 썼다. 그리고 브라이언은 결코 문제가 되지 않았다. 그는 처음에 쓴 몇 꼭지를 건네자 대충 훑어보고는 "좋아, 신문에 넣자."라고 할 뿐이었다. 얼마 지나서 원고를 넘겼을 때도 읽어 보지 않은 채 내 글을 보관함에 밀어 넣고 말했다. "신문에 넣을게. 어떻게 지내?"

그 후론 '넣는다'는 말도 하지 않았다. 그에게 원고를 넘기면 그걸로 끝이었다. 덕분에 글을 쓰는 데 도움이 되었다. 나 자신에 대해 생각할 수 있기 때문이다. 즐겁게 쓸 수 있는 것이라면 무엇이든 쓰는 완전한 자유가 생겼다. 실제로 즐거운 시간을 보냈는데 가끔은 심각해지기도 했다. 그리고 몇 주가 흐르면서 글이 점차 나아지는 느낌을 받았다. 이 책에 수록한 글은 대략 14개월 치 칼럼에서 추려 낸 것이다.

칼럼을 쓰느라 시는 엉망이 되었다. 시가 받아들여지고 출간되기까지 2~5년이 걸리는 데다 결코 나오지 못하거나, 유명한 시인의 작품처럼 정확하게 토씨 하나 빼먹지 않고 나중에 나올 확률도 반반인데, 알다시피 세상은 그리 호락호락하지 않다. 물론 시만의 문제가 아니다. 너무 많은 쓰레기가 시를 쓰고 출간하려 들기 때문이다. 반면 이《비망록》은 맥주 한병을 끼고 앉아 금요일 혹은 토요일 혹은 일요일에 타이핑하면 다음 주 수요일날 로스앤젤레스 전역에 글이 깔린다. 내 것이든 다른 사람 것이든 시를 한 번도 읽어 보지 못한 사람들에게 편지를 받았다. 집으로 찾아오는 사람들도 있었다. 사실 너무 많은 사람이 찾아와 내 방문을 두드리며《음탕한 늙은이의 비망록》에 홀딱 반했다고 말했다. 길에서 거저 얻어 읽은 집시와 그의 아내가 찾아왔을 땐 이야기를 나누고 헛소리를 하고 술을 마시며 밤의 절반을 보냈다. 뉴욕 뉴버그에 사는 장거리 전화 교환원은 돈을 보내왔다. 그녀는 내가 맥주 좀 그만 마시고 음식을 잘 챙겨 먹기를 바랐다. 할리우드 바인가에 살며 자신을 '아서 왕'이라고 칭하는 미친 남자는 전화를 걸어서 내가 칼럼을 제대로 쓰게 도와주겠다고 제안했다. 집으로 찾아온 의사도 있었다. "당신 칼럼을 읽었는데 내가 당신을 도와줄 수 있을 것 같군요. 전에 정신과 의사로 일했죠." 당장 그를 돌려보냈다.

이 책에 담긴 칼럼이 도움이 되길 바란다. 나한테 돈을 보내주고 싶다면 받을 수 있다. 날 미워하고 싶어 해도 괜찮다. 내가 시골 대장장이였다면 나랑 자고 싶어 하지 않겠지. 난 그저 야한 이야기를 쓰는 늙은 남자일 뿐이다. 나처럼 당장 내일 아침에 폐간될지도 모르는 신문에 수록되는 이야기를 쓸 뿐이다.

이 모든 일이 너무 낯설다. 그들이 아기 예수의 거시기와 불알을 색칠하지 않았다면 이 칼럼을 읽을 일이 없었겠지. 그러니 좋게 생각하자.

찰스 부코스키

1969년

음탕한 늙은이의 비망록

어떤 빌어먹을 놈은 돈이 안 떨어졌지만, 나머지가 전부 개털이라고 해서 카드 게임이 끝났다. 난 친구 엘프와 자리에 앉아 있었다. 엘프는 어릴 때 이미 말아먹어서 몸이 다 축나는 바람에 몇 년 동안 침대에 누워 고무공을 움켜쥐는 미친 운동만 하다가 어느 날 침대 밖으로 나오니 키만큼 몸이 옆으로 퍼졌다고 했다. 그는 근육질의 야만인으로 작가가 되고 싶다면서 글을 너무 토머스 울프처럼 쓴다. 드라이저를 제외하고 역대 최악의 미국 작가인 바로 그 토머스 울프 말이다. 내가 엘프의 뒤통수를 갈기자 술병이 테이블 아래로 떨어졌다(그가 내가 인정할 수 없는 뭔 소리를 했다). 엘프가 덤빌 때 난 괜찮은 스카치를 마시는 중이었고, 그의 턱 절반과 목 아래를 갈기자 그가 다시 쓰러져서 내가 이긴 줄 알았다. 난 평상시 도스토옙스키에게 많은 걸 배우고 어둠 속에서 말러를 즐겨 듣는데, 술병을 들어 한모금 마시고 다시 내려놓은 다음 오른쪽으로 가는 척하면서 왼쪽으로 그의 벨트 아래를 가격했다. 그가 서랍장 위로 바보처럼 넘어져 거울이 깨졌고, 마치 영화처럼 우당탕 쾅 하는 소리가 나고 번쩍이고 뒤틀리고 엘프가 내 이마로 넘어지면서 난 의자에 등을 대고 떨어졌고, 싸구려 의자는 지푸라기처럼 납작해지고 난 완전히 깔려 버렸다. 난 손이 작아서 싸움을 좋아하지도 않고 그를 치울 수도 없었다. 그는 멍청하고 별볼일 없이 복수에 불타는 인간처럼 덤볐다. 대략 1 대 3 정도로 그리 잘 싸운 건 아니지만 그가 포기하지 않는 통에 가구들이 사방에서 부서지고 엄청나게 큰 소리를 냈다. 집주인 여자, 경찰, 하느님, 누구든지 이 빌어먹을 짓을 멈춰 주길 바랐지만 싸움은 계속 또 계속되었고, 그러다 난 기억을 잃어버렸다.

일어나 보니 해가 중천에 떴고 난 침대 밑에 누워 있었다. 거기서 나오니 다행히 두 발로 설 수 있었다. 턱 아래 크게 베인 상처가 났고 주먹이 다 벗겨졌다. 난 끔찍한 숙취를 겪어 봤는데 깨어나는 게 끔찍한 장소도 있다. 감옥이냐고? 그럴 수도 있다. 주위를 살펴보았다. 진짜다. 모든 것이 부서지고 더럽혀지고 산산조각이 났다. 재떨이가 쏟아진 것은 물론 램프, 의자, 서랍장, 침대 모두 끔찍하게 들이받히는 등 제대로 된 게 하나도 없이 전부 다 더럽게 끝나 버렸다. 물을 좀 마신 뒤 옷장으로 걸어갔다. 돈은 여전히 그 자리에 있었다. 카드 게임을 하다가 열 받을 때마다 옷장으로 집어 던진 10달러, 20달러, 5달러가. 돈 때문에 싸움이 시작되었다는 게 기억났다. 초록색 지폐를 다 모아서 지갑에 넣었고, 기울어진 침대 위에 보드지로 만든 여행가방을 올린 다음 얼마 되지 않는 내 쓰레기를 싸기 시작했다. 일할 때 입는 셔츠, 바닥이 구멍 난 뻣뻣한 신발, 더럽고 질긴 스타킹, 무릎 나온 바지, 샌프란시스코 오페라 하우스에서 게를 잡는 단편소설, 스리프티 드러그 스토어에서 구입한 닳아 빠진 사전까지. '재생: 생활사에서 원래의 단계로 되돌아가는 것.'

낡은 자명종은 다행히 멀쩡했고, 난 술이 덜 깬 아침마다 오전 7시 30분을 가리키는 시계를 쳐다보며 얼마나 일을 땡땡이칠까? 일을 땡땡이쳐! 하고 생각했던가. 아무튼 시계가 4시를 알렸고, 그걸 여행가방에 집어넣으려는데 분명히 그 순간 누가 방문을 두드렸다.

누구세요?

부코스키 씨?

네. 무슨 일입니까?

침대 시트를 갈아 주려고요.

아니, 오늘은 괜찮아요. 몸이 좀 안 좋아서.

어머, 어떡해요. 그래도 내가 들어가서 시트만 좀 갈게 해 주겠어요? 금방 갈게요.

아니, 아뇨. 너무 아파서요. 몸이 아주 안 좋아요. 이런 몰골을 보이고 싶지 않군요.

이런 대화가 계속 오갔다. 그녀는 침대 시트를 갈아 주고 싶다고 했다. 난 싫다고 했고 그녀는 갈아 주고 싶다고 말했다. 그렇게 계속했다. 뭐 이런 집주인 여자가 다 있는지. 대단하다. 그녀는 계속 말 말 말을 떠들어 댔다. 난 그 집에 산 지 2주밖에 되지 않았는데. 아래층에는 술집이 있다. 사람들이 날 보러 왔는데 내가 집에 없으면 집주인 여자가 알려 주었다. "부코스키 씨는 아래층 술집에 있어요. 항상 아래층 술집에 있어요."
그러면 사람들이 물었다. "세상에, 이봐, 네 집주인 여자는 대체 뭐 하는 사람이야?"

그녀는 덩치 큰 백인 여성으로 백인들은 꿈도 못 꿀, 심지어 나라도 상상조차 할 수 없는 사람을 속여먹는 필리핀 놈들을 상대했다. 이 필리핀 것들은 조지 래프트를 따라 넓은 챙 모자에 어깨 뽕이 들어간 옷을 입고 다닌다. 그들은 한때 패션을 선도한 스틸레토 힐 가죽 구두를 신었으며 느끼하고 사악한 얼굴을 했는데 지금은 다 어디로 갔을까?

아무튼 마실 게 아무것도 없어서 몇 시간 동안 가만히 앉아 있었더니 미칠 지경이었다. 안절부절못하고 울퉁불퉁 엉망인 채로 쉽게 번 450달러가 있지만 생맥주 한 잔도 사 마실 수가 없었다. 해가 지길 기다렸다. 죽음이 아니라 어둠을 기다렸다. 밖으로 나가고 싶었다. 나가서 한잔 걸치고 싶었다. 마침내 용기를 냈다. 고리를 걸어 둔 상태로 문을 살짝 열어 보니 복도에 조그만 필리핀 협잡꾼이 손망치를 들고 서 있었다. 내가 문을 열자 그가 망치를 들어 올리곤 씩 웃어 보였다. 문을 닫자 입에서 압정을 빼내 1층과 밖에 나가는 유일한 문으로 이어지는 계단의 러그에 박고 두들기는 척했다. 그 일이 얼마나 걸릴지 모르겠다. 같은 행동이 계속되었다. 내가 문을 열 때마다 그가 망치질을 멈추고 웃어 보였다. 빌어먹을 협잡꾼! 그는 그냥 맨 위 계단에 가만히 있을 뿐이었다. 난 점점 미치기 시작했다. 땀이 흐르고 몸에서 냄새가 났다. 작은 원들이 돌고, 돌고, 돌았고 천장에서 빛이 번쩍거렸다. 정말로 내 나사가 풀린 것 같은 기분이 들었다. 난 걸음을 옮겨서 여행가방을 집었다. 챙겨 다니기 수월한 쓰레기들 그리고 타자기도 챙겼다. 한때는 친구였지만 이제 의절한 자의 아내에게 빌린 휴대용 강철 타자기다. 기분 좋은 단단한 감촉을 지녔다. 회색에 납작하고 무겁고 조심스럽고 지극히 평범하다. 내 눈동자가 머리 뒤로 넘어갔고, 마침내 문의 걸쇠를 벗기고 한 손에는 여행가방, 다른 손에는 훔친 타자기를 들고 기관총 소리가 나는 곳, 아침 햇살을 애도하고 빻은 밀이 오그라드는, 모든 것의 마지막을 향해 돌진했다.

이봐요! 어디 가요?

조그만 협잡꾼이 한쪽 무릎을 펴기 시작했고 망치를 들어올렸고 그때 망치 위로 전등 빛이 깜박였다. 그것이 내게 필요한 전부였다. 나는 왼손에 여행가방, 오른손에 휴대용 타자기를 든 상태이고 그는 내 무릎 아래에 선 완벽한 자세였기에 약간의 분노를 담아 엄청나게 정확한 움직임으로 팔을 휘둘러 타자기의 평평하고 무겁고 단단한 쪽으로 그의 옆머리, 두개골, 안구, 그의 존재를 따라서 세게 때렸다.

모든 것이 우는 듯 빛이 반짝하더니 잠잠해졌다. 난 갑자기 건물 밖, 보도에 있었고 어느새 그 많은 계단을 다 내려온 것이다. 행운처럼 노란색 택시가 보였다.

택시!

차에 올라탔다. 유니언스테이션으로 갑시다.

아침 공기를 가르는 타이어 소리가 조용하니 좋았다. 아니, 잠시만요. 나는 생각을 바꿨다. 버스 터미널로 가 주세요.

무슨 일이슈? 기사가 물었다.

막 아버지를 죽였어요.

댁의 아버지를 죽였다고?

예수 그리스도의 이름을 못 들어 봤어요?

당연히.

그럼 갑시다. 버스 터미널로.

버스 터미널에 앉아 뉴올리언스로 가는 버스를 타기 위해 한 시간 동안 기다렸다. 내가 그 인간을 죽였는지 궁금했다. 마침 내 타자기와 여행가방을 들고 버스에 올랐다. 타자기가 내 머리 위로 떨어지는 걸 원치 않아서 멀리 떨어진 선반에 쑤셔 넣었다. 술을 엄청 마신 데다 포트워스 출신 빨강 머리와 일이 좀 있어서 더 길게 느껴진 여정이었다. 나 역시 포트워스에 내렸지만 그녀는 어머니와 살았기에 난 방을 얻어야 했고, 우연히 사창가에 방을 잡았다. 밤새도록 여자들이 소리를 질러 댔다. "이봐! 아무리 돈을 준다고 해도 그걸 내 속에 넣을 순 없어!" 밤새도록 변기 물 내리는 소리가 들렸다. 문이 열리고 닫혔다.

빨강 머리는 착하고 순진했다. 더 나은 남자를 만날 수도 있었다. 아무튼 난 그녀의 바지 안에 손도 못 넣어 보고 도시를 떠났다. 그리고 마침내 뉴올리언스에 도착했다.

그건 그렇고 엘프를 기억하는가? 내 방에서 싸운 남자 말이다. 사실 그는 전쟁터에서 기관총에 맞아 사망했다. 그가 죽기 전까지 3~4주간 병상 신세를 졌다는 이야기를 들었다. 그리고 가장 이상한 점은 그가 내게 말하기를, 아니 그가 내게 이렇게 물었다는 것이다. "어떤 멍청한 자식이 기관총으로 날 두 동강 냈다면 어쩔래?"

"그건 네 탓이지."

"있잖아, 네가 빌어먹을 기관총 앞에서 안 죽을 걸 난 알아."

"빌어먹을 네 말이 맞아. 안 죽지. 정부가 나서지 않는 이상."

"마음에도 없는 소리 하지 마! 네가 조국을 얼마나 사랑하는지 아는데. 네 눈을 보면 알 수 있어! 사랑이지, 진짜 사랑!"

그때 난 처음으로 그를 때렸다.

다음은 내가 말해 준 그대로다.

뉴올리언스에 도착해서 내가 살 곳이 사창가가 아닌지 확인했다. 물론 도시 전체가 사창가처럼 보이기는 했지만 말이다.

*

우리는 또다시 야구 경기를 7 대 1로 패하고 사무실에 앉았다. 시즌이 반쯤 끝난 현재 바닥을 치는 25패째라 이번이 내가 블루스 팀 매니저로 뛰는 마지막 시즌이라는 걸 알았다. 우리의 리딩 히터는 타율이 0.243이고 리딩 홈런맨은 6점을 기록했고 리딩 피처는 7회와 10회에서 방어율 3.95를 기록했다. 늙은 핸더슨이 책상 서랍에서 맥주를 꺼내 자기 몫을 마시고 내게 넘겨 주었다.

"무엇보다." 핸더슨이 입을 열었다. "2주 전에는 오늘보다 더 최악이었어."

"세상에, 유감이군요, 보스."

"날 보스라고 부를 날이 얼마 없을 거야."

"알아요. 하지만 야구를 아는 매니저라면 어느 누구도 마지막에 그런 패를 꺼내지 않을 거예요." 나는 말하고 나서 술병의 3분의 1을 들이켰다.

"그리고 더 심각한 건데, 날 이렇게 만든 사람이 아내인 것 같아." 핸더슨이 자조적으로 말했다.

난 웃어야 할지 어째야 할지 몰라서 가만히 있었다.

그때 아주 조심스럽게 사무실 문을 노크하는 소리가 났고 문이 열렸다. 등에 종이 날개를 붙인 머저리가 들어왔다.

열여덟쯤 되어 보이는 청년이 용건을 말했다. "여러분의 팀을 도와주려고 왔어요."

그는 커다란 종이 날개를 달고 있어서 정말 바보 같았다. 양복에 구멍을 내고 날개를 등에 풀로 붙였거나 끈을 걸어 달았거나 뭐 그렇게 했다.

"이봐." 핸더슨이 나섰다. "당장 여기서 꺼져! 방금 경기장에서 충분히 코미디를 보여 주고 오는 길이야. 거리낌 없이. 사람들은 공원 바로 밖에서 우리를 비웃었지. 그러니 당장 썩 꺼지라고!"

청년이 팔을 뻗어 맥주를 한 모금 마시고는 다시 술병을 내려놓았다. "핸더슨 씨, 난 당신의 기도에 답해 주러 왔습니다."

"이봐, 젊은이." 핸더슨이 충고하듯 말했다. "술을 마시기엔 너무 어려."

"난 보기보다 나이가 있어요." 청년이 대답했다.

"그렇다면 나한테 널 좀 늙어 보이게 해 줄 무기가 있지!" 핸더슨이 책상 아래 작은 버튼을 눌렀다. 불 크론카이트가 온다는 소리였다. 불이 사람을 죽인 적도 있다고는 말 못 하겠지만, 그에게 붙잡혀서 고무처럼 늘어나 불 더럼(Bull Durham) 담배 꼴이 나지 않는다면 운이 좋은 것이다. 불이 문을 열자 문 한쪽 경첩이 뜯어지다시피 했다.

"어느 쪽입니까, 보스?" 그가 바보 같은 긴 손가락을 꺾으며 사방을 살폈다.

"종이 날개를 단 머저리." 핸더슨이 대답했다.

그러자 불이 움직였다.

"내 몸에 손대지 말아요." 종이 날개를 단 머저리가 말했다.

불이 들려들자, 맙소사, 머저리가 날기 시작했다! 그는 날개를 퍼덕이며 천장까지 올라갔다. 핸더슨과 나는 둘 다 술을 집으려고 팔을 뻗었지만 핸더슨이 더 빨랐다. 불은 무릎으로 털썩 쓰러졌다.

"하늘에 계신 아버지, 자비를 베풀어 주세요! 천사다! 천사가 나타났다!"

"바보 같은 소리 좀 하지 마!" 천사가 이리저리 날아다니며 말했다. "난 천사가 아니야. 난 그냥 블루스 팀을 도와주고 싶어서 온 거야. 기억이 생긴 이후로 쭉 블루스 팬이거든."

"알았으니 내려와요. 사업 이야기를 해 봅시다." 핸더슨이 제안했다.

천사 혹은 정체가 뭐든 간에 그자가 아래로 내려와 의자에 착지했다. 불은 그자의 신발과 양말 뭐 그런 것을 벗기고 맨발에 입을 맞추기 시작했다.

핸더슨이 몸을 구부리고 아주 혐오스러운 태도로 불의 얼굴에 침을 뱉었다. "썩 꺼져, 이 정신병자야! 그런 감상적인 꼬락서니는 보고 싶지 않다고!"

불이 얼굴을 닦고 조용히 자리를 떴다.

핸더슨이 책상 서랍을 뒤적거렸다.

"제기랄, 여기 어디에 계약서가 있었는데!"

그는 계약서를 찾는 동안 또 다른 술병을 찾아서 셀로판지 포장을 벗기며 청년을 쳐다보았다.

"말해 봐. 인사이드 커브를 칠 수 있어? 아웃사이드는? 슬라이드는?"

"알게 뭐예요." 날개 달린 청년이 말했다. "그냥 쭉 숨어 있었어요. 신문에서 읽은 거랑 TV에서 본 것만 알 뿐이에요. 그래도 항상 블루스 팬이고 이번 시즌에 대해 아주 안타깝게 생각해요."

"숨어 있었다고? 어디서? 날개 달린 남자는 브롱크스의 엘리베이터에 숨지 못해! 무슨 마약을 한 거야? 그건 어떤 건데?"

"핸더슨 씨, 자세한 건 다 말씀드릴 수 없어요."

"그건 그렇고 자네 이름이 뭐지?"

"지미, 지미 크리스핀이에요. 그냥 J.C.라고 불러요."

"이봐, 지금 뭘 하자는 거야? 날 놀려 먹겠다는 거야?"

"아니, 아닙니다, 핸더슨 씨."

"그렇다면 악수해!"

둘은 악수했다.

"제기랄, 손이 확실히 차! 뭐 좀 먹었어?"

"오후 4시경에 감자튀김이랑 맥주랑 치킨을 먹었어요."

"한잔해."

핸더슨이 내 쪽으로 몸을 돌렸다.

"베일리?"

"네?"

"내일 오전 10시까지 빌어먹을 야구단 전원 다 공원으로 모이라고 해. 한 명도 빠짐없이. 원자탄 이후로 가장 큰 놈이 들어온 것 같아. 자, 이제 그만 가서 잠 좀 자자고. 잘 곳은 있어, 젊은이?"

"그럼요."

J.C.는 계단을 내려갔고 우리는 그 자리에 남았다.

우리는 공원에 집결했다. 야구단 말고는 아무도 없었다. 단원들은 술이 덜 깨서 날개 달린 청년을 보고도 홍보용 개그 혹은 홍보를 위한 연습일 거라고 생각했다. 선수들이 자리를 잡았고 청년이 본루에 섰다. 청년이 3루 베이스라인을 찍고 1루로 날아왔을 때 선수들의 충혈된 눈이 활짝 뜨이는 걸 봐야 했는데! 그가 터치다운을 하고 3루 주자가 공을 던지기도 전에 청년은 2루로 날아갔다.

이른 10시의 햇살 아래서 모두가 술렁였다. 블루스 같은 팀에서 뛴다는 건 제정신이 아니라는 뜻이지만 이번엔 달랐다.

그리고 우리가 본루에 세워 둔 배트보이에게 투수가 공을 던질 준비를 했을 때 J.C.가 3루로 날아갔다! 그리고 빠르게 들어왔다! 아침에 알카 셀처 두 알을 먹을 시간이 있었다 해도 날개를 볼 수 없었을 거다. 공이 본루로 들어왔을 때 그는 날아서 본루에 이미 진입했다.

우리는 J.C.가 외야 전역에서 뛸 수 있다는 걸 알았다. 그가 나는 속도는 굉장했다! 우리는 외야수 둘을 더 데려가서 내야에 세웠다. 유격수 두 명, 2루수 두 명이 생긴 것이다. 우리의 실력이 엉망이어서 완전 끔찍했다.

그날 저녁이 우리가 지미 크리스핀을 외야에 세운 첫 경기였다.

나는 사무실로 들어오자마자 벅시 말론에게 전화를 걸었다.

"벅시, 블루스가 이길 가능성이 얼마야?"

"전혀 없어. 그건 번외 내기야. 1만 대 1이라고 해도 블루스에 걸 바보는 없어."

"그럼 얼마를 딸 수 있는데?"

"진심으로 묻는 거야?"

"응."

"250 대 1이야. 1달러를 걸려는 거 아니지?"

"1000달러."

"1000달러! 잠시만! 두 시간 안에 전화할게."

1시간 45분 뒤 전화가 왔다.

"좋아, 받아 주지. 1000달러 정도는 늘 융통할 수 있으니까."

"고마워, 벅시."

"천만에."

그날 저녁 경기를 결코 잊지 못할 거다. 사람들은 우리가 관중을 모으기 위해 웃긴 스턴트맨을 썼다고 생각했다. 하지만 지미 크리스핀이 하늘을 날아오르고 센터필드 왼쪽에서 3미터 높이로 펜스를 넘기는 홈런을 치자 비로소 진짜 경기가 시작되었다. 벅시는 이리저리 다니며 수치를 확인하느라 바빴고, 난 그의 박스석에서 그를 지켜보았다. J.C.가 날아올라 공을 잡자 벅시는 입에 문 5달러짜리 시가를 떨어뜨렸다. 규정집에 날개 달린 남자는 야구를 할 수 없다는 말이 없기에 우리는 그 점을 물고 늘어졌다. 아무튼 우리는 쉽게 이겼다. 크리스핀이 네 차례나 득점했다. 상대 팀은 우리 내야에서 공을 전혀 치지 못했고 외야에서도 속수무책이었다.

그리고 경기가 이어졌다. 관중들이 물밀듯이 들어왔다. 하늘을 나는 남자를 보는 것만으로 그들은 열광했지만 사실 우리가 이미 25경기에서 졌고 남은 시간이 별로 없다는 점도 계속 관중이 몰리는 이유였다. 관중들은 데크에서 벗어나는 남자를 보는 걸 좋아했다. 블루스 팀이 주도했다. 기적과도 같은 시간이었다.

《라이프》에서 지미를 인터뷰하러 왔다.《타임》《룩》에서도. 지미는 언론에 아무 말도 하지 않았다. 다만 이렇게 말했다. "난 그냥 블루스 팀이 우승하는 걸 보고 싶을 뿐입니다."

그러나 우승은 수학적으로 상당히 어려웠다. 동화의 결말처럼 시즌 마지막 경기가 다가왔는데 공동 1위를 달리는 벵갈스와 붙어서 이기면 바로 끝이었다. 우리는 지미가 팀에 들어온 뒤로 져 본 적이 없었다. 난 상금 25만 달러에 꽤 근접했다고 생각했다. 매니저라는 작자가 참!

마지막 날 밤 경기 직전 늙은 핸더슨과 둘이 사무실에 있었다. 계단을 오르는 소리가 나고 누군가 문을 열고 들어와 넘어졌다. 술에 취한 J.C.였다. 그의 날개가 사라지고 잘린 기둥만 남았다.

"빌어먹을 놈들이 내 날개를 잘랐어요! 내게 여자를 붙여서 호텔로 데려갔어요. 빌어먹을 여자! 헐렁한 주제에! 내게 술을 엄청 먹였어요! 난 그녀 위로 올라갔고 놈들이 내 날개를 자르기 시작했어요. 움직일 수 없었어요! 내 불알도 못 챙겼으니까! 이런 웃긴 일이! 그러는 내내 한 놈이 뒤에서 시가를 피우고 비웃고 자지러졌어요……. 세상에, 진짜 예쁜 여자였는데 이해가 되지 않아요……. 아, 제기랄……."

"이봐, 애송이, 너는 그녀와 잠자리한 첫 번째 남자가 아니잖아. 그녀가 피를 흘리던?" 핸더슨이 물었다.

"아뇨. 그냥 뼈만 있었어요. 하지만 너무 슬퍼요. 내가 당신을 실망시키고 블루스 팀을 실망시켰으니 기분이 너무너무 끔찍해요."

우리 선수들이 끔찍한 기분일까? 난 25만 달러를 날렸는데.

난 책상에서 술을 마저 마셨다. J.C.는 너무 취해 경기도 할 수 없고 날개도 없었다. 핸더슨은 책상에 고개를 숙인 채 울기 시작했다. 난 맨 아래 서랍에서 그의 독일제 반자동 권총을 찾았다. 그걸 코트 속에 집어넣은 뒤 건물을 빠져나와 예약석으로 갔다. 그리고 벅시 말론과 그 옆의 아름다운 여성 바로 뒤에서 총을 꺼냈다. 핸더슨의 총이고 핸더슨은 지금 죽은 천사와 죽겠다며 술을 마시고 있다. 그는 이 총이 필요 없을 것이다. 팀은 내가 필요하지 않을 테고. 나는 선수 대기석으로 전화를 걸어 배트보이든 누구든 대신 나가라고 지시했다.

"안녕, 벅시." 내가 말을 걸었다.

여긴 우리 홈구장이라 그쪽이 먼저 타석에 들어선다.

"자기네 중견수는 어디 갔어? 안 보이는데." 벅시가 5달러짜리 시가에 불을 붙였다.

"우리 중견수는 네가 준 3.5달러짜리 시어스로벅 쇠톱 덕에 하늘나라로 돌아갔어."

벅시가 웃음을 터뜨렸다. "나 같은 남잔 노새의 눈에 오줌을 눌 수도 있고 민트줄랩 칵테일을 만들 수도 있어. 그래서 내가 이 자리에 있는 거야."

"저 아름다운 여잔 누구야?" 내가 물었다.

"아, 이쪽은 헬레나야. 헬레나, 이 사람은 팀 베일리야. 최악의 야구 매니저지."

헬레나는 나일론처럼 매끄러운 다리를 꼬았고 그 모습을 보니 크리스핀을 완전히 용서할 수 있었다.

"만나서 반가워요, 베일리 씨."

"네."

경기가 시작되었고, 옛날로 돌아갔다. 7회에 우리는 10 대 0으로 뒤처졌다. 벅시는 완전히 흥이 올라서 넙데데한 다리를 그녀에게 비비며 온 세상을 손안에 넣은 듯 보였다. 그가 날 돌아보며 5달러짜리 시가를 건넸다. 난 시가에 불을 붙였다.

"그 젊은이가 정말 천사였어?" 그가 실실 쪼개며 물었다.

"자길 'J.C.'라고 부르라는데 알 게 뭐야."

"인간은 신과 엮일 때마다 거의 다 이긴 것 같아." 벅시가 냉소적으로 말했다.

"모르겠어." 내가 말을 이었다. "그래도 한 사람의 날개를 잘라 버린 건 그의 성기를 자른 것과 같다는 걸 알았어."

"그럴지도 모르지. 하지만 내가 볼 때 강한 자가 살아남는 거야."

"아니면 죽음이 모든 걸 멈추거나. 어느 쪽이지?"

나는 권총을 꺼내 그의 뒤통수를 겨눴다.

"세상에, 베일리! 정신 차려! 내가 딴 돈 절반을 줄게! 아니, 전부 다 줄게! 이거 전부 다. 그러니까 머리에서 총만 좀 치워 줘!"

"죽이는 것이 강한 거라면 강한 게 뭔지 맛 좀 봐!"

난 방아쇠를 당겼다. 끔찍했다. 루거 권총이었다. 달걀껍데기 같은 머리 일부와 뇌와 피가 사방에 튀었다. 내게도, 나일론처럼 매끄러운 그녀의 다리와 옷에도……

경기가 한 시간 지연되었고 그동안 선수들이 우리를 그 자리에서 빼냈다. 죽은 벅시, 미쳐서 발광하는 그의 여자 그리고 나를. 그런 다음 선수들은 경기를 마무리 지었다.

신이 인간을 이기고, 인간이 신을 이기고. 모든 것이 다 상해 가는 와중에도 어머니는 딸기를 고스란히 남겨 두었다.

다음 날 감방에 있는데 간수가 신문을 건넸다.

"블루스가 14회까지 끌고 간 끝에 12 대 11로 이겨서 우승을 차지했어."

난 8층 높이에 있는 감방 창문으로 걸어갔다. 그리고 신문을 돌돌 말아서 감옥 창살 틈으로 밀어 넣었다. 창살 사이로 밀어 넣고 거칠게 움직이자 신문이 아래로 떨어지면서 종이가 펴지고 날개가 달린 것처럼 낙하하는 모습을 지켜보았다. 뭐, 허튼소리인 건 알지만 접히지 않은 종이가 둥둥 떠다니며 바다를 향해, 희고 푸른 파도를 향해 날아갔고 난 그걸 만져 볼 수 없었다. 신은 항상 그리고 계속 인간을 이기고 더러운 기관총이거나 클레의 그림이거나 어떤 형태든 될 수 있다. 아무튼 지금 그 나일론 다리는 또 다른 빌어먹을 놈을 감고 있겠지. 말론은 내게 25만 달러를 빚졌고 날개가 있는 J.C., 날개가 없는 J.C., 십자가 위의 J.C.에게 배상을 하지 못했다. 나는 여전히 좀 살아 있어서 다시 바닥을 가로질러 뚜껑이 없는 감방 요강에 앉아 똥을 누기 시작했다. 메이저리그 매니저 출신의 죄수로. 바람이 창살을 통해 살짝 들어왔다가 슬쩍 빠져나갔다.

*

거긴 더웠다. 난 피아노로 걸어가서 연주했다. 피아노를 칠 줄 모른다. 그냥 건반을 때렸다. 누군가 소파에서 춤을 추었다. 그리고 피아노 아래를 내려다보니 여자애가 엉덩이까지 원피스가 말려 올라간 채로 뻗어 있었다. 난 한 손으로 연주하고 다른 한 손을 아래로 내려 손끝에 집중했다. 음악이 구려서인지 느낌 때문인지 여자애가 깼다. 그리고 피아노 아래서 밖으로 나왔다. 소파에서 춤추던 사람들이 멈췄다. 난 소파로 가서 15분 동안 잤다. 이틀 낮밤을 꼬박 새운 터였다. 너무 더웠다. 일어나서 커피잔에 토했다. 잔이 꽉 찼고 난 다시 소파에 누웠다. 누군가 커다란 냄비를 들고 왔다. 때맞춰. 이번엔 그 냄비에 게워 냈다. 속이 쓰렸다. 모든 것이 쓰렸다.

자리에서 일어나 욕실로 들어갔다. 남자 둘이 홀딱 벗고 있었다. 한 남자가 면도 크림과 빗을 들고 다른 남자의 성기와 불알에 거품을 내는 중이었다.

"저기, 난 똥을 눠야 해." 내가 그들에게 말했다.

"그렇게 해요." 거품을 발린 쪽이 말했다. "우리가 방해하지 않을게요."

난 변기로 가서 앉았다.

28

빗을 든 남자가 거품을 바른 남자에게 말했다. "심슨이 클럽 86 프로그램에서 잘렸대."

"KPFK." 다른 남자가 설명했다. "거기엔 더글러스 에어크 래프트, 시어스 로벅, 스리프티 드러그 스토어를 합한 것보다 직원이 많을 거야. 인문, 정치, 예술을 망라하고 미리 정해 놓은 콘셉트에서 말 한 마디, 문장 하나라도 벗어나면 끝이지. KPFK에서 유일하게 안전한 인간은 엘리엇 민츠뿐이야. 그는 장난감 아코디언 같아. 아무리 쥐어짜도 같은 소리가 나거든."

"이제 계속해." 빗을 가진 남자가 말했다.

"뭘 말이야?"

"네 성기가 단단해질 때까지 비비라고."

난 큰 덩어리를 떨어뜨렸다.

"세상에!" 빗을 들었던 남자가 말했다. 그는 더 이상 빗을 들고 있지 않았다. 빗을 세면대에 던져 버렸다.

"뭐가 세상엔데?" 다른 남자가 물었다.

"나무망치처럼 성기에 머리가 있잖아!"

"전에 사고가 있었어. 그래서 그래."

"나도 그런 사고를 당해 봤으면."

난 또 다른 덩어리를 떨궜다.

"이제 계속해."

"뭘 말이야?"

"앞으로 구부려서 허벅지 사이로 밀어 넣어."

"이렇게?"

"좋아."

"이제 어쩌라고?"

"배를 아래로 내려. 밀어 넣어. 앞뒤로. 다리를 꽉 조여. 그거야! 알겠지! 그러면 절대 여자가 필요 없어!"

"세상에, 해리, 이건 여자 거시기 같지 않아! 나한테 뭘 한 거야? 나한테 개수작을 부린 거잖아!"

"연습하면 괜찮아! 알게 될 거라고! 그럴 거야!"

난 똥을 닦고 물을 내린 다음 욕실을 나왔다.

그리고 냉장고로 가서 맥주캔을 또 꺼내 들었다. 두 캔을 챙겨서 둘 다 딴 다음 한 개를 먼저 마시기 시작했다. 내가 노스할리우드 어딘가에 있다는 걸 알았다. 빨강 깡통 헬멧을 쓰고 수염이 60센티미터쯤 자란 남자 맞은편에 앉았다. 그는 며칠간 폭주하다가 속도가 줄어들었고 결국 나가떨어졌다. 하지만 아직 잠들 단계는 아니고 그냥 슬프고 공허한 단계에 있었다. 다시 사람들과 어울리고 싶을 텐데 아무도 아무것도 보여 주지 않았다.

"안녕, 빅 잭." 내가 인사를 건넸다.

"부코스키, 나한테 40달러 빚졌어." 빅 잭이 상기시켰다.

"있잖아, 잭, 며칠 전에 20달러를 갚아 준 것 같은 생각이 드는데. 진짜로 그래. 20달러를 준 것 같아."

"근데 기억 못 하는 거지, 그런 거지, 부코스키? 그때 술에 취했으니까. 그러니까 생각이 안 나지!"

빅 잭은 술 이야기만 나오면 꼭 민감하게 굴었다.

옆에 앉은 빅의 여자친구 매기가 끼어들었다. "빅에게 20달러 준 거 맞아요. 하지만 그건 당신이 술을 더 마시고 싶어서였죠. 우리는 같이 나갔고, 우리가 당신에게 술을 사 주고 잔돈도 줬어요."

"그렇구나. 근데 여긴 어디야? 노스할리우드?"

"아니, 패서디나예요."

"패서디나라고? 믿을 수 없어."

난 사람들이 커다란 커튼 뒤로 들어가는 걸 지켜보았다. 어떤 이들은 10분 혹은 20분 뒤에 나왔다. 결코 나오지 않는 이들도 있었다. 48시간 동안 그런 상황이 계속되었다. 난 두 번째 캔을 마시고 자리에서 일어나 커튼을 들어 안으로 들어갔다. 아주 어두운 데다 풀 냄새가 났다. 엉덩이 냄새도. 가만히 서서 어둠에 익숙해지길 기다렸다. 대부분이 남자였다. 똥구멍을 핥고 삽입하고 빨고. 내 분야가 아니었다. 난 고지식한 편이다. 남자 피트니스클럽에서 모두가 평행봉 운동을 마친 것 같은 모양새다. 그리고 정액 냄새가 풍겼다. 구역질이 났다. 피부색이 좀 밝은 흑인이 내게 다가왔다.

"이봐, 당신 찰스 부코스키지?"

"맞아."

"와! 세상에 이런 일이! 당신이 쓴 《죽은 손의 십자가》를 읽었는데, 베를렌 이후로 당신이 최고라고 생각해!"

"베를렌이라고?"

"그래, 베를렌!"

그는 팔을 뻗어 내 불알을 감쌌다. 난 그의 손을 치웠다.

"왜 그래?" 남자가 물었다.

"아니, 아직은 좀 그래서. 난 친구를 찾고 있어."

"아, 미안해……."

그는 자리를 떴다. 계속 주위를 둘러보다가 나가려는데 먼 구석에 기댄 여성이 보였다. 다리를 벌린 모습이 꽤 멍해 보였다. 가까이 다가가서 그녀를 쳐다보았다. 그리고 내 바지와 팬티를 내렸다. 그녀는 괜찮은 것 같았다. 내 걸 집어넣었다. 내가 가진 것을 말이다.

"아아아." 그녀가 입을 열었다. "좋아요. 당신은 아주 굴곡이 졌군요! 갈고리처럼!"

"어릴 때 사고를 당해서 그래. 세발자전거에 치였던가."

"아아아아아……."

나는 계속 잘하고 있는데 갑자기 볼기짝으로 무언가 쑤시고 들어왔다. 눈앞에 별이 보였다.

"이봐, 뭔 짓이야!" 내가 소리치며 그 물건을 잡아 꺼냈다. 어느 놈의 성기를 들고 서서 외쳤다. "대체 무슨 짓을 하는 거야?"

"이봐, 친구." 남자가 설명했다. "이건 커다란 카드패와 같은 게임이야. 게임에 들어오고 싶으면 어떤 카드가 나오더라도 받아야지."

난 팬티와 바지를 챙겨 입고 그 자리를 빠져나왔다.

빅 잭과 매기는 가고 없었다. 한두 명이 인사불성이 되어 바닥에 뻗었다. 난 맥주를 하나 더 가져와서 마시고 밖으로 나갔다. 경광등을 켠 경찰차처럼 햇살이 사정없이 나를 비췄다. 주차권이 꽂힌 내 차는 어느 집 진입로에 아무렇게나 걸쳐진 상태였다. 다행히 차를 빼낼 공간은 있었다. 주차장까지 가려면 얼마나 많이 걸어야 하는지 모두가 알고 있으니까. 이 정돈 괜찮다.

난 스탠다드역에 멈췄다. 거기 있던 남자가 패서디나고속도로로 올라가는 길을 알려 주었다. 집으로 차를 몰았다. 땀이 났다. 졸려서 계속 입술을 깨물었다. 우편함에 애리조나의 전처가 보낸 편지가 들어 있었다.

"……당신이 외롭고 우울한 거 알아요. 그럴 땐 브리지로 가세요. 당신이 거기 사람들을 좋아할 것 같으니까. 다는 아니더라도. 안 그러면 유니테리언교회의 시 낭독회에 가거나……"

욕조에 뜨거운 물을 받았다. 옷을 벗고 맥주캔을 찾아 반을 마신 뒤 선반에 올려놓았다. 욕조로 들어가 비누 거품을 내고 문지르고 줄과 손잡이를 툭툭 쳤다.

*

케루악의 연인 닐 C가 멕시코 철로에 누워 자살하기 직전에 만났다. 그의 눈동자는 낡은 이쑤시개 위로 튀어나온 것 같았으며 머리를 스피커에 대고 흔들다 리듬을 타고 추파를 던졌다. 흰 티셔츠를 입어서 뻐꾸기가 노래를 따라 부르는 것처럼 보였는데 마치 퍼레이드를 주도하는 사람처럼 비트를 살짝 앞섰다. 난 앉아서 맥주를 마시며 그를 지켜보았다. 여섯 개들이 맥주 두 팩을 가져왔다. 브라이언이 그걸 나눠 주었고 영화에 주인공으로 등장하는 청년 둘이 부산하게 돌아다녔다. 그 영화가 어찌됐는지 모르겠지만 아무튼 그 영화를 만든 프리스코 시인의 이름은 까먹었다. 아무도 닐 C를 알아보지 못했고 닐 C도 상관하지 않았거나 그런 척했다. 노래가 멈추자 두 청년은 자리를 떴고 브라이언이 유명 인사인 닐 C에게 나를 소개했다.

"맥주 한잔 할래요?" 내가 물었다.

닐이 한 병을 뽑아 하늘을 향해 던졌다가 다시 잡아서 뚜껑을 따고 0.5리터짜리 병을 두 모금 만에 거의 다 비웠다.

"한잔 더 해요."

"그래요."

"나만 맥주를 잘 마시는 줄 알았는데."

"난 감방을 들락거린 거친 남자예요. 당신 책을 읽었어요."

"나도 당신 걸 읽어 봤어요. 욕실 창문으로 나가서 알몸으로 풀숲에 숨은 거. 좋았어요."

"아, 그렇군요." 그는 계속 맥주를 마셨다. 절대 자리에 앉지 않았다. 계속 바닥을 서성였다. 끝없는 불빛 아래 조금 불안해 보였지만 속에 증오가 있지는 않았다. 원치 않았지만 그가 좋아진 건 케루악이 비겁한 펀치를 날려서 닐이 좀, 계속 맞았기 때문이다. 하지만 닐은 괜찮았고 다른 시각에서 보면 케루악은 그저 책을 썼을 뿐이며 닐의 엄마도 아니었다. 그저 그를 완전히 혹은 다른 식으로 파괴하는 사람일 뿐.

닐은 완전히 흥이 올라서 사방을 돌아다니며 춤을 추었다. 얼굴은 늙고 고통스러워 보였지만 신체는 열여덟이었다.

"저 애를 어떻게 해 보고 싶은 거야, 부코스키?" 브라이언이 물었다.

"좋아. 같이 나갈래요, 자기?" 닐이 내게 물었다.

다시금 그 속에 증오는 담겨 있지 않았다. 그냥 장난일 뿐.

"아니, 괜찮아요. 난 8월이면 마흔여덟이 돼요. 좋은 시절은 다 갔지."

난 그를 감당할 수 없었다.

"케루악을 마지막으로 본 게 언제죠?" 내가 물었다.

그가 1962년 혹은 1963년이라고 말한 것 같다. 아무튼 오래전이다.

나는 닐과 맥주를 마시다가 더 사러 나왔다. 사무실 일이 거의 끝나서 닐은 브라이언의 집에 있었고 브라이언이 나더러 자기 집으로 저녁을 먹으러 가자고 했다. 난 "좋아."라고 말했으며 무슨 일이 일어날지 몰랐기에 좀 들떴다.

우리가 밖으로 나갔을 때 부슬비가 막 내리기 시작했다. 도로를 엉망으로 만드는 그런 비 말이다. 난 여전히 몰랐다. 브라이언이 운전할 거라고 생각했다. 그런데 닐이 운전대를 잡았다. 난 뒷좌석에 앉았다. 브라이언이 닐과 함께 앞좌석에 탔다. 차가 움직였다. 미끄러운 길을 따라 직진하다가 모퉁이를 돌았고 닐이 좌회전인지 우회전인지 정해야 했다. 주차된 차들을 지나 머리카락처럼 좁은 갈림길이 나타났다. 머리카락만큼이라고밖에 설명할 수 없고 조금이라도 흔들렸다간 우리 모두 끝났을 것이다.

그 길을 지난 뒤 내가 실없는 소리를 내뱉었는데, 이를테면 "자, 내 거시기나 빨아!" 뭐 그런 말이었다. 브라이언은 웃었고 닐은 계속 차를 몰았다. 엄숙하지도 즐겁지도 냉소적이지도 않고 그냥 운전석에 앉아서 운전을 계속했다. 이해가 되었다. 그래야 하니까. 여긴 그의 투우장이고 그의 경주로다. 신성하고 중요한 곳이다.

선셋스트리트를 막 벗어나 북쪽 칼턴을 향하는데 고비를 만났다. 부슬비가 심해져 시야가 흐려지고 길도 더욱 미끄러웠다. 선셋스트리트를 벗어나자 닐은 곧바로 마음의 결정을 내리고 속도를 높였다. 칼턴에서 좌회전하면 브라이언네 집이다. 한 블록 남았다. 우리 앞에는 차 한 대가, 뒤에는 두 대가 있었다. 이제 속도를 늦추고 신호를 따르면 되는데 그가 행동하지 못했다. 닐이 아니라 앞차가 말이다. 운전자는 우리 앞쪽으로 빙 돌았고 난 이걸로 끝이라고 생각했다. 뭐, 상관은 없지만 정말로 전혀 상관없었다. 사람이라면 그런 생각이 들 것이고 나도 그랬다. 차 두 대가 서로 머리를 박아서 고꾸라지고 다른 한 대는 아주 가까이 붙어서 헤드라이트가 내가 앉은 자리를 환하게 비추었다. 난 마지막 순간에 다른 운전자가 브레이크를 밟았다고 생각한다. 그래서 우리 앞에 머리카락만큼의 공간이 생긴 것이다. 닐도 그걸 알았다. 그 순간에. 하지만 그게 끝이 아니었다. 우리는 아주 빠른 속도로 달렸고 할리우드대로에서 천천히 접근하던 다른 차가 칼턴 왼쪽을 막아 버렸다. 난 항상 그 차의 색을 기억할 것이다. 우리는 아주 큰일

날 뻔했다. 굴러가는 강철 덩어리처럼 덜컹거리고 육중한 낡은 청회색 쿠페다. 닐이 왼쪽으로 끼어들었다. 내 눈에는 우리가 차 중앙을 관통하려는 것처럼 보였다. 분명했다. 하지만 어찌 된 일인지 다른 차의 진행 방향과 우리가 왼쪽으로 튼 것이 완벽하게 들어맞았다. 머리카락만큼의 공간이 있었다. 다시 말이다. 닐이 주차를 했고 우리는 차에서 내렸다. 조안이 저녁을 차렸다.

닐은 접시를 깨끗이 비우고 내 것도 거의 다 먹었다. 우리는 와인도 조금 마셨다. 브라이언은 젊고 매우 똑똑한 동성애자 베이비 시터를 데리고 있었는데 지금 생각해 보니 그가 나중에 어디 록 밴드에 들어갔거나 자살했거나 뭐 그랬다. 아무튼 난 그가 지나갈 때 엉덩이를 꼬집었다. 시터는 아주 좋아했다.

난 꽤 오랫동안 닐과 술을 마시고 이야기를 나눈 것 같다. 베이비 시터는 계속 헤밍웨이에 대해 이야기하면서 날 헤밍웨이와 동급으로 쳐서 내가 집어치우라고 무질러 버렸고, 그는 제이슨을 살피러 위층으로 올라갔다.

그리고 며칠 뒤 브라이언이 전화했다. "닐이 죽었어. 닐이 죽었다고."

"뭐, 제기랄, 안 돼."

그리고 브라이언이 죽음에 대해 들려주었다. 나는 전화를 끊었다.

그게 다였다.

그렇게 위험하게 차를 몰고 그렇게 케루악과 얽히고 그렇게 감방을 들락거리고는 결국 차가운 멕시코의 달 아래에서 쓸쓸하게 죽다니 제정신인가? 보잘것없는 선인장 앞에서? 멕시코는 탄압을 받아서 나쁜 장소가 아니다. 멕시코는 그냥 나쁜 장소다. 사막의 동물들이 지켜보는 한가운데서? 발정 난 단순한 개구리들, 멍청한 멕시코의 달 아래에서 사람의 마음으로 파고들어 가만히 기다리다 덮치는 뱀들. 잽싸게 움직이는 파충류들이 흰 셔츠를 입고 모래에 누운 이 남자를 오다가다 봤을 텐데.

닐은 자신만의 움직임을 찾았고 아무에게도 해를 끼치지 않았다. 아직 젊은 거친 범죄자는 멕시코의 철길에 누웠다.

그를 만난 날 내가 말했다. "케루악이 네 인생의 다른 장들을 전부 채웠어. 난 이미 네 마지막 장을 썼고."

"계속해 봐요." 그가 명쾌하게 말했다. "쓰라고요."

이걸로 끝이다.

*

여름이 길어져 자살자들은 목을 매고 날파리가 꼬였다. 그는 1950년대의 유명한 거리시인이며 지금도 살아 있다. 나는 술병을 운하로 던져 버렸다. 여긴 베니스고 잭은 일주일째 한곳에 틀어박혀 며칠 동안 어딘가에서 낭독회를 했다. 운하는 아주 이상해 보였다.

"자살할 만큼 깊지 않아."

"그래, 네 말이 맞아." 그가 브롱크스 영화에 나오는 목소리로 말했다.

그는 서른일곱인데 매부리코에 낯빛이 어둡고 등이 굽고 혈기가 왕성하며 쉽게 흥분하는 아주 남자다운 인물이다. 미소를 지으면 유대인 같다. 어쩌면 유대인이 아닐 수도 있다. 그에게 물어보지 않았다.

그는 그들을 다 알았다. 바니가 뭐라고 한 말이 거슬려 파티에서 바니 로세의 구두에 오줌을 누었다. 잭은 긴즈버그, 크릴리, 라만시아 등을 알고 이제 부코스키도 안다.

"맞아. 부코스키가 날 보러 베니스로 왔어. 얼굴이 상처투성이더군. 어깨는 굽었고. 아주 지쳐 보이는 남자였어. 별로 입을 열지 않았는데 말을 하면 뭐, 그냥 평범했지. 그 사람이 그 모든 시집을 냈다는 사실이 믿기지 않을 거야. 우체국에 너무 오래 다녔어. 그래서 살짝 이상해진 거지. 그들이 그의 골수를 빼먹은 거야. 빌어먹을. 하지만 어떤지 알잖아. 그는 여전히 잘나가고 있어. 진짜로."

잭은 시시콜콜한 것을 다 알았고, 웃기지만 사람들이 잘 모르는 걸 아는 것도 사실이다. 그게 다 빌어먹을 헛소리인 걸 알지만 베니스운하에 앉아서 엄청난 숙취에 시달릴 때 그 말을 들으면 재미있다.

그는 책 한 권을 다 훑었다. 시인의 사진도 거의 다 봤다. 난 거기 있지 않았다. 난 늙었고 좁은 방에서 와인을 마시며 혼자 너무 오래 살았다. 사람들은 항상 은둔자가 미쳤다는 점을 알아차리는데, 그들이 옳은지도 모른다.

그는 책 한 권을 다 훑었다. 세상에, 술에 덜 깬 상태로 물가에 그렇게 앉아 있는 건 고역인데도 잭은 책을 다 훑었고 나는 사진의 햇살이 비춘 코와 귀를 보았다. 상관없지만 우리에겐 이야깃거리가 필요한데 나는 말을 잘 못하고 그는 일을 하고 있으니, 그래서 여기 빌어먹게 불쌍한 인생들이 모인 베니스 운하에 온 거란 생각이 들었다.

"이 작자는 2년 전쯤에 맛이 갔어."

"이 작자는 내 책을 내주는 대신 자기 페니스를 빨아 달라고 했어."

"그렇게 해 줬어?"

"그랬을 것 같아? 한방 날려 줬지! 이걸로!"

그가 브롱크스의 주먹을 보여 주었다.

난 웃었다. 그는 편안하고 인간미가 넘쳤다. 남자들은 동성애자가 되는 걸 두려워한다. 난 그 점에 좀 지쳤다. 그냥 다 같이 동성애자가 되고 편안해지면 어떨까. 잭을 벨트로 때리지 말고. 그는 잘 변한다. 동성애를 싫어한다고 고상하게 말하는 걸 두려워하는 사람이 너무 많다. 좌파를 싫어한다고 고상하게 말하는 걸 두려워하는 사람도 너무 많다. 내가 어느 쪽이든 상관없다. 내가 아는 건 너무 많은 사람이 두려워한다는 거다.

그래서 잭은 좋은 먹잇감이 되고 말았다. 최근에 지성인을 너무 많이 봐 왔다. 입을 열 때마다 주옥같은 말을 내뱉는 소중한 지성인들에게 진짜 신물이 난다. 신경 쓰지 않으려고 속으로 계속 숨 쉴 자리를 만드는 데 이골이 난다. 그래서 오랫동안 사람들과 떨어져 지냈으며, 지금 사람을 만나 보고 다시 내 동굴로 들어가야 한다는 것을 알았다. 마음에 걸리는 게 더 있다. 곤충과 야자수와 후추통인데 내 동굴에 후추통을 갖다 놓을 거라 생각하니 웃겼다.

사람은 항상 배신한다.

그러니 절대 사람을 믿어서는 안 된다.

"시 문단은 전부 동성애자와 좌파가 꾸려 가고 있어." 그가 운하를 들여다보며 말했다.

논쟁을 벌이기엔 좀 씁쓸하고 가식적인 면이 있는 것도 사실이어서 난 뭐라고 대답해야 할지 몰랐다. 확실히 시 문단에 뭔가 문제가 있다는 건 안다. 셰익스피어를 비롯해 유명하다는 책은 전부 평범하다. 그렇다면 다 같은 건가?

나는 잭에게 헛소리를 날려 보기로 했다. "오래전의 《포이트리》지 기억나? 먼로인지 사피로인지 모르겠지만 지금 그 잡지는 아주 형편이 없어져서 더 이상 읽지 않는데 휘트먼의 말은 기억에 남아. '훌륭한 시인을 얻으려면 훌륭한 관객이 필요하다.' 뭐, 휘트먼이 나보다 훨씬 잘난 시인이라는 걸 늘 알고 있지만 이것만이 문제라면 이번에는 그가 말을 거꾸로 한 것 같아. 이렇게 해야 맞지. '훌륭한 관객을 얻으려면 훌륭한 시인이 필요하다.'라고 말이야."

"그래, 맞아. 맞는 말이야." 잭이 말을 이었다. "이번에 파티에서 크릴리를 만났는데 그에게 부코스키의 시집을 읽어 봤냐고 물었더니 완전 얼어서는 나한테 대답도 안 하던걸. 뭐, 무슨 의민지 알겠지."

"이제 그만 여기서 나가자." 내가 제안했다.

우리는 내 차를 향해 걸었다. 어쨌든 난 차가 있고 당연히 고물이다. 잭이 책을 가지고 왔다.

그는 여전히 책장을 넘겼다. "이 작자가 페니스를 빨았어."

"아, 그래?"

"이 작자는 벨트를 채찍처럼 그의 엉덩이를 때리는 데 쓰는 학교 선생이랑 결혼했어. 끔찍한 여자야. 그는 결혼한 뒤로 글을 한 자도 못 썼어. 여자가 생식기로 그의 영혼을 빨아먹었을 거야."

"그레고리를 말하는 거야, 아님 케로를 말하는 거야?"

"아니, 딴 사람!"

"세상에, 맙소사!"

우리는 차를 세워 둔 곳까지 계속 걸었다. 난 꽤 무뎌졌지만 이 남자의 에너지를 느낄 수 있었고, 학교 교육을 전혀 받지 않았지만 우리 시대 불후의 시인이 된 드문 인물과 나란히 걷는 것일지도 모른다는 사실을 깨달았다. 그리고 잠시 생각해 보니 그건 상관없었다.

난 차에 올라탔다. 빌어먹을 차가 시동은 걸렸지만 변속기 어가 또 말썽을 부렸다. 난 돌아오는 내내 천천히 운전했고 똥차는 신호마다 멈춰서 배터리가 닳았고 난 한 번만 더 시동이 걸리기를, 제발 경찰이 없기를, 더는 음주 운전 전과를 남기지 않고 더는 누구의 어떤 십자가도 건들지 않기를 기도했다. 닉슨과 험프리, 그리스도 중에서 고를 수 있었는데 어느 쪽으로 가든 망할 것이다. 난 좌회전을 하고 주소지 앞에서 브레이크를 밟은 뒤 차에서 내렸다.

잭은 여전히 책을 보았다.

"이자는 괜찮아. 본인도 자살하고 아버지, 어머니, 아내도 죽였지만 세 아이 혹은 개는 죽이지 않았어. 보들레르 이후 최고의 시인이야."

"그래?"

"그래, 맞아."

난 한 번만 더 배터리에 시동이 걸리길 기원하며 손으로 십자가를 그었다. 그리고 우린 차에서 내렸다.

우리는 걸었고 잭이 문을 쾅쾅 두드렸다.

"버드! 버드! 잭이야!"

문이 열리고 버드가 나타났다. 난 두 번이나 살폈다. 여자인지 남자인지 알 수 없었다. 아편이 본연의 아름다움을 쓸어 버린 얼굴이다. 남자다. 움직임이 남자다. 난 그걸 아는 한편 그가 거리로 나설 때마다 무자비하게 당할 수 있다는 것도 알았다. 그는 전혀 죽지 않았기에 다른 이들이 그를 죽일 것이다. 난 10분의 9가 죽었지만 나머지 10분의 1을 권총처럼 품고 있다. 난 거리를 걸을 수 있고 인간들은 나에게 신문팔이처럼 말을 걸 수 없을 거다. 신문팔이가 미국의 어느 대통령보다 더 아름다운 얼굴을 가지고 있지만 아무튼 그건 중요하지 않으니까.

"버드, 20달러만 줘." 잭이 요구했다.

버드가 20달러를 꺼냈다. 그의 움직임은 거리낌 없이 매끄러웠다.

"고마워, 자기."

"뭘요. 안으로 들어올래요?"

"좋아."

우리는 안으로 들어가 앉았다. 책장이 보였다. 난 눈으로 훑었다. 지루한 책은 없어 보였다. 내가 좋아했던 책들이 전부 거기 있었다. 대체 뭐지? 이건 꿈인가? 저 어린애의 얼굴은 너무 아름다워서 쳐다볼 때마다 기분이 좋아졌다. 일진이 사나운 날 몇 주 만에 처음으로 따뜻한 칠리와 콩을 먹은 기분이었다. 젠장, 난 항상 경계하고 있다.

버드. 그리고 그 아래에 바다가 있다. 게다가 썩은 배터리. 똥차. 경찰은 메마른 거리를 순찰하는 뻘짓을 하고 있다. 이게 무슨 엉망진창 같은 전쟁인가. 그리고 빌어먹을 악몽이란 말인가. 오로지 이 순간, 우리 사이에 멋진 공간이 있고 우리는 모두 으깨어지고 아주 재빨리 아이들의 부서진 장난감 꼴이 되어 아주 명랑하게 계단을 내려가는 하이힐 아래 치이는 신세가 되겠지. 영원히. 바보 멍청이들, 바보 모지리들, 젠장. 우리의 나약한 용감함.

우리는 자리에 앉았다. 1리터 정도 되는 스카치가 등장했다. 난 4분의 1파인트를 멈추지 않고 들이켰다. 우웩, 구역질을 하고 눈을 깜박였는데 쉰이 다 돼 가면서 여전히 영웅 행세를 하는 바보 멍청이 같았다. 연속으로 욕지기가 솟는 빌어먹을 영웅.

버드의 아내가 들어왔다. 우리는 인사를 나누었다. 그녀는 갈색 원피스를 입은 액체 같은 여자인데 그저 흐느적흐느적 눈웃음을 치고 계속 흐느적거렸다.

"와우 와우 와우!" 내가 소리쳤다.

그녀가 너무 미인이라 난 그녀를 잡아 안고 내 왼쪽 엉덩이에 올리고 돌리고 웃었다. 아무도 내가 미쳤다고 생각하지 않았다. 우리 모두 웃었다. 우리 모두 이해했다. 난 그녀를 내려놓았다. 우리는 자리에 앉았다.

잭은 내가 그러는 걸 좋아했다. 그는 쭉 내 영혼을 챙기느라 지금 지쳤다. 그는 환하게 웃었다. 그는 괜찮다. 방 안에 사람이 한가득 있는데 그들을 쳐다보고 이야기를 들으니 모두 도와주려고 하는, 평생에 한 번 있을까 말까 한 순간이다. 지금이 그런 마법과도 같은 순간이다. 난 알았다. 난 섹시한 여자처럼 달아올랐다. 상관없다. 괜찮다.

난 부끄러워서 다시 또 위스키를 들이켰다. 넷 중에서 가장 약한 존재인 걸 알았고 폐를 끼치고 싶지 않았고 그저 그들의 편안한 신성함을 느끼고 싶었다. 난 미친개가 열 받아서 발끈하는 여자로 변신한 것처럼 사랑해 왔는데 그들이 유일하게 섹스를 넘어 나에게 호의를 보이는 기적을 행했다.

버드가 날 쳐다보았다. "내 콜라주를 볼래요?"

그가 여자 귀고리에 달린 아주 형편없어 보이는 것을 들어

올렸고 다른 것들도 주렁주렁 매달려 있었다.

(그건 그렇고…… 내가 현재에서 과거형으로 시제를 바꿨다는 걸 깨달았고 그게 마음에 안 들면…… 젖꼭지를 음낭에 쑤셔 넣어 버려. 인쇄업자에게: 이걸 지우지 말고 그대로 놔둬요.)

난 이건 이래서 싫고 저건 저래서 싫고 미술 수업에서 내가 얼마나 시달렸는지 주저리주저리 말을 늘어놓았다…….

버드가 내 말을 멈추게 했다.

그는 콜라주를 잡아당겼고 달린 것들이 떨어지면서 바늘만 남았고 그는 날 향해 웃어 보였지만 난 그 속을 너무 잘 알았다. 내 안에서 그 고물을 만든 사람이 윌리엄 버로스라고 말했다. 버로스사 사장이고 쩨쩨하고 사마귀나 빨아 대는 돼지 새끼면서 거친 척하는 인물 말이다. 난 그렇게 들었고 조용히 입을 다물었다. 이게 사실일까? 그게 사실이든 아니든 버로스는 아주 무딘 작가이며 그의 문학적 배경에 대한 고집이 없었다면 그는 아무것도 아니었을 거다. 코링턴 그리고 노드 그리고 빌어먹을 놈들처럼. 아주 메마른 남부 극단주의자라는 점 빼고는 아무것도 아닌 포크너처럼.

"이봐." 그들이 내게 지적하기 시작했다. "자긴 취했어."

그래, 맞다. 맞고. 맞는다고.

이제 아무것도 할 일이 없으니 열을 내거나 잠이나 자야지.

그들이 날 위해 자리를 내주었다.

난 너무 빨리 마셨다. 그들은 계속 말했고 난 조용히 들었다.

난 잠을 잤다. 동지애 속에서 잠을 잤다. 바다는 날 삼키지 않을 것이고 그들도 마찬가지다. 그들은 잠든 내 몸을 사랑한다. 난 멍청이다. 그들은 잠든 내 몸을 사랑한다. 어쩌면 하느님의 모든 아이가 이렇게 될 수도 있다.

세상에, 맙소사!

죽은 걸 누가 신경이나 쓸까?

배터리라면 모를까?

*

맙소사, 어머나, 여긴 끔찍했다. 타임스퀘어 근처에서 보드지로 만든 여행가방을 들고 서 있는 나를 세상에서 가장 도도한 여자들이 쿵쾅거리며 바쁘게 스쳐 지나갔다.

마침내 그들 중 한 명에게 빌리지가 어디인지 물었고, 빌리지로 가서 방을 찾았고, 내 와인병을 따고 신발을 벗자 그 방에 이젤이 있다는 걸 알았고, 난 화가는 아니지만 운을 시험하는 아이처럼 그 앞에 앉아서 와인을 마시고 더러운 창문 너머를 쳐다보았다.

와인을 한 병 더 사러 나왔다가 실크 가운을 걸치고 서 있는 젊은이를 보았다. 그는 베레모에 샌들 차림으로 복도에 놓인 전화기에다 반쯤 꺼진 턱수염에 대고 말했다.

"아, 그래, 맞아, 자기야. 자길 꼭 봐야지. 그래, 맞아, 꼭이야! 안 그러면 손목을 그을게……! 그럴 거야!"

난 여길 빨리 빠져나가야겠다고 생각했다. 그는 구두끈으로 손목을 매는 것도 못 할 위인으로 보이는데. 역겹고 비열한 놈. 밖에서는 베레모에 옷을 잘 차려입고 카페에 편안히 앉아 예술가인 양하겠지.

난 그 방에 일주일간 머물며 술을 마시고 방세를 낸 뒤 빌리지 외곽에 방을 얻었다. 외관과 크기에 비해 방이 아주 쌌는데 왜 그런지는 모르겠다. 모퉁이에 술집이 있어서 하루 종일 맥주를 홀짝거렸다. 언제나 그랬듯 돈이 줄어들었지만 일자리를 찾기 싫었다. 술에 취하고 굶주리노라면 어떤 편안함이 감돌았다. 그날 저녁 포트 와인 두 병을 사서 내 방으로 올라갔다. 옷만 벗고 불을 켜지 않은 채 침대로 들어가자마자 유리잔을 찾아서 첫 와인을 따랐다. 그리고 이 방이 그토록 싼 이유를 알아챘다. 'L'이 창문 바로 옆으로 지나가고 그곳에 정류장이 있었다. 내 창문 바로 옆에. 방 전체가 열차 불빛으로 환해졌고 난 열차에 탄 사람들의 얼굴을 전부 다 볼 수 있었다. 끔찍한 얼굴들이다. 창녀, 오랑우탄, 악당, 미치광이, 살인자. 모두가 내 스승인 사람들. 열차가 재빨리 움직이기 시작하자 내 방은 다시 어두워졌다. 또 다른 얼굴들을 가득 싣고 오기 전까지는. 그렇지만 너무 자주 다음이 찾아왔다. 난 술이 필요했다.

유대인 부부가 이 건물 주인인데 길 맞은편 양복점과 세탁소도 그들 소유라고 했다. 난 얼마 되지 않는 옷가지를 빨기로 했다. 미친 지평선 너머로 직업을 구하라는 계시가 트림과 방귀를 뿜어 대며 날 재촉했다. 난 술에 취해서 옷가지를 들고 나갔다.

"……이것들을 닦거나 빨거나 뭘 해야 하는데요……."

"가여워라! 왜 그렇게 사니! 이걸로는 창문도 못 닦아. 어떻게 할지 알려 줄게…… 아, 샘!"

"네?"

"이 착한 젊은이에게 그 남자가 놔두고 간 양복을 보여 줘!"

"네, 알겠어요. 참 괜찮은 양복이에요, 엄마! 그 사람이 왜 놔두고 갔는지 모르겠어요."

그들의 대화를 전부 다 옮기진 않을 거다. 난 그 양복이 너무 작다고 말하고 그들은 아니라고 우겼다. 난 너무 작지 않다면 너무 비싸다고 지적했다. 그들이 7달러를 불렀다. 난 돈이 없다고 대답했다. 그러자 6달러에 주겠다고 제안했다. 난 돈이 한 푼도 없다고 맞섰다. 그들이 4달러까지 내렸을 때 비로소 입어 보겠다고 말했다. 그들이 그렇게 하라고 했다. 난 그들에게 4달러를 주었다. 그리고 내 방으로 들어와 옷을 벗어 두고 잠을 잤다. 일어나 보니 어두웠고(L이 지나갈 때만 빼고) 나는 새 양복을 걸치고 밖으로 나가 여자를 찾기로 결심했다. 아직 숨어 있는 나의 재능을 지지해 줄 당연히 아름다운 여자를.

바지를 입자 가랑이 뒤쪽이 와장창 터졌다. 젠장, 내가 당한 것이다. 날이 조금 쌀쌀하지만 재킷을 입으면 감춰질 거라고 생각했다. 재킷을 입자 왼쪽 어깨가 터지면서 더럽고 끈끈해진 패드가 드러났다.

또 한방 먹었다.

남은 양복 쪼가리를 대충 걸치고 나와 방을 옮기겠다고 결심했다.

다른 살 집을 찾았다. 지하실 같은 구조다. 세입자들의 쓰레기 사이로 보이는 계단을 내려가야 한다. 내 수준에 맞는 집을 찾은 것이다.

처음 밖에 나간 날 술집이 문을 닫은 뒤에 집 열쇠를 잃어버렸다는 사실을 알았다. 얇은 흰색 캘리포니아 셔츠밖에 걸치지 않았다. 얼어 죽지 않으려고 버스에 몸을 실었다. 얼마나 달렸을까, 마침내 운전사가 종점이라나 뭐, 그런 말을 했다. 너무 취해서 기억이 나지 않는다.

버스에서 내리자 여전히 추웠고 난 양키스타디움 앞에 섰다.

오, 주여. 여긴 어릴 적 영웅 루 게릭이 경기하던 곳인데 지금 내가 여기서 죽게 생겼구나. 뭐, 잘 어울리네.

조금 어슬렁거리다 카페를 찾아 들어갔다. 웨이트리스가 전부 중년의 흑인이었지만 커피잔이 크고 도넛과 커피가 아주 쌌다.

난 주문한 것을 챙겨 들고 테이블로 가서 도넛을 허겁지겁 먹어 치우고 커피를 홀짝인 다음 킹 사이즈 담배를 꺼내 불을 붙였다.

그때 우렁찬 목소리가 들렸다.

"주님을 찬양하라, 형제여!"

"오, 주님을 찬양하라, 형제여!"

난 주위를 둘러보았다. 웨이트리스들이 날 찬양하고 있었고 일부 손님도 마찬가지였다. 아주 좋았다. 마침내 알아보는 이들이 생기다니. 《애틀랜틱》과 《하퍼스》는 꽝이다. 천재는 늘

외면받는다. 난 그들 모두에게 미소를 지어 보이고 길게 한 모금 빨아 당겼다.

그러자 한 웨이트리스가 나를 향해 소리 질렀다.

"주님의 집에서는 금연이에요, 형제여!"

난 담배를 껐다. 그리고 커피를 마저 마셨다. 그리고 밖으로 나와 창문에 적힌 글씨를 쳐다보았다.

파더디바인선교회

다시 담배에 불을 붙이고 내 방으로 향하는 먼 길을 걷기 시작했다. 집에 도착해서 초인종을 눌렀지만 아무도 대답하지 않았다. 결국 쓰레기통으로 올라가 잠을 잤다. 바닥에서 자면 쥐들이 날 잡아먹을 걸 알기 때문이었다. 난 영리한 젊은이다.

난 너무 영리한 나머지 다음 날 바로 일자리를 구했다. 그리고 다음 날 저녁 술이 덜 깬 상태에서 몸을 떨며 아주 슬픈 기분으로 직장에 있었다.

늙은이 둘이 내게 일을 가르쳤다. 두 사람은 지하철이 발명된 뒤로 쭉 이 일을 해 왔다. 우리는 무거운 광고보드지를 왼팔에 끼고 오른손에는 맥주병따개처럼 생긴 작은 연장을 들고 걸었다.

"뉴욕 사람들은 전부 이 작은 초록색 벌레를 온몸에 붙이고 다녀." 한 늙은이가 말했다.

"그래요?" 난 어떤 색 벌레가 덜 싫을지는 말하지 않았다.

"좌석에서 볼 수 있어. 우리가 매일 밤 좌석에서 그걸 찾아내거든."

"맞아." 다른 늙은이가 맞장구를 쳤다.

우리는 계속 걸었다.

세상에, 세르반테스는 이런 일을 겪어 보기나 했을까?

"자, 잘 봐." 한 늙은이가 설명했다. "광고보드지에 작게 숫자가 적혀 있어. 우리는 같은 숫자가 적혀 있는 헌 광고지와 교체하는 거야."

휙, 휙. 노인이 맥주병따개 같은 걸로 고정된 나사를 풀고 새로운 광고로 교체한 다음 낡은 광고지는 왼팔에 들고 있던 새 광고지 뒤에 넣었다.

"자, 이제 자네가 해 봐."

내가 해 보았다. 고정된 나사가 잘 빠지지 않았다. 나에게도 맥주병따개가 있었지만 잘 안 되고 불안정했다.

"익숙해질 거야." 늙은이가 부드럽게 말했다.

난 지금 익숙해지고 있어, 영감탱이.

우리는 계속 걸었다.

객차 뒤쪽으로 나오자 두 늙은이는 트랙 사이의 철도 침목으로 걸음을 옮겼다. 침목과 침목 사이에는 90센티미터 정도 공간이 있었다. 조심해도 그 틈으로 쉽게 떨어질 수 있는 넓이였다. 우리는 도로에서 27미터 높이에 올라왔고, 분명 새 객차도 그 정도 높이일 것이다. 두 늙은이는 무거운 보드지를 든 채 성큼성큼 걸어가더니 새 객차에서 나를 기다렸다. 그사이 반대편에서 열차가 승객을 태웠다. 그 주변이 환해졌지만 그뿐이었다. 열차에서 흘러나온 불빛이 나와 바닥 사이에 90센티미터의 틈이 있다는 것을 분명하게 보여 주었다.

"서둘러! 어서 오라고! 우린 할 일이 많아!"

"젠장, 뭐가 그렇게 바빠요!" 난 늙은이들을 향해 소리쳤다. 무거운 광고지를 왼팔에 끼우고 오른손에 맥주병따개를 든 채 바닥으로 발을 내디뎠다. 한 걸음, 두 걸음, 세 걸음……. 숙취가 올라오고 속이 메슥거렸다.

그때 승객을 다 실은 열차가 출발했다. 사방이 옷장처럼 깜깜해졌다. 옷장보다 더 깜깜했다. 아무것도 보이지 않았다. 발을 디딜 수가 없었다. 몸을 돌릴 수도 없었다. 그 자리에 가만히 서 있었다.

"서둘러! 어서 오라고! 교체해야 하는 객차가 아주 많아!"

마침내 내 눈이 다시 초점을 잡았다. 다리를 후들거리며 걷기 시작했다. 부드럽고 닳고 갈라진 바닥도 있었다. 늙은이들이 소리 지르는 건 무시했다. 몸이 굳은 상태로 한 걸음씩 내디디며 다음 걸음에 분명 아래로 떨어질 거라고 생각했다.

그렇게 다음 객차로 넘어온 뒤 광고지와 맥주병따개를 바닥에 집어 던졌다.

"왜 그래?"

"왜 그러냐고요? 지금 왜 그러냐고 묻는 거예요? 내 대답은 이래요. 집어치워!"

"뭐가 문젠데?"

"발 한번 잘못 디디면 사람이 죽을 수도 있어요. 머저리 같은 당신들은 그걸 몰라요?"

"아직까지 아무도 안 죽었어."

"아무도 나처럼 술을 마시지 않으니까요. 자, 이제 말해요. 어떻게 이 빌어먹을 곳에서 나가죠?"

"아래로 가면 오른쪽에 계단이 있는데 거기로 가려면 트랙을 따라가는 게 아니라 가로질러 가야 하고, 그 말은 제3레일을 두세 개 넘어가야 한다는 뜻이야."

"제기랄, 제3레일이 뭐죠?"

"송전용 레일이지. 손이 닿았다가는 저세상으로 가는 거야."

"어느 쪽인지 알려 줘요."

늙은이들이 계단으로 가는 길을 가리켰다. 그리 멀어 보이지 않았다.

"고마워요, 신사분들."

"제3레일을 조심해. 금색이야. 건드리면 곧바로 감전되어 죽을 거야."

나는 걸음을 옮겼다. 그들이 날 쳐다보는 게 느껴졌다. 제3레일이 다가올 때면 다리를 높게 들었다. 달빛 아래 레일은 부드럽고 차분해 보였다.

마침내 계단에 도착했고 다시 살아났다. 계단 맨 아래에 술집이 있었다. 사람들의 웃음소리가 들렸다. 술집으로 들어가 자리를 잡았다. 어떤 남자가 엄마가 어떻게 자기를 보살피고 피아노와 미술 학원을 보냈는지, 엄마한테서 어떻게 돈을 얻어 내어 술을 마셨는지 떠들어 댔다. 술집의 모든 사람이 웃었다. 나도 웃기 시작했다. 그 남자는 천재였고 쓸데없는 것을 위해 자신을 포기했다. 술집이 문을 닫을 때까지 웃다가 다들 헤어졌고 각자 다른 방향으로 갔다.

그 직후 뉴욕을 떠나 다시 돌아가지 않았고 앞으로도 그럴 생각이 없다. 도시는 사람을 죽이려고 세워졌으며, 운 좋은 동네도 그렇지 않은 곳도 있었다. 대부분은 그렇지 않은 곳에 속한다. 뉴욕에 살고 싶으면 운이 따라 줘야 한다. 난 그런 운이 없다는 것을 알았다. 그다음으로 내가 아는 건, 캔자스 동부의 근사한 방에 앉아서 관리자가 하녀를 때리는 소리를 들었는데, 하녀가 내게 엉덩이를 팔지 못한 벌이라는 거였다. 현실은 다시 평화롭고 온전해졌다. 난 비명 소리를 들으며 침대에서 몸을 일으키고 구해 놓은 좋은 안경을 집은 다음 깨끗한 이불 밖으로 기지개를 켰다. 저 남자는 진짜 일을 낼 수도 있다. 난 하녀의 머리가 벽에 부딪히는 소리를 들었다.

어쩌면 다음 날 버스를 타고 와서 별로 피곤하지 않을 때 그녀를 좀 받아 줘야겠다. 그녀는 멋진 엉덩이를 가졌다. 적어도 관리자는 그 점을 무시할 수 없을 테지. 내가 살아서 뉴욕을 빠져나왔다는 것도.

*

올림픽이 열리던 시절이었다. 대머리에 몸집이 왜소한 아일랜드 남자가 발표했다(그 사람 이름이 댄 토비였던가?). 그는 자신만의 양식이 있었고, 상황이 벌어진 것을 지켜보았고, 어쩌면 어릴 적 강배 위에서 그랬을지도 모르고, 만일 그가 그 정도로 늙지 않았다면 아마도 뎀프시와 퍼로의 경기 정도는 알지 싶다. 난 여전히 그가 코드로 팔을 뻗어 천천히 마이크 잡아당기는 걸 볼 수 있고 우리 대다수는 첫 시합이 시작되기도 전에 술에 취했지만, 우리는 쉽사리 술을 마시고 시가를 피우고 삶의 활기를 느끼며 두 선수가 링에 올라가기를 기다렸다. 잔인하지만 원래 그런 방식이고 우리의 인생도 마찬가지고 우리는 여전히 살아 있다. 아, 그리고 우리 대다수가 염색한 빨강 머리나 금발 여자를 옆에 끼고 있었는데 나도 그랬다. 그녀의 이름은 제인이고 우리는 술을 열 잔 정도 마셨으며 나는 그중 한 잔에 KO를 당했다. 그녀가 화장실에서 나올 때 몸에 딱 붙는 스커트 속에서 마법처럼 크고 멋진 엉덩이가 실룩거리자 모든 구경꾼이 발을 구르고 휘파람을 불며 아우성을 쳤고 난 괜스레 뿌듯해졌다. 그건 정말 마법을 부리는 엉덩이였다. 그녀의 엉덩이는 남자가 식은땀을 흘리고 헐떡거리며 잿빛 하늘로 사랑의 말을 내뱉게 만들 수 있었다. 그녀가 걸어와 내 옆에 앉았고, 난 왕관처럼 파인트잔을 들어 그녀에게 건넸고, 그녀는 한 모금 마시고 다시 돌려주었다.

나는 갤러리에 있는 남자들을 겨냥해서 말했다. "비명을 지르는 저 얼간이들, 다 죽여 버릴 거야."

그녀가 자신의 프로그램을 살피고 나서 물었다. "누가 가장 먼저 올라왔으면 좋겠어요?"

난 90퍼센트 정도는 상대를 잘 골랐지만 우선은 봐야 했다.

항상 움직임이 가장 적고 싸울 의지가 없어 보이는 쪽을 고른다. 상대 앞에서 십자가를 그리는 쪽과 그렇지 않은 쪽이 있다면 안 그리는 쪽을 골라야 한다. 하지만 보통은 함께 작용한다. 일반적으로 섀도복싱을 하며 몸을 움직이는 쪽이 십자가를 긋는 쪽이고 동시에 엉덩이를 맞는 쪽이다.

당시에는 그리 심한 싸움이 별로 없었고 그런 게 있다면 지금과 마찬가지로 헤비급끼리 붙는 게 다였다. 링을 무너뜨리거나 불을 지르거나 좌석을 망가뜨리면서. 그들은 우리에게 그렇듯 안 좋은 싸움을 많이 보여 줄 여력이 없었다. 할리우드 리전이 특히 나쁜 상대들이었고 우리는 그들에게서 떨어졌다. 심지어 할리우드 애들도 올림픽용 액션이 따로 있었다. 한 무리가 들어왔고 신인 여배우들이 앞줄 낮은 자리에서 포옹했다. 갤러리의 젊은 놈들은 원숭이가 되어 싸움꾼처럼 싸우고 경기장은 시가 연기로 자욱해졌고, 우리는 아기처럼 소리 지르며 돈을 던지고 위스키를 마셨고, 다 끝나자 염색한 사악한 여자들을 데리고 차에서 사랑을 나눴다. 그리고 집에 들어가 술 취한 천사처럼 잠에 빠졌다. 누가 공공 도서관을 필요로 할까? 누가 에즈라를 필요로 할까? T.S., E.E.는? D.H., H.D.는? 아무개 엘리엇은? 아무개 시트웰은?

난 젊은 엔리케 발라노스를 만난 첫날 밤을 결코 잊지 못할 것이다. 당시 나에게는 착한 흑인 청년이 있었다. 그가 시합 전에 작은 어린양을 데리고 링으로 와서 포옹했다. 진부하지만 그는 거칠고 훌륭하고 거칠고 또 훌륭한 남자라 특별히 원하는 대로 할 수 있는 자유가 허락된 것이 아닌가?

아무튼 그가 내 영웅이었고 이름은 왓슨 존스 뭐 그런 유였다. 왓슨은 체격과 재간이 좋았다. 민첩하게 착 착 착 움직이다 펀치를 날렸는데 그는 자신의 시합을 즐겼다. 그러던 어느 날 밤 발표도 없이 누군가 이 젊은 발라노스를 그와 붙였고, 발라노스가 시간을 들여 천천히 왓슨을 때려눕히고 제압하고 거의 끝장을 내 버렸다. 내 영웅을. 난 믿을 수 없었다. 기억이 맞는다면 왓슨은 KO를 당해서 아주 씁쓸한 밤을 보냈다. 난 술을 마시며 좀 봐 달라고, 당연히 일어나지 않을 승리를 갈망하며 소리를 질렀다. 발라노스는 확실했다. 그 빌어먹을 놈은 팔에 뱀 두어 마리를 붙였고 크게 움직이지 않았다. 사악한 거미처럼 미끄러지며 날렵하게 항상 원하는 곳으로 가서 할 일을 마쳤다. 그날 저녁 아주 훌륭한 선수가 나타난다면 그를 때려누일 것이고, 그러면 왓슨도 자신의 어린양을 데리고 집으로 갈 테지.

나는 늦은 밤까지 위스키를 바닷물처럼 사정없이 들이켰고, 거기 앉아서 멋진 다리를 보여 주는 내 여자에게 욕을 하고 싸우면서 더 나은 사람이 이긴다는 걸 인정했다.

"발라노스는 발이 빨라. 생각도 하지 않고 그냥 반응하지. 생각을 안 하는 쪽이 좋아. 오늘 밤은 몸이 영혼을 지배해. 항상 그렇지. 안녕, 왓슨. 안녕, 센트럴애버뉴. 다 끝났어."

내 잔을 벽에 던져 부숴 버리고 나가서 여자를 찾았다. 난 상처를 받았다. 그녀는 아름다웠다. 우리는 침대로 갔다. 창문으로 살짝 비가 들이쳤다고 기억한다. 우리는 비를 그대로 맞았다. 좋았다. 너무 좋아서 사랑을 두 번 나눴다. 얼굴을 창문 쪽으로 두고 잤는데 비가 계속 들이쳐 아침에 보니 시트가 다 젖었다. 우리는 재채기를 하고 웃으면서 일어났다. "세상에! 맙소사!" 왓슨이 어딘가에서 얻어터진 얼굴로 뻗었을 걸 생각하니 웃기고 불쌍했다. 영원한 진실과 마주하고 6위, 4위와 대적한 뒤 나처럼 공장으로 돌아가 돈 몇 푼 벌려고 하루에 여덟 시간 혹은 열 시간씩 일하면서 아무 데도 가지 못하고 죽을 날만 기다리며 마음은 지옥으로 쫓아 버리고 영혼도 지옥으로 쫓아 버릴 테니까. 우리는 재채기를 했다. "세상에, 맙소사!" 너무 웃었고 그녀가 입을 열었다. "당신 지금 완전 파래요. 온몸이 파랗다고요! 세상에, 거울을 좀 봐요!" 난 춥고 죽을 것 같았으며 거울 앞에 서서 보니 온몸이 파랬다! 완전 이상해! 두개골과 뼈다귀다! 난 웃음을 터뜨렸고 너무 심하게 웃다 러그 위로 굴렀다. 그녀도 내 위에 넘어져 우리 둘 다 웃고, 웃고, 또 웃고, 세상에, 우리는 미칠 때까지 웃은 것 같다. 나는 자리에서 일어나 옷을 입고 머리를 빗고 양치질을 했다. 속이 너무 쓰려 아무것도 먹지 못한 채 이를 닦으니 구역질이 났다. 밖으로 나가 천장 조명 공장을 향해 걸었다. 때마침 햇살이 좋아 놀고 싶었지만 돈을 벌려면 해야 할 일을 할 수밖에 없다.

*

1968년 3월 22일 오후 3시 10분, 산타아니타. 나는 알펜 댄스와 함께 반반 확률인 퀼로의 베이비를 잡지 못했다. 네 번째 경주가 끝났고 아무것도 손을 못 댔고 40달러를 잃었다. 두 번째 경주는 9/5로 트랙에서 가장 알려지지 않은 기수인 박서 밥과 비앙코에게 걸어야 했는데. 다른 기수들, 램버트나 피나다 혹은 곤잘레스의 경우 말들이 6/5 혹은 반반 확률로 갔다. 아무튼 행동하지 않는 지식은 무식한 것보다 끔찍하다는 속담을 알고 있다(넝마를 걸치고 돌아다니며 내가 지어낸 말이다). 몰라서 감으로 골랐다가 맞지 않는다면 '젠장, 하느님이 내 편이 아니구나.' 하면 된다. 하지만 알면서도 행동하지 않으면 마음속에 걸어 다닐 다락과 어두운 복도가 있는 것과 같다. 그건 좋지 못해 불편한 저녁으로 이어지고, 결국 술을 진탕 마시고 마음이 사정없이 찢어진다.

맞다. 늙은 경마광은 그냥 시들지 않는다. 죽는다. 그렇게 이스트 5번지에서 혹은 선원 모자를 쓰고 길거리에서 신문을 팔며 장난삼아 일하는 것처럼 굴지만, 마음은 이미 둘로 쪼개졌고 배짱이라고는 남아 있지 않으며 박아 줄 달달한 여자도 없다. 프로이트의 유명한 제자가 지금은 유명한 철학자가 되었는데(전처가 그에 관한 책을 읽었다), 그 사람이 도박이란 자위의 한 형태라고 말했다. 잘난 사람이 그런 말을 하는 게 참 좋다. 사실 모든 말에는 자잘한 진실이 들어 있다. 내가 밝고 착한 사람이라면 뭐, 이런 식으로 말할 것이다. '더러운 손톱줄로 손톱을 다듬는 건 자위의 한 형태다.' 그러면 장학금을 받고 어깨에 왕이 하사한 검을 걸치고 엉덩이가 섹시한 여자를 열

넷은 얻을 텐데. 공장, 공원 벤치, 별 볼일 없는 일, 나쁜 여자, 삶의 궂은 날들에서 벗어나 이런 말만 할 텐데.

트랙의 평범한 사람들은 볼트가 돌아가는 거나 감독관의 미친 얼굴, 집주인의 손아귀, 연인의 죽은 섹스에 휘둘린다. 세금, 암, 우울증에도. 옷은 세 번째 입을 때 찢어지고 물에서는 오줌 맛이 나고 의사들은 생산 라인과 외설적인 사무실을 운영하고 병원에는 인정이 없고 정치인들은 머리에 고름만 가득 차서…… 우리는 이런 식으로 계속할 수 있지만 더 씁쓸해지고 발광할 뿐이고 세상은 우리에게서 미친 남자(와 여자)를 만든다. 심지어 성인군자들도 미쳤고 아무것도 살아남지 못한다. 완전 엉망이다. 계산해 보니 난 겨우 2500개의 엉덩이를 먹고 경마는 1만 2500번 봤다. 그러니 누군가에게 조언한다면 이렇다. 수채화를 배워라.

아무튼 내가 하려는 말은 사람들이 경마장을 찾는 이유는 그들이 고통에 빠졌기 때문이고, 너무 절망적이라 인생에서 현재의 위치(?)에 직면하기보다는 더 큰 고통을 얻기 위해서라는 것이다. 잘난 인간들은 우리가 생각하는 것만큼 머저리가 아니다. 그들은 산꼭대기에 앉아 개미들이 뭉치는 걸 꼼꼼하게 살핀다. 존슨이 자기 배꼽을 자랑스러워하는 것 같지 않은가? 동시에 존슨이 우리에게 폭력을 휘두르는 가장 나쁜 놈이라는 걸 깨닫지 못했는가? 우리는 낡고 뺨을 맞고 바보처럼 잘렸다. 너무 멍청해서 우리 누군가는 결국 괴롭히는 사람을 사랑하는데 그들은 논리적인 말로 무장하고 고문하기 위해 그 자리에 있는 전문가다. 그 밖에 다른 것은 보이지 않기에 아주 합리적으로 느껴진다. 그게 전부이기에 올바른 것일 수밖에 없는 거다. 뭐라고? 산타아니타가 저기 있다. 존슨이 저기 있다. 이렇든 저렇든 우리는 그들을 거기에 계속 놔둔다. 우리는 자신만의 갈고리를 만들어 놓고 비정상적인 관리자가 커다란 은 십자가(금이 다 떨어졌다)를 흔들며 우리의 거시기를 찢어 놓을 때 비명을 지른다. 그게 아니라면, 우리 전부 혹은 다수가 아니라면 왜 우리 중 누군가가 1968년 3월 22일과 같은 날 오후 캘리포니아 아르카디아에 있었을까.

다섯 번째 경마가 끝나고 12번 말인 쿼드란트가 이겼다. 게시판에는 5/2라고 올라왔고 난 정확하게 이겨야 한다. 최종 단계에서 탈락하는 말들을 빼고 크게 이길 말을 찾아야 한다. 난 열 번 이겼고 40달러를 손해 봤고 공식 집계를 기다린다. 5/2면 7~7.8달러를 받으니 열 번 이기면 35~39달러를 손에 쥘 수 있다. 손해를 거의 다 메운 셈이다. 내가 찍은 말은 줄에서 세 번째에 있고 베팅하는 내내 5/2에서 절대 움직이지 않았다. 공식 집계가 전광판에서 깜박였다.

5.40

전광 게시판 바로 위에. 5.40달러. 이건 8/5와 9/5의 중간이지 5/2가 전혀 아니다. 이번 주 초 하룻밤 사이에 경마장이 주차비를 25센트에서 50센트로 두 배나 올렸다. 난 주차요원의 봉급도 두 배로 올랐는지 의문이 든다. 입장료도 1.95달러에서 2달러로 슬쩍 바뀌었다. 그런데 지금 5.40달러라니. 빌어먹을.

관중석에서 믿을 수 없다는 탄식이 천천히 흘러나와 내야로 퍼졌다. 1만 3000건에 달하는 경마를 보면서 이런 상황은 한 번도 겪어 본 적이 없다. 전광판은 절대 틀리지 않는데. 9.5인데 6달러 받는 것을 보았고 살짝 비슷한 다른 경우도 있었지만, 5/2가 8/5에 가깝게 받거나 5/2가 한 방(마지막으로) 5/2에서 8/5 가까이 떨어지는 건 본 적이 없다. 이런 식이면 막판에 엄청나게 큰돈을 베팅해야 가능하다.

관중들이 우, 우, 우! 하고 야유를 쏟아 냈다. 야유가 죽었다가 다시 시작되었다. 우, 우, 우! 매번 야유가 더 길어졌다. 사람들이 썩은 비린내와 탐욕의 냄새를 맡은 것이다. 군중이 다시 난도질을 당한 것이다. 5.4달러는 내게 39달러가 아닌 27달러를 가져다준다. 나만 그런 게 아니다. 관중들은 분노하고 씩씩거렸다. 여기 있는 많은 사람에게 경마의 각 게임은 월세, 먹거리, 자동차 할부가 왔다 갔다 하는 문제이기 때문이다.

경주로를 내려다보았다. 웬 남자가 프로그램을 흔들며 전광판을 가리켰다. 그는 분명 경주로 요원과 이야기하고 있었다. 남자가 관중들에게 프로그램을 흔들어 보이며 안으로 들어와 경주로로 나오라고 했다. 한 사람이 난간을 뛰어넘어 그렇게 했다. 지켜보던 사람들이 환호했다. 다른 남자가 문을 찾아 난간을 넘었다. 이제 세 사람이 경주로에 섰다. 관중들이 환호했다. 사람들의 기분이 좀 나아졌다. 이제 더 많은 사람이 나오고 관중들은 환호했다. 모두가 기분이 더 좋아졌다. 기회다. 기회라고? 뭐, 어떤 종류의 어떤 기회다. 더 많은 사람이 나왔다. 경주로 전역에 40~65명이 나온 것 같았다.

스피커를 통해 안내 방송이 들렸다. "신사숙녀 여러분, 여섯 번째 경마가 시작되오니 경주로를 비워 주시기 바랍니다!"

그 목소리는 친절하지 않았다. 산타아니타에는 경마장 경찰이 열 명 있다. 저마다 권총을 가졌다. 관중들이 야유했다. 우, 우, 우!

그리고 도박사 하나가 다음 경마가 무일푼으로 진행된다는 사실을 알아차렸다. 젠장, 그들이 먼지 낀 경주로를 막아 버렸다. 관중들은 풀이 돋아난 내야로 내려왔다. 내야는 먼지 낀 경주로 안을 감싸고 있으며 말들이 포스트 퍼레이드를 하려고 나왔다. 붉은 사냥용 재킷과 검은 모자를 쓴 선도자가 여덟 마리를 데리고 나왔고 관중들은 경주로에 넓게 퍼졌다.

"부디." 안내 방송이 흘러나왔다. "경주로를 비워 주세요! 경주로를 비워 주시기 바랍니다! 전광 게시판에는 베팅의 마지막 급락이 표시되지 않습니다. 가격은 정확합니다!"

말들은 기다리는 관객들을 향해 천천히 움직였다. 말들은 아주 크고 불안해 보였다.

나는 나보다 더 경마장을 들락거린 덴버 대니에게 물었다. "어떻게 된 거야, 덴버?"

"게시판은 정확했어." 그가 설명했다. "그렇게까지 사악하지 않아. 달러당 베팅이 기록되거든. 베팅이 끝났을 때 게시판은 5/2였어. 게시판이 다시 켜지고 마지막 변동이 있었지만 5/2가 유지되었지. 프랑스에 이런 속담이 있어. '남을 지키는 경호원은 누가 지켜 줄까?' 기억하겠지만 퀴드란트는 결승점에서 세 번째였고 그러다 빠진 분명한 승자였지. 몇 가지 일이 일어났을 수도 있어. 어쩌면 베팅 기계가 경기 중에 멈추지 않았을 수도 있고. 퀴드란트가 이길 게 분명하니까 관리자들이 거기 서서 계속 이기는 표를 팔았을 수도 있고. 베팅 기계 한두 대가 개방된 상태로 남아서 다른 것들이 다 멈출 때도 돌아갔다고 말하는 사람도 있어. 난 정말 모르겠어. 내가 아는 거라고는 빌어먹을 일이 벌어졌고 여기 있는 다른 사람들도 그걸 안다는 거야."

말들이 관중을 향해 움직였다. 선도자와 맨 앞에 선 거대한 말 리치 디자이어 br.g.4가 기다리는 사람들을 향해 움직였다. 어떤 사람이 경마장 경찰에게 아주 불손한 말을 하자 경찰 셋이 그를 잡아 난간으로 데리고 가서 살짝 폭력을 휘둘렀다. 관객이 노려보자 경찰은 그를 놔주고 사람들이 퍼져 있는 경주로 일선의 자기 자리로 돌아갔다. 말들은 계속 앞으로 나왔고 지나가겠다는 의도를 분명히 전했다. 명령이 내려졌다. 중요한 순간이다. 말에 탄 사람들이 아무것도 없는 사람들에게 대적하려고 한다. 남자 셋 중 둘이 말들이 걸어 나오는 길 바로 앞에 누웠다. 그랬다. 갑자기 선도자의 얼굴이 일그러지더니 재킷 색만큼 붉어져서는 리치 디자이어의 고삐를 잡은 다음 눈을 감고 재촉하여 인간의 살을 밟고 지나갔다. 그가 누군가의 척추를 부서뜨리지 않았는지 모르겠다.

하지만 선도자는 봉급을 받는다. 훌륭한 회사원이다. 관중석의 일부 비협조자들이 환호성을 질렀다. 하지만 그걸로 끝나지 않았다. 몇몇이 1위 말을 잡고 선도자를 안장에서 바닥으로 끌어내리려 했다. 그러자 경찰이 개입했다. 다른 말들은 계속 움직였고, 사람들이 순간적으로 1위 말을 잡자 피어스가 안장에서 떨어지다시피 했다. 이것이 조류의 마지막 흐름이었다.

그들이 피어스를 끌어내렸다면 결국 관중석을 불태우고 사방을 다 때려 부수고 끝났을 것이다. 한편 경찰은 잘 대응했다. 총을 꺼내지 않았지만 상황을 즐기는 듯 보였는데 경찰 하나가 어떤 늙은이의 머리통을 갈기고 뒷목과 척추를 가격했다. 피어스는 리치 디자이어와 함께 앞으로 나갔으며 이름을 잘 지은 거세한 말은 몸을 풀고 무일푼의 경기 절반을 치렀다. 경찰은 특히나 악랄하고 힘이 넘쳤다. 주동자들은 대적할 기미를 별로 보이지 않았다. 그들이 졌다. 경주로는 다시 깨끗해졌다.

또 다른 구호가 울려 퍼졌다.

"돈을 걸지 마! 돈을 걸지 마! 돈을 걸지 마!"

대체 이게 무슨 일이란 말인가? 베벌리힐스 집에서 쫓겨난 뚱뚱하고 비정상적인 게으름뱅이 독수리에게 한 푼도 주지 말라는 거다. 영원히. 그들이 "돈을 걸지 마!"라고 소리쳤을 때 베팅 머신에는 이미 6000달러가 들어 있었다. 우리는 낚였으며 피를 흘리고 영원히 졌다……. 우리가 할 수 있는 일은 아무것도 없다. 그저 베팅을 하고, 하고, 또 하는 것뿐이다.

경찰 열 명이 내야 난간을 따라 섰다. 자부심과 진실함과 땀범벅으로 하루 일당 몫을 했다. 여섯 번째 경주의 우승자는 9/1

을 읽고 베팅한 사람이어야 해서 없었다. 전광 게시판이 8이나 9를 띄웠다면 지금의 산타아니타는 없었을 것이다.

다음 날인 토요일 경마장에 4만 5000명이 있었다는 기사를 읽었고, 그건 지극히 정상이다.

나는 거기 없었고, 아쉽지도 않고, 말들은 달렸고, 난 이 글을 쓴다.

3월 23일 오후 8시 로스앤젤레스에서 빌어먹을 똑같은 슬픔을 겪는 중이고 갈 곳도 없다.

어쩌면 다음번에 우리가 1위 말을 차지할 수도 있다.

그러려면 연습과 약간의 웃음 그리고 운이 조금 필요하다.

*

전투복을 입은 남자가 찾아왔다. "케네디에게 일이 생겼으니 당신도 쓸 게 있겠군요."

그는 작가가 되려고 한다는데 그렇다면 왜 자기가 쓰지 않을까? 난 항상 그들이 엉망으로 구겨 버린 종이를 주워다 작은 문학 자루에 담아 둔다. 지금은 전문가가 넘친다고 생각하며 그게 이 시대다. 전문가와 암살자의 시대. 둘 중 어느 쪽도 굳은 개똥만큼 가치가 없다. 지난번 암살 같은 일이 벌어지면 문제는 우리가 어느 정도 가치 있는 사람을 잃었을 뿐만 아니라 정치적 정신적 사회적 이익도 잃어버렸다는 것이고, 거창하게 들리긴 해도 그런 일이 있긴 했다는 거다. 내 말은 암살은 반인

류적 위기를 가져왔으며 그 결과는 편견을 더욱 견고하게 만들 뿐 아니라 타고난 자유를 빌어먹을 술집 의자에 처박아 버리는 용도로 써 버린다는 것이다.

난 카뮈처럼(그의 글을 참고하라) 인류에 개입하고 활동하는 신성한 사람이 되고 싶지 않다. 기본적으로 대다수의 인간을 혐오하며 유일한 구원책은 행복, 현실과 흐름에 대한 이해를 가르치는 대학 교육을 새롭게 바꾸는 것인데, 그건 아직 암살당하지 않은 아이들의 몫이지만 그들도 곧 그렇게 될 테니 어떤 새로운 개념도 정립되지 않는다는 데 25달러를 걸겠다. 이미 권력을 가진 사람들에게 그건 너무 파괴적인 행위이기 때문이다. 아니, 난 카뮈가 아니지만 클랭크헤즈가 비극 속에서도 결실을 맺는 걸 보며 마음이 좀 짠했다.

레이건 정부가 밝힌 성명의 일부다.

"예의 바르고 법을 준수하고 하느님을 두려워하는 평범한 사람은 이번 사건에 대해 여러분과 저희만큼 속을 썩으며 걱정하고 있습니다."

"그와 우리 모두는 거의 10년간 우리 땅에서 자라는 사고방식의 피해자입니다. 그 사고방식이란 인간이 자기가 지킬 법을 고를 수 있고, 대의명분을 위해 스스로 법을 거둘 수 있으며, 범죄는 곧 처벌일 필요가 없다는 태도를 말합니다."

"이런 사고는 소위 지도자라는 사람들이 안팎으로 선동적이고 무책임한 말을 퍼뜨리면서 커졌습니다."

세상에, 난 계속할 수 없다. 너무 따분하다. 낡은 벨트로 우리 엉덩이를 채찍질하는 아버지의 이미지라니. 훌륭한 가정교사는 우리의 장난감을 치우고 저녁을 굶긴 채 재운다.

세상에, 난 케네디를 죽이지 않았다. 그들 중 어느 누구도. 킹이나 말콤 엑스, 나머지 누구도. 하지만 좌파 자유당원이 한 명씩 뽑혀 나간다는 점은 꽤 분명하다. 이유가 무엇이건(용의자는 건강식품점에서 일한 적이 있고 유대인을 싫어했다) 좌파들이 살해당하고 무덤으로 보내지는 동안 우파들은 바짓단에 풀물 하나 튀지 않았다. 루스벨트와 트루먼도 총에 맞지 않았나? 민주당에서. 참 이상하기도 하지.

암살이 역겹다는 걸 나도 인정할 테지만, 오래전에 인간이 예수 그리스도에게 무슨 짓을 저질렀고, 나도 그런 인간으로 태어났기 때문에 '죄를 지었고', 그래서 하느님을 무서워해야 한다는 이야기를 들었다. 난 그리스도도 케네디도 죽이지 않았고 레이건 정부에도 그런 짓을 하지 않았다. 이걸로 우리는 똑같아졌다. 그 혼자만 그렇게 된 것이 아니다. 사법적 혹은 정신적 자유를 잃어야 하는 이유를 알 수 없고 지금은 그 자유가 아주 작아졌다. 누가 누구를 욕보이는가? 누군가 침대에서 섹스하다 죽는다면 남은 사람들은 절대 섹스를 하지 않을까? 한 외국인이 미치광이라고 그 나라 모든 시민이 미친 사람 취급을 받아야 할까? 누군가 하느님을 죽였다면 나도 하느님을 죽이고 싶을까? 누가 케네디를 죽이고 싶었다고 해서 나도 케네디를 죽이고 싶어 할까? 무엇이 정부와 그는 아주 옳고 나머지 우리는 아주 틀렸다고 만들까? 그런 점에서 연설문 작가들은 글솜씨가 좋은 편이 아니다.

그 밖에도 아주 흥미로운 점이 있다. 6월 6일과 7일 차를 몰고 시내로 나가면 흑인 구역에서 자동차 열의 아홉이 낮에도 헤드라이트를 켜고 케네디를 추모하는데 그 이유를 모르겠다. 북쪽으로 올라가면 할리우드대로가 나올 때까지 그 비율이 줄어들고, 선셋과 라브레라 사이와 노르망디에는 열 대 중 한 대꼴이다. 케네디는 백인이란다, 형제들이여. 나도 백인이다. 나는 차를 몰면서 헤드라이트가 켜지지 않게 했다. 그럼에도 불구하고 박람회장과 센트리 사이를 지날 때 살짝 한기가 느껴져 기분이 좀 나아졌다.

말했듯이 주지사를 비롯해 모두가 입이 있지만 다들 흘러가게 놔두고 자신들의 편견을 뿌리내리고 비극에서 개인적인 영득을 얻었다. 가진 것을 지키고 싶은 자들은 자신의 황금 서랍을 빼앗길지도 모르기에 이런 사태가 잘못되었다고 말한다. 난 정치에 관심이 없지만 이런 속임수 가득한 변화구가 던져지면 열 받아서 거기에 개입할 것 같다.

심지어 스포츠 담당 기자들도 게임에 가담했다. 모두가 알듯이 스포츠 기자는 글은 최악 중 최악이고 생각하는 건 정말 끔찍하다. 그들의 생각과 글 중 어느 쪽이 더 끔찍한지 모르겠지만 그게 뭐든 하나로 합쳐지면 부적절하고 이상한 괴물이 태어날 뿐이다. 엄청나게 과장한 나머지 따분해진 것이 가장 끔찍한 형태의 유머다. 자아 위주 혹은 감정 위주로 형성된 사고도 이처럼 끔찍하다.

규모가 가장 큰 비파업 신문사의 스포츠 기자가 이런 말을 했다(케네디가 수술받는 와중에).

"폭력의 땅. 국가가 수술실에 있다."

"……다시금 아름다운 미국이 사타구니에 총을 맞았다. 국가는 수술 중이다. 폭력의 땅. 총알 하나가 100만 명의 투표보다 힘이 크다니……."

"이건 민주주의가 아니라 광기다. 범죄자들의 처벌을 줄이고, 아이들의 체벌을 줄이고, 광기를 가두는 걸 중단한 나라……."

"미국 대통령은 철물점에서 선택되었다. 우편 주문용 카탈로그에서……."

"자유는 죽어 가고 있다. 살인할 '권리'는 이 나라에서 궁극적인 권리다. 태만은 곧 미덕이다. 애국심은 죄악이다. 보수는 시대착오적이다. 하느님은 서른 살이 넘었다. 젊어지려는 것이 유일한 종교다. 그것이 얻기 힘든 미덕인 양. '품위'는 더러운 발이고 일에 대한 경멸이다. '사랑'은 꼭 필요한 항생제 같은 것이다. '사랑'이란 엄마가 상심해서 집에 앉아 있는데 털에 벌레가 있는 알몸의 젊은 남자에게 꽃을 건네는 것이다. 부모가 아니라 남을 '사랑'해야 한다."

"'판자 쪼가리'를 덮고 사는 사람들 말고 창문에 커튼을 달아 놓은 사람들이 좋다. 옆집 남자가 돈이라는 '빵'은 통밀로 만들어야 한다고 했다. 악마를 '이해'해야 한다는 말을 듣는 데 신물이 난다. 카나리아는 고양이를 '이해'해야 할까?"

"헌법은 결코 퇴보를 보호해 주지 못한다. 깃발에 불을 지르면 디트로이트를 불태우게 된다. 사형을 감수하고 모두를 위해 그렇게 하지만 대통령 후보들 그리고 대통령은……."

"……하느님의 인간은 군중의 인간이 되었다. 애국가는 밤의 비명이다. 미국인은 공원에서 걸을 수 없고 버스를 탄다. 자신을 철장 속에 넣어야 한다."

"'무릎을 떼라, 미국인이여!' 사람들은 소리치지만 무시당한다. 그들은 이를 드러내고 말한다. 맞서 싸우라고 위협한다. 사자는 이를 드러내고 자칼은 살금살금 움직인다. 비겁한 동물이 공격당한다. 하지만 미국은 듣지 않는다."

"……책상머리만 붙들고 있는 신경증에 걸린 학생은 성공할 수 없고 대학을 끌어내리지만 그들은 어떻게 재건하는지 모른다."

"……떠돌이, 게으른 낭비자, 겁쟁이를 신격화하며 그렇게 시작되었다. 무례한 손님들을 민주주의의 품위 있는 테이블에 앉혀 놓고 깜짝 놀란 주인과 상황을 바꿔 버리는 것으로……."

"……우리의 치유자들이 바비 케네디를 고칠 수 있도록 하느님께 기도하라. 누가 미국을 고칠까?"

이 사람을 원하는가? 난 그렇다. 너무 쉽다. 현재 상황에서 살아남고자 미성숙한 보랏빛 산문이 사방에 넘쳐난다. 쓰레기차를 모는 일을 하는가? 그렇다고 기분 나빠할 필요 없다. 더나은 일자리지만 더 끔찍하게 일을 해낸 것들도 있으니까.

미치광이를 가둬라. 그런데 누가 미쳤지? 우리는 모두 폰, 나이트, 캐슬, 킹, 퀸의 위치에 따라 자신의 체스 게임을 하고 있다. 아, 제기랄, 내가 그 인간처럼 말하기 시작했다.

그리고 우리는 정신과 전문의, 사상가, 패널들이 있고 지정된 대통령위원회에서 우리에게 무슨 문제가 있는지 파악하려고 할 것이다. 누가 미쳤고, 누가 기뻐하고, 누가 슬프고, 누가 옳고, 누가 그른지. 미치광이를 가둬라. 길거리에서 만난 60명 중 59명이 산업신경증, 아내, 생존을 위해 미쳤으며 쉴 시간도 없고, 자신이 어디에 있고 뭘 하는지 알 시간도 없는 데다 그렇게 오랫동안 돈이 그들을 북돋우고 눈을 멀게 했는데 더 이상 그것이 좋지 않아지면 우리는 어떻게 해야 하나? 암살자들은 오랫동안 우리와 함께 해 왔다. 그저 갑자기 나타난 것이 아니라 톱밥 같은 얼굴에 똥 얼룩 같은 눈을 가진 남자, 여자이며 아주 많다. 수백만이다.

우리는 곧 정신과 전문의 패널에게 보고서를 받을 것이다. 아래층에서 누군가 굶주린다고 알려 주는 빈곤 패널처럼 우리에게 누군가 위층에서 굶어 죽어 간다고 말할 것이다. 그리고 모든 게 잊힐 것이고, 살인이나 방화처럼 감정적인 일이 또 일어나면 그들이 다시 뭉쳐서 뻔한 말을 웅얼거리고 손을 비비며 똥이 변기 속으로 내려가듯 사라지겠지. 균형이 유지되는 한 그들은 상관하지 않을 것이다. 그리고 마법의 에이스를 날리는 그 정신과 의사들은 세 치 혀로 우리를 속이며 당신 엄마의 발은 내반족이고 당신 아빠는 술에 취해 당신이 세 살 때 입에 닭똥을 넣었다고, 그래서 당신이 호모이거나 구멍 뚫는 기구 조작자가 되었다고 말할 것이다. 전부 사실이다. 물론 그 소리에 기분이 좋지 않은 사람도 있을 테지만 그건 그들의 삶이 안 좋아서 그런 거고 더 낫게 만들 수 있다. 하지만 정신과 전문의들이 기계적으로 떠벌리는 말은 완전 헛소리라는 게 입증될 테고, 그들은 계속 우리 모두가 미쳤다고 말하면서 많은 돈을 받을 것이다. 우리는 제대로 대접받지 못한다. 이런 노래를 기억하는가?

난 정말 행운이야
호화롭게 살 수 있으니
난 주머니에 한가득
꿈이 있거든…….

내 우주야
비록 지갑은 비었어도
난 주머니에 한가득
꿈이 있거든…….

아니면 이런 노래거나.

은행에는 더 이상 돈이 없고
우리는 더 이상 감사할 사람이 없고
어떻게 해야 할까.
아, 어떻게 해야 할까.

불을 *끄고*
자러 가자.

그들이 우리에게 알려 주지 않을 것은 우리의 미치광이, 우리의 암살범이 우리의 현재 삶, 훌륭한 미국 전통 방식의 삶과 죽음에서 비롯되었다는 사실이다. 세상에, 우리 모두 겉보기엔 미치광이가 아니라는 게 기적이다! 대신 꽤 암울하게 존재해 왔으니 우리는 있는 그대로 광기에 대해 솔직히 말해야 한다.

난 산타페에서 연설을 한 번 했고, 아니 꽤 취해 있었고, 친구가 좀 알려진 정신과 의사였는데 술을 마시는 와중에 내가 몸을 숙이고 물었다. "진, 말해 봐. 내가 미쳤어? 어서 말해 줘. 감당할 수 있어."

그는 남은 술을 들이켠 다음 잔을 커피 테이블에 내려놓고 말했다. "그걸 알고 싶으면 우선 돈을 내."

그래서 적어도 우리 중 한 사람은 미쳤다는 걸 알았다. 레이건 정부와 로스앤젤레스 스포츠 기자들은 거기 없었다. 두 번째 케네디도 아직 암살당하기 전이다. 하지만 이상한 기분이 들었고, 그 자리에 그와 함께 있는 것이 별로 좋지도 않았고, 아니, 전혀 안 좋았고 적어도 다른 수천 년 안에는 좋아지지 않을 것 같았다.

그리고 지금 전투복을 입은 나의 친구에게 한마디 하자면, 너만의 글을 써라…….

*

"끝났어." 앤더슨이 말했다. "죽음이 이겼어."

"죽음이 이겼어. 이겼어. 이겼다고." 모스가 맞장구를 쳤다.

"근데 야구는 누가 이겼어?" 앤더슨이 모스에게 물었다.

"나도 몰라." 모스는 창가로 걸어갔다. 그리고 근처를 지나가는 미국인 남자를 향해 창문 너머로 소리쳤다. "이봐요, 야구는 누가 이겼나요?"

"파이러츠요. 3 대 2였어요." 미국인 남자가 알려 주었다.

"들었지?" 모스가 앤더슨에게 물었다.

"그래, 파이러츠야. 3 대 2. 아홉 번째 경마에서 누가 이겼는지 궁금하네."

"그건 알아." 모스가 대답했다. "스페이스맨 2가 이겼어. 7 대 1로."

"누가 몰았는데?"

"가자."

둘은 앉아서 맥주를 들이켰다. 양쪽 다 별로 취하지 않았다.

"죽음이 이겼어." 앤더슨이 다시 말했다.

"내가 모르는 걸 말해 봐." 모스가 화제를 바꾸고 싶어 했다.

"삼삼한 여자를 빨리 찾아야겠어. 안 그러면 병신이 될 것 같아."

"항상 돈이 너무 많이 들어. 잊어버려."

"나도 알아. 하지만 잊을 수 없지. 이상한 꿈을 꾸기 시작했단 말이야. 닭 엉덩이에 쑤셔 박는 꿈이었어."

"닭이라고? 그게 돼?"

"꿈속에서는 꽤 좋아."

그들은 맥주를 홀짝였다. 둘은 지루한 일을 전전하는 30대 중반의 오랜 친구다. 앤더슨은 결혼했다가 이혼했다. 어딘가에 아이가 둘 있다. 모스는 결혼을 두 번 하고 두 번 다 이혼했다. 어딘가에 아이가 하나 있다. 토요일 저녁 둘은 모스의 집에 있었다.

앤더슨이 빈 맥주병을 공중으로 던졌다. 병은 크게 포물선을 그리며 커다란 쓰레기통에 담긴 다른 병 위로 떨어졌다.

"있잖아." 앤더슨이 입을 열었다. "여자가 전혀 도움이 안 되는 남자도 있대. 난 여자랑 좋은 적이 한 번도 없었어. 섹스가 끔찍하게 지루했고 다 끝나면 그냥 쑤셨다는 기분만 들었어."

"웃으라고 하는 소리야?"

"내 말 무슨 뜻인지 알잖아. 된통 당하고 거스름돈을 잘못 받은 것처럼. 바닥에 팬티가 떨어져 있고 거기에 살짝 똥 자국이 남아 있고 여자는 승리를 얻고 터벅터벅 화장실로 가지. 하지만 남자는 가만히 누워 천장을 바라보고 팔다리가 흐느적거리고 이게 무슨 일인지 궁금해하다 남은 저녁 내내 머리 빈 여자가 떠드는 말을 들어야 한다는 것을 알아차리잖아……. 나도 딸이 있어. 음, 들어 봐. 내가 구식이거나 동성애자나 뭐 그런 거 같아?"

"아니, 안 그래. 네 말이 무슨 뜻인지 알아. 그 말을 들으니 생각났는데 한번은 여자 집에 갔어. 잘 모르는 여잔데 친구가 나더러 오라고 해서 간 거야. 파인트를 들고 가서 그녀랑 열 번을 잤어. 나쁘진 않았고 정신적 교감, 영혼의 결합 같은 건 느끼지 못했지. 난 꽤 자유를 느끼면서 몸을 빼고 천장을 바라보며 기지개를 켠 다음 그녀가 욕실에 준비해 주길 기다렸어. 그런데 여자가 침대 스프링 밑으로 손을 넣더니 걸레 같은 걸 꺼내서 몸을 닦으라고 주는 거야. 심장이 튀어나오는 줄 알았어. 빌어먹을 걸레쪼가리가 아주 뻣뻣하더라고. 하지만 난 프로인 척했어. 부드러운 부분을 찾아서 몸을 닦았지. 걸레를 들고 부드러운 부분을 찾느라 시간이 좀 걸렸어. 그러자 그 여자도 걸레쪼가리를 썼어. 난 그 집을 얼른 빠져나왔어. 그런 걸 구식이라 부르고 싶다면 그렇게 해. 난 구닥다리야."

둘은 한동안 조용히 맥주를 들이켰다.

"하지만 멍청이는 되지 말자." 모스가 진지하게 말했다.

"그래?" 앤더슨이 물었다.

"괜찮은 여자도 있어."

"그래?"

"응. 그러니까 모든 게 잘되어 갈 때 말이야. 한번은 여자친구가 있었는데, 세상에, 완전 천국이었어. 영혼을 어쩌고 하는 부담도 전혀 없었고."

"그런데 왜 헤어졌어?"

"그녀가 일찍 죽었지."

"안타깝군."

"맞아, 안타까워. 난 죽을 만큼 술을 마셨어."

둘은 맥주를 들이켰다.

"어쩌다?" 앤더슨이 물었다.

"뭐가 어쩌다라는 거야?"

"어쩌다 우리가 거의 모든 것에 의견 일치를 보게 됐을까?"

"그러니까 우리가 친구인 거야. 그런 걸 우정이라고 하지. 경험에 따른 편견을 함께 나누는."

"모스와 앤더슨. 한 팀. 우리는 브로드웨이 무대에 올라야 해."

"자리가 텅 빌걸."

"맞아."

(침묵, 침묵, 침묵) 그리고.

"맥주 맛이 점점 무뎌지고 있어. 이제 정말 형편없이 만드나 봐."

"그래, 가자. 가자에게 한 번도 걸어 보지 못했어."

"승률은 그리 높지 않은데."

"하지만 지금 곤잘레스가 회복했으니 어쩌면 더 잘 달릴지도 몰라."

"곤잘레스. 덩치도 크지 않고 힘도 부족해. 그의 말들은 항상 모퉁이를 돌 때 밀려."

"그래도 우리보다 더 많이 벌어."

"그건 기적이 아니야."

"아니지."

모스가 쓰레기통으로 맥주병을 던졌지만 빗나갔다.

"난 운동신경이 좋았던 적이 한 번도 없어." 모스가 기억을 더듬었다. "제장, 학교 다닐 때 항상 팀을 짤 때면 내가 가장 마지막 바로 전에 불렸어. 병신 같은 애 바로 전에 말이야. 그 병신이 윈첼이었어."

"윈첼은 어떻게 됐는데?"

"지금 철강 회사 회장이야."

"세상에."

"나머지 이야기도 들어 볼래?"

"좋지."

"잘나가던 해리 젠킨스. 그는 지금 샌쿠엔틴교도소에 있어."

"맙소사, 제대로 된 사람이 감옥에 간 거야, 억울한 쪽이 감옥에 간 거야?"

"둘 다야. 제대로 된 쪽과 억울한 쪽 다."

"너도 감옥에 있었지. 거긴 어때?"

"똑같아."

"무슨 말이야?"

"그러니까 다른 요인들로 이루어진 사회라는 말이야. 죄목에 따라 등급을 나눠. 사기꾼은 차 도둑이랑은 어울리지 않아. 차 도둑은 강간범이랑 어울리지 않고. 강간범은 성기노출범과 어울리지 않고. 모든 사람이 붙잡힌 죄에 따라 등급이 나뉘지. 예를 들어 음란영화 제작자는 꽤 높은 등급을 받는 반면 아동 성추행범은 아주 낮은 등급을 받지."

"너는 어떤데?"

"다 똑같아. 붙잡혔으니까."

"알았어. 그러면 감방에 들어앉은 사람과 길거리를 지나다니는 평범한 사람의 차이는 뭐야?"

"감방에 있는 사람은 시도를 한 실패자지."

"내가 졌어. 난 아직 여자가 필요해."

모스는 냉장고로 가서 맥주를 더 내왔다. 그리고 자리에 앉아 두 병을 땄다.

"아, 여자." 모스가 말을 늘어놓았다. "우린 열다섯 살짜리 꼬맹이들처럼 떠들었어. 더는 이해할 수 없어. 지루한 구멍에 그냥 쑤시고 들어가서 세세하게 살피는 짓은 못 하겠어. 손길이 자연스러운 남자도 있더라고. 지미 대번포트라고, 겉멋만 가득 든 찌질인데 여자들이 좋아 죽지. 끔찍한 괴물이야. 섹스가 끝나면 여자의 냉장고로 가서 샐러드 볼이며 우유병 등 아무 데나 오줌을 눈대. 그게 아주 재미있다고 생각하나 봐. 그러면 여자가 나와서 자리에 앉는데 여자의 눈동자가 그 자식에 대한 사랑으로 더 커져. 그가 간간이 연락하며 여자친구 집으로 날 데려가서 어떻게 했는지 보여 주더군. 가장 아름다운 여자는 항상 가장 끔찍한 놈, 가장 뻔한 거짓말쟁이한테 가더라고. 아니면 내가 그냥 질투 때문에 보는 눈이 흐려진 걸까?"

"네 말이 맞아. 남자가 거짓말을 아주 잘해서 여자는 거짓을 사랑하는 거야."

"여자들이 가짜들이랑 번식을 한다는 게 사실이라면 그건 자연의 법칙을 파괴하는 행위 아닐까? 강한 자는 강한 자와 짝짓기를 한다는 거? 우리한테 이런 걸 주는 사회는 대체 어떤 곳이야?"

"사회의 법과 자연법은 달라. 우리는 부자연스러운 사회에 살고 있어. 그래서 우리가 지옥으로 날아가기 일보 직전이지. 여자들은 직관적으로 가짜가 우리 사회에서 살아남는다는 걸 알고 그런 남자를 좋아하는 거야. 여자는 아이를 낳고 안전하게 키우는 데만 관심이 있거든."

"네 말은 여자들이 지금 앉아 있는 지옥 끄트머리로 우릴 보냈다는 거야?"

"그런 걸 '여성혐오증'이라고 해."

"그리고 지미 대번포트는 왕이야."

"별난 놈들의 왕이지. 여자들은 우릴 배신하고 우리 주변으로 폭탄 같은 알을 가득 낳아 쌓고 있어……."

"그런 걸 '여성혐오증'이라고 해."

모스가 맥주병을 들어 올렸다. "지미 대번포트를 위하여!"

앤더슨도 맥주병을 들었다. "지민 대번포트를 위하여!"

둘은 병을 비웠다.

모스가 맥주를 두 병 더 땄다. "외로운 늙다리 둘이 여자 탓을 하고 있고……."

"우리는 진짜 쓸모없는 똥 덩어리야." 앤더슨이 맞장구를 쳤다.

"맞아."

"있잖아, 어디 아는 여자 정말 없어?"

"어쩌면 있을지도."

"연락해 보지 그래?"

"넌 머저리야." 모스는 자리에서 일어나 전화기로 가서 다이얼을 돌렸다.

그리고 기다렸다.

"샤린?" 그가 아는 체를 했다. "아, 샤린…… 루야. 루 모스……. 기억나? 카텔라애버뉴의 파티에서 만났는데……. 루 브린슨네 집에서……. 난리가 난 날 밤에. 맞아. 그때 내가 고약하게 군 거 알아. 하지만 우리 좋았잖아. 기억나? 항상 널 좋아했어. 얼굴이, 내 생각엔 얼굴이 아주 고전 미인이라. 아니, 그냥 맥주 한두 병 마셨어. 메리 루는 잘 있어? 메리 루는 좋은 사람인데. 내 친구가 있는데…… 뭐? 하버드에서 철학을 가르쳐. 농담 아니야. 소박한 남자야. 하버드에 법대가 있다는 건 나도 알아! 그래도 젠장, 아직 임마누엘 칸트도 배운다고! 뭐? 65년식 쉐보레야. 막 할부가 끝났어. 언제? 꼬리까지 늘어지는 꼬불꼬불한 벨트가 달린 초록색 원피스 아직 가지고 있어? 웃으라고 하는 말 아니야. 아주 섹시해. 아름답다고. 난 계속 자기랑 닭 꿈을 꿨어. 뭐? 농담이야. 메리 루는? 아, 알았어. 하지만 내 친구가 아주 신사적이라고 말해 줘. 똑똑하고. 숫기가 없고. 그리고…… 아, 먼 사촌이야. 매리랜드. 뭐라고? 젠장, 난 유명한 가문 출신이야! 아, 그래? 이제 자기가 이상하게 굴고 있어. 아무튼 그는 시내에 살고 한가해. 아니, 당연히 결혼 안 했지! 내가 왜 거짓말을 해? 아니, 계속 자기 생각을 했다니까.

그 낮게 매달린 벨트하고. 뻔한 말처럼 들리겠지만 자긴 급이 달라. 최고급이지. 물론이야. 라디오도 히터도 있어. 스트립에서? 지금 거긴 애들이나 돌아다닐 텐데. 내가 그냥 술을 가지고 자기 집에 가면 안 될까? …… 알았어, 미안해. 아니, 난 자기가 늙었다고 말하는 게 아니야. 세상에, 날 알잖아. 나랑 내 입도. 아니, 전화하려고 했는데 시외에 있었어. 몇 살이냐고? 그 친구는 서른둘이지만 동안이야. 무슨 보너스를 받아서 곧 유럽으로 가. 하이델베르크로 강의하러. 아니, 거짓말 아니야. 몇 시에 볼까? 알았어, 샤린. 좀 있다 봐, 자기."

모스가 전화를 끊고 자리에 앉았다. 그리고 맥주를 집어 들었다.

"우리에게 한 시간의 자유가 있어, 교수님."

"한 시간이라고?" 앤더슨이 물었다.

"한 시간. 여자들이 거시기에 분칠을 해야 하니까. 너도 알잖아."

"지미 대번포트를 위하여!" 하버드대학 교수가 외쳤다.

"지미 대번포트를 위하여!" 펀치 프레스 기계공이 말했다.

그들은 맥주를 마셨다.

*

전화벨이 울렸다.

그는 러그에 앉아 있었다. 전화선을 잡고 전화기를 통째 바닥으로 당겼다. 그리고 수화기를 들었다. 소리가 들렸다.

"여보세요?" 그가 아는 체를 했다. "맥쿨러 씨!"

"누구죠?"

"사흘이 지났어요."

"뭐가 말입니까?"

"일을 시작한 지 말이에요."

"난 라이덴병을 만들고 있는데요."

"그게 뭐죠?"

"정전기를 모으는 장치인데 1746년 쿠네우스 레이든이 발명했어요."

그는 전화를 끊고 방 너머로 던져 버렸다. 수화기가 본체에서 떨어졌다. 그는 맥주를 마저 마시고 똥을 싸러 갔다. 지퍼를 올리고 다른 방으로 들어갔다.

"다 다!" 그가 노래를 불렀다.

"다 다

　다 다

　다 다 다 다!"

그는 허브 에이의 T. 브라스 같았다. 세상에, 완전 끔찍하고 우중충하다.

"라 다

　라 다

　　라 다 다 다!"

그가 러그 한가운데 앉았을 때 거기에 세 살하고 6개월 된 딸이 있었다. 그는 방귀를 뀌었다.

"아빠! 아빠가 방귀를 뀌었어!" 딸이 외쳤다.

"아빠가 방귀를 뀌었어!" 그가 소리쳤다.

그리고 둘은 웃음을 터뜨렸다.

"아빠."

"응?"

"내가 뭐 하나 말해 줄게."

"그래, 해 봐."

"엄마가 엉덩이에서 똥을 다 꺼냈어."

"그래?"

"맞아. 사람들이 엄마 엉덩이에 손가락을 넣어서 똥을 다 끄집어냈어."

"왜 그런 말을 하니? 그런 일은 없었잖아."

"아니, 있었어, 있었다고! 내가 봤어!"

"가서 아빠 맥주 좀 갖다 줘."

"응."

딸은 다른 방으로 뛰어갔다.

"라 다."

그가 노래를 불렀다.

"라 다

　라 다

　　라 다 다 다!"

딸이 맥주를 들고 돌아왔다.

"우리 딸." 그가 말을 시작했다. "아빠가 이야기 하나 해 줄게."

"그래."

"고통이 거의 완전히 뭉쳐졌어. 완전히 다 뭉쳐지면 아빤 더 이상 살 수 없어."

"그럼 나처럼 슬퍼하면 안 돼?" 딸이 물었다.

"아빤 이미 슬픈걸."

"나랑 꽃처럼 슬퍼하면 안 돼?"

"노력해 볼게."

"아빠,《맨 오브 라만차》 춤을 추자."

그는《맨 오브 라만차》를 틀었다. 둘은 춤을 추었고 그의 키는 183센티미터이고 딸은 그의 3분의 1 혹은 4분의 1 정도밖에 되지 않았다. 둘은 다른 움직임으로 각자 춤을 추었고 아주 진지했지만 동시에 간간이 웃음을 터뜨렸다.

레코드가 멈췄다.

"마티 아저씨가 날 때렸어." 딸이 일렀다.

"뭐라고?"

"맞아. 마티 아저씨랑 엄마가 주방에서 안고 뽀뽀할 때 목이 말라서 마티 아저씨한테 물 한 잔만 달라고 했는데 물을 안 줘서 내가 우니까 아저씨가 때렸어."

"가서 맥주 한 병 가져와!"

"맥주! 맥주!"

그는 자리에서 일어나 걸어가서 수화기를 똑바로 놓았다. 그 즉시 전화벨이 울렸다.

"맥쿨러 씨 계세요?"

"난데요?"

"자동차 보험 기간이 만료되었습니다. 새 요율은 1년간 248 달러이고 선불로 내야 해요. 교통 위반 스티커를 세 번 뗐고요. 저희가 보기에 각 위반 사항은 자동차 사고로 보이는데……."

"제기랄!"

"뭐라고 했죠?"

"자동차 사고가 나면 당신들이 돈을 내지. 소위 위반이라는 건 내가 돈을 내지. 그리고 오토바이를 탄 경찰놈들은 우리에 게서 우리를 보호하는 사람인데 집을 사고 새 차를 뽑고 저 중산층 아내들의 옷과 싸구려 장신구 비용까지 대려면 하루 에 끊어야 하는 스티커 할당량이 16~30장이야. 나한테 되지 도 않는 소리 하지 마. 난 운전 그만뒀으니까. 어젯밤 부두에서 차를 밀어 버렸어. 후회되는 건 딱 한 가지야."

"그게 뭡니까?"

"빌어먹을 차가 가라앉을 때 내가 그 안에 없었다는 거."

맥쿨러는 전화를 끊고 딸이 가져다준 맥주를 받았다.

"인어공주." 그가 쓸쓸하게 말했다. "적어도 너의 몇 시간은 아빠의 시간보다 더 편안하길 바란단다."

"사랑해요, 아빠."

딸이 팔을 뻗어 그를 안았지만 팔이 짧아서 몸을 다 두르지 못했다.

"내가 아빨 못 움직이게 할 거야! 사랑해! 내가 꼭 잡았어!"

"나도 사랑해, 인어공주!"

그는 딸에게 팔을 둘러 꼭 안아 주었다. 딸은 눈을 반짝거렸다. 만약 고양이였다면 가르릉거렸을 것이다.

"이런, 이런, 웃긴 세상이야." 그가 냉소적으로 말했다. "전부 다 가졌지만 가질 수 없다니."

둘은 바닥에 앉아 '도시 짓기' 게임을 했다. 어디에 철도를 깔고 누가 철도를 사용할지 살짝 논쟁이 있었다.

그때 초인종이 울렸다. 그는 자리에서 일어나 문을 열었다. 딸이 그들을 보았다.

"엄마! 마티 아저씨!"

"짐 챙겨, 우리 아기. 이제 가야지!"

"난 아빠와 있고 싶어!"

"엄마가 '짐 챙겨.'라고 했잖아!"

"그치만 난 아빠랑 있고 싶어!"

"두 번 말하지 않을 거야! 당장 짐 챙겨. 안 그럼 회초리 맞을 줄 알아!"

"아빠, 아빠가 내가 여기 있고 싶다고 말해 줘!"

"애가 있고 싶다잖아."

"당신은 또 술에 취했군요. 애 있는 데서 술 마시지 말라고 했잖아요!"

"뭘, 당신도 마셨잖아!"

"그녀한테 술 취했다고 말하지 말아요, 프레디." 마티가 담뱃불을 붙이며 말했다. "아무튼 난 당신이 싫어요. 항상 당신이 반동성애자라고 생각했어."

"날 어떻게 생각하는지 말해 줘서 고맙군."

"그녀에게 술 취했다고 하지 말아요, 프레디. 안 그럼 당신 엉덩이를 때려 줄 테니까……."

"잠시만, 보여 줄 게 있어."

프레디가 주방으로 걸어 들어갔다. 그리고 노래를 부르며 나왔다.

"라 다

　라 다

　　라 다 다 다!"

마티는 육류용 칼을 보았다. "그걸로 뭘 하려는 거예요? 내가 그걸 당신 엉덩이에 쑤셔 넣을 수 있는데."

"그렇겠지. 하지만 말해 주고 싶어. 전화국의 영업사무소에서 여자가 전화를 걸어와 밀린 전화비를 안 내서 전화가 끊길 거라고 했어. 그래서 여자한테 너랑 자고 싶다고 하니까 전화를 끊더군."

"그게 어쨌는데요?"

"내 말은 나 역시 끊는 걸 할 수 있다는 거야."

프레디는 아주 빨리 움직였다. 빠르기가 무슨 마법 같았다. 육류용 칼이 마티의 식도를 네다섯 번 잘랐고, 그는 뒤로 넘어지면서 몸이 반쯤 계단으로 떨어졌다…….

"세상에…… 살려 주세요. 제발 살려 주세요."

프레디는 다시 거실로 가서 칼을 벽난로에 던져 버리고 러

그에 앉았다. 딸이 그 옆에 같이 앉았다.

"이제 게임을 마저 할까?"

"좋아."

"철도에는 차가 있으면 안 돼."

"당연히 안 되지. 경찰이 우리를 체포할 거야."

"경찰이 우리를 잡아가는 거 싫지?"

"응."

"마티 아저씨가 피를 가득 흘렸어, 그런 거지?"

"맞아. 우리는 그렇게 만들어진 거야?"

"대부분은."

"뭐가 대부분인데?"

"대부분이 피와 뼈와 고통으로 되어 있어."

둘은 그 자리에 앉아 '도시 짓기' 게임을 계속했다. 사이렌 소리가 났다. 구급차가 한 대 왔지만 너무 늦었다. 경찰차 세 대가 도착했다. 흰 고양이 한 마리가 지나가며 마티를 쳐다보더니 코를 들고 달아났다. 개미 한 마리가 그의 왼쪽 신발 밑창으로 기어올랐다.

"아빠."

"응?"

"내가 뭐 하나 말해 줄게."

"해 봐."

"그 사람들이 엄마의 엉덩이를 잡고 손가락으로 똥을 다 끄집어냈어……."

"그래, 그 말 믿어 줄게."

"지금 엄마는 어디 있어?"

"아빠도 몰라."

엄마는 길거리를 이리저리 뛰어다니며 신문배달원, 식료품 점 점원, 바텐더, 저능아, 사디스트, 오토바이 탄 사람, 소금 먹는 사람, 전직 선원, 놈팡이, 사기꾼, 매트 웨인스톡 독자들에게 이야기하고 있었다. 하늘은 파랗고 빵은 포장지에 잘 싸여 있고 올해 처음으로 그녀의 눈동자에 생기가 돌고 아름다워졌다. 하지만 죽음은 진짜 지루해서, 죽음은 진짜 지루해서 심지어 호랑이와 개미도 언제 얼마나 시끄럽게 비명을 지르며 나타날지 결코 알지 못한다.

*

모든 강의 수위가 더 높아지고 팽팽하고 학교 선생들은 자로 학생들을 후려치고 벌레는 옥수수를 파먹는다. 그들은 삼발이에 밀리그램을 올리고 배가 하얗고 배가 검고 배는 배다. 남자들은 맞기 위해 얻어터지고 법원은 판결문부터 써 놓고 시작하는 곳이고 모든 과정은 그저 코미디 같다. 남자들은 의문을 제기했다는 이유로 유치장에 끌려가서 반병신이 되거나 인간 구실을 못하게 되어 나온다. 누군가는 혁명을 꿈꾸지만 반란을 일으키고 새로운 정부를 세워도 자신의 새 정부가 여전히 기존의 정부와 같고 기존의 정부도 마분지를 쓴 꼭두각시에 지나지 않는다는 걸 알아차린다. 시카고 청년들은 거대 언론의 머리를 공격하는 분명한 실수를 저질렀다. 머리를 공격하면 그들이 생각하게 될지도 모르고, 초창기《뉴욕타임스》와《크리스천 사이언스 모니터》의 일부 판을 제외한 거대 언론들이 제1차 세계대전을 선언하는 행동을 멈출 수도 있으니까.

평범한 인간의 몸을 보여 주었다는 이유로《오픈 시티》를 공격해도 되지만 수백만 부를 발행하는 편집자의 엉덩이를 걸어찼을 때는 조심해야 한다. 그가 시카고와 다른 곳의 실체에 대해 글을 쓸 수도 있고, 그러면 광고주는 망해 버린다. 칼럼을 딱 한 편만 쓸 수도 있지만 그 칼럼 하나가 백만 독자가 다른 방향으로 생각하게 만들 수 있으며, 그러면 어떤 일이 일어날지 아무도 모른다. 그러나 자물쇠는 단단하다. 닉슨과 험프리를 두고 선택하는 건 따뜻한 똥을 먹을지 찬 똥을 먹을지 고르는 것과 같다.

어디에서든 큰 변화는 없다. 프라하 사태는 헝가리 때를 잊어버린 많은 청년을 나약하게 만들었다. 그들은 공원에서 우상인 체 게바라를 목매달고 카스트로의 사진을 부적처럼 지니고 다니며 오오오오옴 오오오오옴 하는데, 그러는 동안 윌리엄 버로스, 장 주네, 앨런 긴즈버그가 그들을 인도한다. 이들 작가는 물러터지고 멍청이에다 머리에 든 것 없는 한물간 약골이며 호모가 아니라 계집애들처럼 나약해 빠졌다. 내가 경찰이라면 그들의 혼란스런 머리통을 곤봉으로 갈겼을 것이다. 그 죄로 날 처형하든지. 길거리 작가들은 멍청이들한테 영혼이 갉아 먹혔다. 글을 쓸 곳은 한 군데뿐이다. 바로 타자기 앞에 혼자 있는 것이다. 길거리로 나가는 작가는 길거리를 모르는 사람이다. 나는 공장, 사창가, 감옥, 술집, 공원 연설가까지 충분히 만났고 백 명의 백 가지 삶을 엿보았다. 이름이 있다면 거리로 나가는 것이 쉬운 방법이다. 사랑하기 때문에, 위스키 때문에, 우상 숭배 때문에, 여자 때문에 그들은 토머스와 비안을 죽이고 다른 500명도 반쯤 죽였다.

타자기 앞에서 벗어날 때는 기관총을 챙겨라. 쥐들이 따라 붙을 거다. 카뮈가 석학들 앞에서 연설하기 시작했을 때 그의 글은 이미 죽었다. 카뮈는 연설가로 시작한 것이 아니라 작가로 시작했다. 그를 죽인 건 자동차 사고가 아니다.

얼마 되지 않는 친구 중 몇몇이 물었다. "시 낭독회를 해 보는 게 어때, 부코스키?" 그들은 내가 왜 '싫어'라고 대답하는지 이해하지 못한다.

그래서 우리에게 시카고 사태와 프라하 사태가 생겼으나 예전 상황과 조금도 다르지 않다. 어린아이가 엉덩이를 두드려 맞았고 그 아이가 크면(그렇게 된다면) 역시나 다른 엉덩이를 때리겠지. 난 닉슨보다 클리버가 대통령감이라고 생각하지만 그건 큰 문제가 아니다. 내 집에 죽치고 앉아 내 맥주를 마시고 내 음식을 먹고 자기 여자들을 자랑하는 빌어먹을 혁명주의자들은 모든 건 안에서 비롯된다는 점을 배워야 한다. 사람에게 새 모자를 주고 그 모자를 써서 사람이 달라졌다고 기대하듯 그냥 새 정부를 던져 준다고 될 일이 아니다. 새 모자를 씌워

봐야 여전히 소심한 성향에 배는 남산만 하게 나왔을 거고 디지 길레스피를 전곡 다 들어도 바뀌는 것은 없다. 많은 사람이 혁명이 있을 거라고 말하지만 난 그 많은 사람이 아무것도 얻지 못하고 죽는 꼴을 보기 싫다. 다수를 죽일 수 있지만 살아야 하는 소수의 훌륭한 인물만 축내는 꼴이 된다는 말이다. 결국은 정부가 사람들을 끝낼 것이다. 양의 옷을 입은 새로운 독재자가. 이념이란 총이 있어야 유지되는 것일 뿐이다.

며칠 전 밤 청년이 내게 말했다(그는 아주 영적이고 아름다운 러그 한가운데 앉아 있었다).

"난 모든 하수관을 막아 버릴 거예요. 그러면 도시 전체에 똥물이 차겠죠!"

그 청년은 로스앤젤레스 전체와 패서디나 절반을 묻어 버릴 거라는 되지도 않는 소리를 충분히 쏟아 냈다.

그리고 내게 물었다. "맥주 더 마실래요, 부코스키?"

그의 창녀가 다리를 높이 꼬아서 내게 분홍색 팬티를 슬쩍 보여 준 터라 자리에서 일어나 청년에게 맥주를 가져다주었다.

알겠지만 혁명은 낭만적으로 들린다. 물론 그렇지 않다. 피와 창자와 광기만 있을 뿐이다. 그 과정에서 죽어나는 건 청년들이고 상황이 어떻게 돌아가는지 이해 못 하는 것도 청년들이다. 당신이 지켜보는 와중에 당신의 창녀와 아내가 총검에 배가 찔리고 엉덩이로 강간을 당한다. 한때 미키마우스 만화를 보며 웃던 사람이 다른 사람을 고문하는 일이다. 일을 저지르기 전에 정신이 어디에 있고 어디로 갈 것이며 언제 끝날 것인지 결정해야 한다. 난 도스토옙스키의 《죄와 벌》을 지지하지 않으며 그 누구도 다른 사람의 삶을 파괴할 권리가 없다고 본다. 그렇지만 생각을 먼저 해야 한다. 물론 여자들은 총알 없이도 우리의 삶을 잘도 앗아 갔다. 나는 형편없는 돈을 받으며 일하는데 어떤 살찐 놈은 베벌리힐스에서 열네 살 소녀를 강간하고 있으니. 변소에서 5분이 길다고 총을 쏘는 남자도 보았다. 말하고 싶지 않은 꼴도 봤다. 하지만 무언가를 죽이기 전에 그것을 대체할 더 나은 무언가를 갖고 있는지 확인해야 한다. 정치기회주의자들이 공원에서 허튼소리를 지껄이는 것보다 더 나은 뭔가를 말이다. 바가지를 쓸 거라면 보증 기간이 36개월 넘는 걸로 골라라.

혁명에 대해 이렇듯 감정적이고 낭만적으로 열망하는 걸 처음 보았다. 혁명 뒤에 따라오는 배반에 확실히 대적할 군건한 지도자나 현실적 대안도 보이지 않는다. 내가 누군가를 죽일 거라면 그가 같은 사람이자 같은 방식을 지닌 복제품으로 대체되는 꼴을 보고 싶지 않다. 우리는 동네 술집의 남자 변소에서 술에 취한 놈들이 총질하듯 역사를 낭비해 왔다. 난 인류의 한 사람이 된 것을 부끄럽게 생각하며 거기에 부끄러움을 더하고 싶지 않다. 오히려 부끄러움을 조금이라도 떼어 내고 싶다.

다른 사람의 맥주로 자기 배를 채우고 그랜드래피즈 출신의 열여섯 살짜리 모델과 여행이나 다니는 한가한 인간이 혁명을 떠드는 것이다. 세계적으로 명성이 높은 멍청이 작가 셋이 오오오오옴 게임을 하고 춤을 출 때나 혁명에 대해 떠든다. 그건 또 다른 화두고 일어나야 하는 또 다른 일이다. 1870~1871년 파리의 거리에서 2만 명이 목숨을 잃었다. 거리는 비가 온 것처럼 그들의 붉은 피로 넘치고 쥐들이 몰려나와 시신을 갉아 먹었다. 사람들은 굶주리고 피폐해져서 더 이상 혁명의 의미를 묻지 않고 시신에 붙은 쥐들을 떼어다 먹었다. 그리고 오늘 밤 파리는 어디 있는가? 오늘 밤 파리는 무엇인가? 여기에 내 친구가 헛소리를 더하고 미소를 짓는다. 그는 스물이고 시를 읽는다. 시는 그저 설거지통에 담긴 젖은 행주일 뿐이다.

그리고 마리화나. 사람들은 마리화나를 혁명과 동급으로 친다. 마리화나는 그렇게 좋지 않다. 젠장, 마리화나를 합법화하면 그중 절반이 마리화나를 끊을 것이다. 금지를 시키니 할머니 사마귀보다 많은 중독자가 생긴 것이다. 못 하는 건 하고 싶어지는 법이다. 누가 자기 아내랑 날마다 하고 싶을까? 아니면 일주일에 한 번이라도?

난 하고 싶은 일이 많다. 우선 아주 못생긴 사람이 대통령 후보에 오르는 꼴을 그만 보고 싶다. 그다음에는 박물관을 바꾸고 싶다. 박물관만큼 우울하고 조용하고 냄새나는 곳은 없다. 세 살짜리 여자애가 박물관 계단에서 성추행당하는 확률이 높지 않은 이유를 모르겠다. 우선 적어도 층마다 술집을 하나씩 차릴 것이다. 그것만으로도 월급 주는 일을 할 수 있고 일부 회화를 복원하여 송곳니 빠진 호랑이 엉덩이가 포켓볼 구멍만큼 커지는 것도 막을 수 있으니까. 다음은 층별로 록 밴드, 스윙 밴드, 심포니 밴드를 고용하고 예쁜 여자 서넛이 걸어 다니면 보기 좋을 것이다. 스스로 설레지 않는 한 아무것도 배우지 못하고 볼 수도 없다. 대부분의 관람객이 고온 유리 뒤에서 그 검치호를 쳐다보고는 좀 부끄럽고 조금은 지루해서 슬그머니 지나간다.

하지만 남자와 아내가 맥주를 들고 있다면 검치호를 쳐다보며 이렇게 말할 수도 있다. "젠장, 저 엄니 좀 봐! 코끼리 상아 같지 않아?"

아내가 말한다. "여보, 집에 가서 사랑을 나눠요!"

남자가 대답한다. "집어치워! 지하에서 1917 스페드를 보기 전까진 안 가. 에디 리켄배커가 직접 한대. 1700명이 왔고. 게다가 아래층에서 핑크 플로이드를 데려왔다는 소리도 들었어."

그렇지만 혁명주의자들은 박물관을 불태울 것이다. 그들은 방화가 모든 것의 답이라고 생각한다. 할머니가 빨리 달리지 못하면 불태워 버릴 작자들이다. 그리고 사방에서 물을 찾거나 맹장 수술을 할 수 있는 사람을 찾거나 잠자는 동안 목을 딸 수 있는 진짜 미치광이를 찾거나. 더불어 도시에 얼마나 많은 쥐가 사는지 알아차릴 것이다. 사람 쥐 말고 동물 쥐 말이다. 쥐는 익사하고 불타고 굶주리는 와중에서 가장 마지막까지 남을 뿐 아니라 음식과 물을 가장 빨리 찾는다는 사실도 알게 될 것이다. 쥐는 수백 년 동안 어떤 도움도 없이 그렇게 해 왔기 때문이다. 쥐야말로 진정한 혁명주의자들이다. 쥐는 진짜 지하에 있지만 엉덩이를 파먹으려는 것만 아니면 관심이 없고 오오오옴에도 흥미를 보이지 않는다.

난 포기를 말하는 것이 아니다. 어디에 있든 어디에 숨든 그 무엇이든 간에 진정한 인간의 정신을 말하는 것이다. 너무 듣기 좋은 말을 날리는 카우보이를 조심하라. 그는 당신을 진압 경찰 넷, 군인 여덟아홉과 함께 평원에 남겨 두고 기댈 곳이라곤 자기 배꼽밖에 없도록 만들 테니까. 공원에서 희생하라고 외치는 놈들은 총소리가 나면 가장 멀리 도망친다. 한마디로 자기 회고록을 쓰고 싶어서 사는 자들이다.

전에는 주로 종교를 이용해서 사기 쳤다. 큰 교회는 사기의 장소가 아니라 설교자를 포함해 모두가 지루해하는 그냥 짜증 나는 곳이다. 사방을 하얗게 칠한 도시의 교회 말이다. 세상에, 그들은 어떻게 지금까지 이어 왔을까. 나는 술에 취해서 도시 교회로 들어가 가만히 지켜보곤 했다. 특히 술집에서 나오면. 집에 가서 고기를 먹는 것보다 더 먼저. 최고의 종교 사기가 벌어지는 곳은 로스앤젤레스고 다음이 뉴욕과 필라델피아다. 거기 설교자들은 예술가다. 그들은 내가 바닥을 구르게 만들 뻔했다. 다수의 연설가가 숙취, 충혈된 눈에서 회복되는 중이고, 술이나 심하면 마약을 위해 돈이 더 필요한 사람들이다. 뭐, 나도 모르겠다.

그들은 내가 바닥을 구르게 만들 뻔했으며 나는 꽤 침착했고 꽤 지쳤다. 반밖에 넣지 못해도 여자가 낫다. 여자들에게 감사하고 싶다. 다수가 흑인인데 즐거운 밤을 보냈다. 내가 시를 쓴다면 그들에게서 살짝 훔쳐 온 것이리라.

그러나 지금 게임이 흐려지고 있다. 하느님은 마지막 남은 깨끗한 옷이 바닥에 더럽혀졌어도, 아무리 열심히 비명을 질러 대도 월세를 내 주거나 와인 한 병 사 주지 않는다. 하느님은 기다리라고 말하는데 뱃속이 텅 빈 데다 영혼이 그리 즐겁지 않을 때 기다리는 것은 힘든 일이다. 게다가 어쩌면 쉰다섯까지밖에 못 사는데 마지막에 하느님이 나타난 건 2000년 전이고, 그저 싸구려 카니발에서 볼 법한 속임수만 몇 개 쓴 다음 유대인 몇이 앞지르게 놔두고 장면을 날려 버렸다. 인간은 고통을 겪는 일에 넌더리가 난다. 입속 치아가 자신을 죽일 만큼 충분한데, 그럴 게 아니면 똑같이 작은 방에서 똑같은 여자와 있어야 한다.

종교사기꾼은 혁명사기꾼과 함께 움직일 뿐 멍청이한테는 말을 붙일 필요가 없다. 그 점을 깨달으면 시작이 있을 것이다. 경청하면 시작이 있을 것이다. 모두 삼키면 죽는다. 하느님은 나무에서 나와 뱀을 잡고, 에덴동산의 잘 조여진 여자는 도망치고, 지금은 같은 나무에서 칼 마르크스가 황금 사과를 집어 던지는데 대부분이 썩었다.

전투가 벌어진다면, 난 거기가 항상 그랬듯이 반 고흐와 말러와 디지 길레스피와 찰리 파커가 생겨난 곳이라고 믿는다. 아무튼 리더를 조심하라. 많은 인간이 모퉁이의 셸정유소를 불태우는 것보다 제너럴모터스 사장이 되고 싶어 할 테니까. 하지만 그들은 리더가 될 수 없으니 다른 걸 얻을 것이다. 그들이 우리가 지금 이렇게 되도록 만든 수백 년 묵은 인간쥐다. 둡체크가 정신적 죽음을 두려워하여 러시아에서 반병신이 되어 돌아온 것과 같다. 인간이라면 다른 방법이 아니라 스스로 자기 불알을 천천히 잘라 내며 죽는 편이 낫다는 점을 배워야 한다. 바보 같다고? 가장 위대한 기적을 일으키는 것보다 바보 같은 짓을 안 하는 편이 낫다. 그러나 함정에 빠진다면 상대해야 하는 게 무엇인지 정확히 이해하려고 노력하라. 그러지 않으면 영혼이 사라질 것이다. 카사노바는 여자의 옷에 손가락을 올려놓고 희롱했는데 그러는 동안 남자들은 왕의 궁정에서 죽어 갔다. 하지만 카사노바도 커다란 페니스에 기다란 혀와 배짱이라고는 전혀 없는 노인이 되어 죽었다. 그가 잘 살았다는 말은 사실이다. 내가 아무 감정 없이 그의 무덤에 침을 뱉을 수 있다는 것도 사실이다. 여자들은 항상 자기가 찾을 수 있는 가장 멍청한 남자에게 빠진다. 그래서 인류가 지금의 위치에 있나 보다. 우리는 영리한 카사노바를 낳아 키웠고, 아이들에게 부활절 선물로 주는 토끼 초콜릿처럼 속이 텅 비었다.

예술의 둥지는 가장 상상이 안 가는 괴물들이 기어 들어온 혁명주의자들의 둥지 같아서 코카콜라로 위안이나 삼는데, 그들은 접시 닦는 일조차 못 찾고 세잔처럼 그림을 그릴 수도 없기 때문이다. 토양이 당신을 원하지 않는다면 할 수 있는 일이라곤 기도하거나 새로운 토양을 찾는 것뿐이다. 그 토양이 당신을 원하지 않는다면 또 다른 걸 찾는 게 어떨까? 모두가 자신만의 방식으로 기뻐한다.

나이가 들고 보니 특히나 이 나이 대를 사는 것이 기쁘다. 별것도 아닌 인간이 그저 너무 많은 헛소리를 하는 데 지쳤다. 사방에서 이런 일이 일어난다. 프라하. 워싱턴. 헝가리. 베트남. 정부가 아니다. 사람이 정부에 대항한 것이다. 화이트 크리스마스와 빙 크로스비의 목소리와 색을 입힌 부활절 달걀과 그걸 숨기고 아이들이 찾게 만드는 바보 같은 짓에 더 이상 속고 당하고 싶지 않은 인간이 벌인 일이다. 미국의 미래 대통령 얼굴이 TV 화면에 나오면 분명 화장실로 달려가서 토해 버릴 거다.

이 시대가 좋다. 이런 기분이 좋다. 젊은이들이 마침내 생각을 하기 시작했다. 그리고 젊은이가 점점 더 많아졌다. 하지만 그들은 매번 감정에 휘둘리고 그 휘둘림에 죽음을 당한다. 늙고 완고한 사람들은 겁에 질렸다. 그들은 혁명이 매국의 방식으로 투표를 불러오리란 걸 알고 있다. 우리는 총알 없이 그들을 죽일 수 있다. 단순히 더 현실적이고 더 인간적이 되어 쓰레기를 몰아내는 것으로 그들을 죽일 수 있다. 하지만 그들은 영리하다. 그들이 우리에게 무엇을 줄까? 험프리 아니면 닉슨이다. 앞에서 말했듯이 차가운 똥이나 따뜻한 똥이나 다 똥이다.

내가 암살에서 벗어난 유일한 비결은 내가 작은 똥이고 정치색이 없고 그저 지켜보기만 하기 때문이다. 난 인간의 정신 말고는 어느 편에도 서지 않는다. 영업사원의 말처럼 얄팍하게 들릴 수도 있지만 내 정신이 그렇고 그건 당신들도 마찬가지라는 의미다. 내가 진짜 살아 있는 존재가 아니라면 당신을 어떻게 볼 수 있을까?

길을 걸어 다니는 모든 사람이 좋은 신발을 신고 제대로 된 여자를 데리고 뱃속에 음식을 가득 넣어 다니는 걸 보고 싶다.

제기랄, 내가 마지막으로 여자를 품은 게 1966년이고 그 후에는 자위하고 있다. 그 놀라운 구멍과 비교할 만한 자위는 없다.

형제여, 지금은 힘든 시기이며 뭐라고 말해 줘야 할지 잘 모르겠다. 난 백인이지만 동의해야겠다. 피부색을 가지고 뭐라 하는 걸 너무 믿지 마라. 그건 물러터진 것이고 난 물렁한 걸 그리 좋아하지 않는데 너희 많은 흑인 청년이 베니스웨스트부터 마이애미비치까지 가는 길에 날 토하게 만들었다. 영혼에는 피부색이 없다. 영혼은 노래하고 싶은 가운데 있고 결국 들리지 않는가, 형제여? 조용히 들리지 않는가? 섹시한 여자와 새 캐딜락은 빌어먹을 일을 해결해 주지 않는다. 뽀빠이는 외눈일 테고 차기 대통령은 닉슨이 될 것이다. 예수는 십자가에서 미끄러져 내려오고 우리는 이제 빌어먹을 흑백, 백흑을 완전히 없애 버릴 거다.

우리의 선택은 선택하지 않은 것과 같다. 너무 빨리 움직이면 죽는다. 충분히 빨리 움직이지 않아도 죽는다. 우리가 좌우할 수 있는 패가 아니다. 61센티미터나 되는 기독교 코르크를 어떻게 엉덩이에 쑤셔 넣을 것인가?

배우고 싶다면 칼 마르크스를 읽지 마라. 아주 말라비틀어진 똥이다. 영혼을 배워라. 마르크스는 프라하로 진격하는 탱크일 뿐이다. 이런 방식에 사로잡히지 말기를 부탁한다. 우선은 셀린을 읽어라. 2000년의 역사에서 가장 위대한 작가다. 물론 카뮈의 《이방인》도 들어간다. 《죄와 벌》《형제들》, 카프카도 전부 다 읽어야 한다. 무명 작가인 존 판테의 작품도 전

부 읽어라. 투르게네프의 단편도. 포크너, 셰익스피어는 피하
는데, 특히 조지 버나드 쇼는 이 시대 가장 과대평가된 허상이
다. 진짜 제대로 된 정치와 문학의 연관성은 믿음을 초월한다.
앞날이 창창하고 언제든 여자를 꼬드길 수 있어 보이는 유일
한 젊은이는 헤밍웨이다. 헤밍웨이와 쇼의 차이점은 헤밍웨이
는 초기에 훌륭한 작품을 썼고 쇼는 평생 동안 아무것도 든 거
없는 지루한 쓰레기만 남겼다는 것이다.

아무튼 우리는 여기서 혁명과 문학을 섞었고 둘 다 잘 어울
린다. 왠지 모르지만 모든 것이 어울린다. 근데 난 지쳐서 내일
을 기약해야겠다.

누군가 내 문 앞에 서 있을까?

누가 빌어먹을 짓을 할까?

이 글로 좀 쫄았기를 바란다.

*

이것이 끝으로 가는 길일까? 사방의 코를 지나 죽음으로? 참
싸기도 하지. 참 표절스럽기도 하지. 참 잔인하기도 하지. 생햄
버거가 잊어진 채로 스토브에서 냄새를 풍기고 있다.

그는 가슴 위로 토했고 너무 아파 몸을 움직일 수 없었다.

절대 약을 술과 섞어서는 안 된다. 농담 아니다.

그는 영혼이 몸에서 빠져나와 둥둥 뜨는 것이 느껴졌다. 영
혼이 고양이처럼 거꾸로 매달렸다. 영혼의 발은 용수철 같다.

빌어먹을, 돌아와! 그가 자기 영혼에게 말했다.

영혼이 웃었다. 넌 너무 오랫동안 날 막 대했잖아. 네게 필요한 걸 얻어 낼 거야.

그때가 대략 오전 3시였다.

그에게 죽는 건 문제가 아니다. 다만 해결하지 않은 부분이 남았다. 네 살 된 딸이 애리조나의 히피 캠프에 있다. 바닥에는 스타킹과 반바지가 널브러져 있고 싱크대에는 설거짓거리가 가득하다. 자동차 할부금, 가스 요금, 전기료, 통화료를 아직 못 냈다. 그의 일부가 미국의 모든 주에 남아 있고 그의 일부가 창녀 쉰 명의 씻지 않은 생식기에 남아 있고 그의 일부가 깃대, 불쏘시개, 공터, 가톨릭 교회 단체 수업, 감방, 보트에 남아 있다. 그의 일부가 반창고와 하수관 아래 남아 있다. 그의 일부가 버린 자명종, 버린 신발, 버린 여자, 버린 친구들에게 남아 있다…….

너무 슬프고 슬프다. 누가 있는 그대로의 우울을 날릴 수 있을까? 아무도 그럴 수 없다. 그렇다, 아무도 결코 절대 그럴 수 없다. 그저 시도하고 되돌아갈 수 없기에 더 우울하게 만들어 버릴 뿐.

그가 다시 들썩거리다 가만히 누웠다. 귀뚜라미 소리를 들었다. 선셋대로를 따라 할리우드 크리켓에 있는 귀뚜라미들. 그 건강한 귀뚜라미들이 그가 가진 전부다.

내가 다 날려 먹었어. 젠장, 날려 버렸다고. 그 스스로 생각했다.

그래, 맞아. 네가 다 날려 버렸지. 그의 영혼이 말했다.

하지만 난 딸을 다시 보고 싶어. 그가 영혼에게 고백했다.

네 딸을 다시 보고 싶다고? 넌 예술가가 아니야! 넌 인간도 아니야! 넌 약해 빠졌어!

난 약해. 그가 영혼에게 대답했다. 네 말이 맞아. 난 약해.

그는 치료제를 향해 손을 뻗었다. 맥주는 실망시키지 않는다. 물조차도. 약도, 팝도, 대마도, 풀도, 사랑도, 바람도, 소리도 없고 그저 귀뚜라미만, 희망도 없고 그저 귀뚜라미만. 빌어먹을 이곳을 불태울 성냥개비 하나 없다.

그리고 상황은 더 악화되었다.

그의 머릿속에서 같은 노래가 돌림노래처럼 반복되었다.

"사업가 양반, 사업을 하는 게 나을 텐데. 그러는 동안⋯⋯."

그랬다. 같은 멜로디가 반복해서 흘러나왔다.

"사업가 양반, 사업을 하는 게 나을 텐데. 그러는 동안⋯⋯."

"사업가 양반, 사업을⋯⋯."

"사업가 양반⋯⋯."

"사업가⋯⋯."

그는 광기에서 빌려 온 노력으로 (누가 우울을 날려 버릴까? 아무도 그러지 못해.) 팔을 뻗어 머리 위 작은 램프를 켰다. 덮개는 오래전에 깨져서 없고 (누가 우울을 날려 버릴까?) 노출된 전구만 있다. 그는 며칠 전에 우편함에서 찾은 엽서를 집어 들었다. 엽서에는 '친애하는――: 독일 맥주와 네덜란드 진에 취해서 당신을 격하게 반겨 주고, 스테인드글라스가 기다리는…….'라고 적혀 있었다.

글귀는 과도한 위트나 용기가 필요 없는 땅에서 운 좋게 살아가는 뚱보놈들의 엉성하고 무례한 끼적거림으로 바뀌었다.

무언가가 내일 영국으로 떠난다. 시는 천천히 다가온다. 기름칠이 너무 과하지만 찾아오는 건 거의 없다. 그 성기 끝에 세상의 너무 많은 것이 달려 있다.

"우리는 당신을 엘리엇 이후 최고의 시인이라고 생각합니다."

그리고 교수의 서명과 그의 고분고분한 학생의 서명이 보였다.

고작 엘리엇 이후라고? 얼마나 모자란 생각인가. 그는 이 멍청이들에게 생생히 살아 있는 시를 쓰는 법을 가르쳤는데, 지금 그들은 폭주하며 빌어먹을 유럽에 있고 그는 할리우드의 싸구려 방에서 혼자 죽어 간다.

"사업가 양반, 사업을 하는 게 나을 텐데. 그러는 동안……."

그는 엽서를 바닥으로 던져 버렸다. 상관없다. 그 흔한 자기 연민 혹은 가벼운 분노 혹은 빌어먹을 복수심을 조금이라도 느꼈다면 그 감정이 그를 살렸을 것이다. 하지만 그는 속이 다 말라 버렸고 바보가 된 지 한참 되었다.

한 2년 전부터 교수들이 시가 어디서 왔는지 알려고 그의 문을 두드리기 시작했다. 그는 그들에게 들려줄 말이 아무것도 없었다. 교수는 다 똑같았다. 꽤 예쁘장하게 생긴 데다 여성적이며 긴 다리를 흐느적거리고 커다란 창문 같은 눈망울에 아주 멍청해서 그들의 방문이 전혀 기쁘지 않았다. 사실 그들은 세상을 바꾸려고 하는, 머리에 똥만 가득 찬 한량들이며 사탕 가게에 오는 멍청이들과 비슷해서 벽이 불타 무너지는 꼴을 못 본다. 그들의 사탕은 마음가짐이다.

지식인에게 들러붙어, 들러붙어, 지식인에게······.

"사업가 양반, 사업을 하는 게 나을 텐데. 그러는 동안······."

그리고 세상에, 그는 약해 빠졌다. 모든 강인한 시. 그는 평생 강인한 남자인 척했지만 사실 약해 빠졌다. 솔직히 모두가 약해 빠졌다. 단단한 건 약한 걸 보호하기 위해 있는 것이다. 이게 얼마나 터무니없는 함정인가.

그는 침대에서 일어나고 싶었다. 그러기 위해 노력했다. 그는 복도를 휘청거리며 걸었다. 헛구역질이 나면서 걸쭉하고 누르스름한 액과 피가 올라왔다. 처음에는 열이 났고 이내 한기가 들었다. 그리고 한기가 들다 다시 열이 났다. 다리는 고무로 만든 코끼리 다리 같았다. 쿵. 쿵. 쿵. 그리고 쳐다보니 (그는 어딘가의 누군가를 향해 윙크했다.) 공자의 신음하며 겁에 질린 눈동자가 그의 마지막 술 위에 놓였다.

우울을 날려 버려.

그는 거실에 앉아 생각했다.

거실이 있는 집을 빌려서 다행이야. 지금도.

"이봐, 사업가 양반······."

그는 의자에 앉으려다 그러지 못했고 꼬리뼈가 바닥에 세게 부딪혔고 웃음을 터뜨리며 전화기를 쳐다보았다.

이것이 혼자 사는 사람의 최후다. 혼자 죽는다. 홀로 죽어

간다.

혼자라면 일찍 준비해야 한다.

내 모든 시가 도움이 되지 않는다. 나와 잔 모든 여자가 도움이 되지 않는다. 그리고 나와 자지 못한 모든 여자는 확실히 도움이 되지 않는다. 내 우울을 날려 줄 누군가가 필요하다. 이렇게 말해 줄 누군가가 필요하다. 난 당신을 이해해. 자, 이제 그 말을 듣고 죽자.

그는 전화기를 쳐다보았다. 생각하고 또 생각하고 또 생각했다. 그는 누구에게 전화해야 우울을 날려 줄지 생각했다. 그냥 편안한 말을 해 줄 수 있는 사람 말이다. 그는 수많은 사람 중에서 몇 명을 생각했고 몇 되지 않는 그들을 한 명씩 떠올려 보았다. 또한 지금은 너무 이른 아침이라 죽기에는 확실히 편리한 시간이 아니고 죽는 건 옳지 않다.

사람들은 그가 바보짓을 하거나 술에 취했거나 거짓으로 그러거나 넋두리를 하거나 미쳤다고 생각할 것이고, 그는 그들을 미워하거나 탓할 수 없을 것이다. 모두가 막혀 버리고, 자위하고, 잘렸으며 모두가 자신의 작은 독방에 있다.

이봐, 사업가 양반……

빌어먹을!

제대로 된 명작을 완성해 내는 게임을 누가 발명했는가. 그를 하느님이라 부르고 하느님은 눈총을 보낸다. 하지만 하느님은 당신이 볼 수 있도록 모습을 드러낸 적이 없다. 암살의 시대가 가장 큰 사람을 놓쳤다. 일찍이 그들은 하느님의 아들을 잡을 뻔했지만 그는 빠져나갔고 우리는 여전히 미끄러운 화장실 바닥을 비틀비틀 걸어야 한다. 성스러운 유령은 절대 모습을 보이지 않는다. 하느님은 그저 느긋하게 누워서 자기 거시기만 휘두른다. 가장 영리한 존재다.

딸에게 전화할 수만 있다면 행복하게 죽을 텐데. 그는 생각했다.

그의 영혼이 침실에서 걸어 나와 빈 맥주병을 움켜쥐었다.

"어이, 약해 빠진 인간, 넌 정말 약한 놈이야! 네 딸은 그 어미가 멍청이들의 불알을 비비는 동안 히피 캠프에 있어. 그걸 인식하라고, 외로운 인간, 이 멍청이야!"

"……네겐 사랑이 필요해, 네겐 사랑이 필요해, 결국 사랑이 널 찾아올 거야, 친구여!"

내게 끝이 찾아올까?

크고 똑바른 죽음. 맞아.

그는 웃음을 터뜨렸다. 그리고 멈췄다. 다시 들썩였다. 이번에는 피가 더 많이 나왔다. 거의 전부 다.

그는 전화를 잊어버리고 소파로 갔다.

"……네겐 사랑이 필요해, 네겐 사랑이 필요해……"

저기, 하느님, 감사합니다. 그는 생각했다. 어쩌다 음악이 바뀐 것이다.

죽음은 그가 생각한 것만큼 쉽게 오지 않았다. 사방이 피범벅이고 어둠이 그쳐 갔다. 사람들은 일하러 갈 준비를 했다. 한번 몸을 굴리니 책장이 보였고 그의 모든 시집이 있고 그는 자신이 실패할 것을 알았고 시는 엘리엇에게 비할 게 못 되고 어제 아침에도 마찬가지였고 그가 망쳐 버렸고 그는 그저 호랑이의 입속으로 떨어지는 나무 위 또 다른 원숭이일 뿐이고 잠시 동안 슬펐지만 아주 잠시뿐이었다.

그래도 괜찮고 우울을 날려 버리는 건 상관없다. 새치모, 집에 가. 쇼스타코비치, 네 5번 교향곡은 잊어버려. 표트르 3세 차이콥스키 넌 눈 밑에 주름이 자글거리는 미친 소프라노와 결혼했고 남자이기도 전에 레즈비언이니 잊어버려. 우리 모두 불장난에 매료된 적이 있고 모두가 더러운 인간, 예술가, 화가, 의사, 포주, 특전사, 설거지꾼, 치과 의사, 공중곡예사, 배 따는 사람으로서 실패했다.

저마다 자신의 특별한 십자가에 못 박힌다.

우울함을 날려 버려.

"……네겐 사랑이 필요해, 네겐 사랑이 필요해……."

그리고 그는 자리에서 일어나 모든 커튼을 젖혔다. 빌어먹을 커튼이 썩었다. 손을 대니 쩍 하고 갈라지더니 빌어먹을 소리를 내며 바닥으로 떨어졌다.

빌어먹을 태양이 떴다. 똑같은 꽃, 똑같은 젊은 여자가 사방에 있다.

그는 사람들이 출근하는 모습을 지켜보았다. 알던 것 이상은 몰랐다.

불안정한 지식은 지식이 없는 안정과 같다.

어느 쪽도 우수하지 않다. 어느 쪽도 아무것도 아니다.

그는 집주인의 소파에 드러누웠다. 잠시 동안은 그의 소파다.

결국 그 모든 문제는 아무것도 아니다.

그는 죽었다.

*

별 볼일 없는 양복장이는 매우 행복했다. 그는 자리에 앉아 바느질하는 중이었다. 그때 여자가 초인종을 눌러 그의 행복을 방해했다.

"사워크림, 사워크림을 사세요."

"냄새나니까 꺼져." 그가 소리쳤다. "빌어먹을 사워크림 따위 필요 없어!"

"에휴휴휴휴!" 여자가 놀리듯 말했다. "여기서 고린내가 나는군! 쓰레기나 좀 갖다 버리지 그래?" 그러곤 도망쳐 버렸다.

그 순간 양복장이는 죽은 세 사람이 생각났다. 한 명은 주방 스토브 앞에 뻗었다. 다른 한 명은 옷장에 걸려서 굳었다. 그리고 또 한 명은 욕조에 똑바로 앉아 있는데, 뭐, 완전 똑바로는 아니지만, 고개가 욕조 밖으로 나왔다. 파리가 꼬이기 시작한 것이 안 좋다. 파리는 시신이 있어 행복해 보였고 시신을 빨아먹었고 양복장이가 손으로 때리자 화가 단단히 났다. 그는 분노에 찬 파리의 웅웅거림을 처음 들어 보았다. 심지어 파리가 그를 공격해 물어뜯기도 하자 파리 떼를 내버려 두기로 했다.

그가 자리에 앉아 다시 바느질을 하는데 초인종이 또 울렸다. 바느질을 마무리하긴 글렀군.

찾아온 사람은 친구 해리였다.

"안녕, 해리."

"안녕, 잭."

해리가 집 안으로 들어왔다.

"이 고약한 냄새는 뭐야?"

"시체 썩은 내야."

"시체 썩은 내라고? 지금 농담해?"

"아니. 한번 살펴봐."

해리는 코를 막고 시체를 찾았다. 한 명은 주방에서 다른 한 명은 옷장에서 또 한 명은 욕조에서 보았다.

"저들을 왜 죽였어? 미친 거야? 어쩌려고 그래? 시체를 숨기고 치우지 그래? 미쳤어? 왜 죽인 거야? 경찰을 불러야 하지 않을까? 정신이 나갔어? 세상에, 냄새야! 이봐, 내 근처에 얼씬도 하지 마! 어쩔 거야? 대체 어떻게 돌아가는 건데? 우웩! 냄새! 토할 것 같아!"

잭은 계속 바느질만 했다. 그는 깁고, 깁고, 또 기웠다. 바느질 속으로 숨으려는 것처럼.

"잭, 내가 경찰을 부를 거야."

해리는 전화기 쪽으로 가다 속이 메슥거려서 욕실로 갔고, 욕조 밖으로 삐죽 나온 죽은 머리 옆의 변기에 토했다.

그는 욕실을 나와 전화기로 갔다. 그리고 수화기를 들면 그 자리에 자기 페니스를 올려놓을 수 있다는 걸 알았다. 거기 대고 앞뒤로 문지르니 기분이 좋았다. 아주 좋았다. 곧 행동을 마무리하고 수화기를 내려놓은 뒤 지퍼를 올리고 잭에게 돌아가서 맞은편에 앉았다.

"잭, 제정신이야?"

"베키도 내가 미친 것 같다고 말했어. 나더러 자수하라고 들볶더군."

베키는 잭의 딸이다.

"그 애가 이 시체들을 안단 말이야?"

"아니, 아직. 딸은 뉴욕으로 출장 갔어. 대형 백화점 바이어거든. 알아서 좋은 직업을 구했지. 그 애가 자랑스러워."

"마리아는 알아?"

마리아는 잭의 아내다.

"마리아는 몰라. 더 이상 여기 찾아오지 않거든. 베이커리에서 일자리를 구한 뒤로 자기가 뭐라도 되는 줄 알아. 다른 여자랑 살고 있어. 가끔은 아내가 레즈비언이 된 것 같다는 생각이 들어."

"이봐, 난 경찰에 널 고발할 수 없어. 넌 내 친구니까. 네가 알아서 해결해야지. 근데 저 사람들을 왜 죽였는지 물어봐도 돼?"

"저들이 싫거든."

"싫다고 사람을 죽이고 돌아다니면 안 돼."

"저들이 아주 많이 싫어."

"잭?"

"응?"

"전화기를 써 볼래?"

"네가 상관없다면."

"저건 네 전화야, 잭."

잭은 자리에서 일어나 지퍼를 내렸다. 그리고 전화기 위로 페니스를 밀었다. 앞뒤로 움직이니 기분이 좋았다. 행동을 마무리하고 지퍼를 올리고 자리에 앉아 다시 바느질을 했다. 그때 전화벨이 울렸다. 그가 받으러 갔다.

"아, 여보세요. 베키! 전화해 줘서 기쁘구나! 아빤 괜찮아. 아, 그래. 수화기를 내려놔서 몰랐나 봐. 해리와 내가. 해리가 여기 있어. 해리가 뭐라고? 진짜 그렇게 생각해? 그는 괜찮은 것 같아. 아무것도 안 해. 그냥 바느질했어. 해리가 여기 앉아 있어. 오후인데 날이 흐리네. 그런 생각을 하니 진짜 우울해져. 해가 안 나. 사람들은 못생긴 얼굴을 들고 창가에 붙어서 걷고 있어. 응, 난 괜찮아. 기분도 괜찮고. 아니, 아직 안 먹었어. 그래도 냉장고에 얼린 랍스터가 있어. 난 랍스터가 좋아. 아니, 네 엄마를 못 본 지 좀 됐어. 지금 자기가 대단한 줄 알거든. 그래, 그렇게 전해 줄게. 걱정하지 말고. 끊을게, 베키."

잭은 전화를 끊고 수화기를 내려놓은 다음 다시 바느질을 했다.

"있잖아." 해리가 조심스럽게 말했다. "그 소릴 들으니 생각이 났어. 내가 젊을 때, 제기랄, 이 파리들이! 난 안 죽었다고! 내가 젊을 때 다른 녀석이랑 이런 일을 했지. 이런 시체를 처리하는 일 말이야. 간혹 예쁜 여자들도 들어왔어. 한번은 일하러 갔더니 다른 녀석, 미키가 여자를 올라타고 있었어. '미키!' 내가 소리쳤지. '뭔 짓을 하는 거야? 부끄러운 줄 모르고!' 그는 내게 곁눈질을 하더니 하던 걸 계속했어. 그리고 내려와서는 이러더라고. '해리, 난 적어도 열두 명한테 이렇게 했어. 좋거든! 해 봐. 너도 알게 될 테니까!' '아니, 싫어!' 한번은 진짜 괜찮은 여자를 씻겨 주다가 손가락으로 즐겁게 해 줬어. 하지만 그 이상은 절대 한 적 없어."

잭은 계속 바느질을 했다.

"한번 해 볼걸 그랬다고 생각하는 거야, 잭?"

"무슨, 모르겠어! 알 도리가 없잖아."

그는 계속 바느질을 했다. 그리고 말했다. "있잖아, 해리, 난 힘든 한 주를 보냈어. 배도 고프고 잠도 자고 싶어. 집에 랍스터가 있어. 근데 웃긴 게 혼자 먹고 싶어. 사람들이랑 같이 먹는 건 별로야. 그러니까……."

"그래서 뭐? 나더러 그만 가라고? 심기가 좀 불편하구나. 아, 알겠어. 그만 갈게."

해리가 자리에서 일어났다.

"화내지 마, 해리. 우린 여전히 친구야. 그렇게 하자고. 우리는 오랫동안 친구였어."

"물론이지. 1933년 이후로. 그때가 그립네! 프랭클린 딜라노 루스벨트. 미국총기협회. 공공사업촉진국. 우린 살아남았지. 요즘 애들은 그런 거 몰라."

"그래, 확실히 모르지."

"그럼 잘 있어, 잭."

"잘 가, 해리."

잭은 해리와 함께 걸어가서 문을 열어 주고는 그가 돌아가는 걸 지켜보았다. 만날 똑같은 낡은 배기바지다. 그는 항상 얼간이처럼 입는다.

잭은 주방 냉동고에서 랍스터를 꺼내 취급설명서를 읽었다. 설명서는 항상 말이 안 맞는다. 스토브 앞에 뻗은 시신이 눈에 들어왔다. 저걸 치워야 한다. 피는 오래전에 몸 아래로 말라붙었다. 피는 오래전에 바닥에 굳었다. 마침내 해가 구름 뒤에서 나왔지만 곧 저녁 시간이라 하늘은 분홍빛으로 물들었고 그 일부가 주방 창문으로 들어왔다. 커다란 달팽이의 더듬이처럼 천천히 빛이 들어오는 게 보였다. 시체는 엎드려 누워 얼굴이 스토브 쪽을 향했는데 몸 아래로 오른팔이 비틀어져 손바닥이 위로 간 상태에서 몸 왼편으로 솟아 있다. 달팽이의 분홍색 더듬이가 그 손을 비춰서 손도 분홍색이 되었다. 잭은 손을 쳐다보았다. 진한 분홍색이다. 아주 순결해 보였다. 단순히 손만, 그 분홍색 손만 그렇다. 마치 꽃 같다. 얼마간 잭은 손이 움직였다고 생각했다. 아니, 안 움직였다. 분홍색 손. 그냥 손이다. 순결한 손. 잭은 가만히 서서 손을 쳐다보았다. 이어서 랍스터를 가지고 자리에 앉아 손을 쳐다보았다. 그는 울음을 터뜨렸다. 랍스터를 내려놓고 테이블에 올린 팔에다 머리를 묻고 울었다. 그는 오랫동안 울었다. 여자처럼 울었다. 아이처럼 울었다. 하찮은 존재처럼 울었다. 그리고 다른 방으로 가서 전화기를 들었다.

"교환원, 경찰서 부탁합니다. 네, 웃기게 들리겠지만 수화기가 빠졌어요. 아무튼 경찰서 부탁합니다."

잭은 기다렸다.

"네? 이봐요, 잘 들어요. 내가 사람을 죽였어요! 세 명이나! 난 지금 진지해요. 맞아요, 진지하다고요. 와서 날 잡아가요. 시체를 실어 갈 수레도 가져오고요. 난 미쳤어요. 정신이 나갔다고요. 어쩌다 그렇게 됐는지 모르겠어요. 뭐라고요?"

잭이 주소를 불렀다.

"네? 수화기를 내려놔서 그래요. 내가 그랬어요. 전화기에 오입질을 하느라."

교환원의 말이 끝나지 않았지만 잭은 전화를 끊었다. 주방으로 돌아가서 테이블 앞에 앉아 머리를 팔에 파묻었다. 더는 울지 않았다. 그 자리에 그렇게 있었고 해는 더 이상 분홍빛이 아니었다. 해가 지고 어둠이 자리 잡기 시작했다. 그는 베키를 생각했고 자살을 생각하다가 아무 생각도 하지 않았다. 남아프리카산 랍스터가 그의 왼쪽 팔꿈치에 놓였다. 그는 결코 그 랍스터를 먹지 못했다.

*

어느 날 밤 좀 취했는데 내 책을 한두 권 출판해 준 남자가 말했다. "부코스키, L을 만나 볼래요?"

L은 유명한 작가다. 꽤 오래 유명세를 탔다. 그의 작품은 모든 언어로 번역되었다. 심지어 개똥으로도. 보조금, 정부, 아내, 상, 소설, 시, 단편, 회화…… 그는 유럽에 산다. 위대함과 친하다. 그게 전부다.

"아니, 빌어먹을, 싫어." 나는 젠슨에게 말했다. "그의 작품은 지루해."

"하지만 당신은 모든 작가가 다 지루하다고 하잖아요."

"그게 사실이니까."

젠슨은 가만히 앉아서 나를 쳐다보았다. 젠슨은 가만히 앉아서 나를 쳐다보는 걸 좋아했다. 그는 내가 왜 그렇게 멍청한지 이해하지 못했다. 난 멍청하다. 하지만 그건 달도 마찬가지다.

"그가 당신을 만나고 싶어 해요. 당신에 대해 들었어요."

"나에 대해 들었다고? 나도 그에 관해 들었어."

"당신을 아는 사람이 얼마나 많은지 알면 놀랄 거예요. 며칠 전 N.A.네 들렀는데 그녀가 당신을 저녁 식사에 초대하고 싶어 해요. 그녀가 유럽에 갔다가 L을 만나서 당신을 알아요."

"그래?"

"그리고 둘 다 아르토도 알아요."

"맞아, 그녀는 아르토에게 헛짓거리를 하지 않을 거야."

"맞아요."

"그녀 탓을 하지 않아. 어느 쪽도."

"부탁이에요. 그를 만나 줘요."

"아르토를?"

"아니, L이요."

난 술을 마저 마셨다.

"가자."

빈민가에서 L의 집까지는 멀었다. 게다가 L은 집이 있었다. 젠슨은 진입로로 차를 몰았다. 진입로가 아주 길어서 무슨 고속도로로 들어가는 차선 같았다.

"항상 빈곤을 부르짖는 남자가 사는 집 맞아?" 내가 물었다.

"그가 정부에 체납한 세금이 8만 5000달러래요."

"사악한 인간."

우리는 차에서 내렸다. 3층짜리 주택이다. 현관에 그네를 매달았고 그 위에 250달러짜리 기타가 놓여 있었다. 덩치 큰 독일 셰퍼드가 뛰어와 으르렁거리며 거품을 물기에 내가 기타를 들어 쫓아 버린 뒤 연주할 생각은 아니고 그냥 휘두르는데 젠슨이 초인종을 눌렀다.

주름이 자글자글한 누런 얼굴이 작은 구멍을 열어 보고 말했다.

"누구세요?"

"부코스키와 젠슨이요."

"누구라고?"

"부코스키와 젠슨이요."

"난 당신들 몰라요."

독일 셰퍼드가 뛰어올랐고 그 이빨이 내 경정맥 옆에서 딸깍거렸다. 개가 착지했을 때 내가 세게 때렸지만 개는 몸을 털고 다시 뛰어오르며 털을 세우고 누런 이를 드러냈다.

"부코스키. 그는 《모든 빌어먹을 시간》 《빗속에서의 절규》를 썼어요. 난 힐리어드 젠슨이고, 뉴마운틴프레스에 다녀요."

셰퍼드가 마지막으로 화를 내고 으르렁거리며 다시 덤비려는데 L이 말했다.

"아, 푸푸, 그만둬!"

푸푸는 살짝 경계를 풀었다.

"잘했어, 푸푸." 내가 달래 주었다. "잘했어, 푸푸!"

푸푸는 내가 거짓말하는 걸 알아차리고 나를 쳐다보았다. 마침내 늙은 L이 문을 열었다.

"자, 들어오세요." 그가 맞아 주었다.

난 부서진 기타를 그네에 던져 버렸고 우리는 안으로 들어갔다. 거실이 마치 지하 주차장 같았다.

"앉으세요." L이 자리를 권했다.

난 의자 서너 개 중에서 고를 수 있었는데 가장 가까운 곳에 앉았다.

"내가 기득권층에게 1년을 더 주었어요." L이 입을 열었다. "사람들은 깨어 있어요. 우리는 빌어먹을 모든 것을 다 불태울 겁니다."

L이 손가락을 딱딱거렸다. "그렇게." (딱!) "끝날 겁니다! 우리 모두에게 새롭고 더 나은 삶이 찾아올 거예요!"

"마실 거 좀 없나요?" 내가 물었다.

L이 의자 옆에 있는 작은 벨을 누르고 소리쳤다. "말로!" 그리고 나를 쳐다보았다. "당신의 최신작을 읽었어요, 미드 씨."

"아니, 난 부코스키예요."

그가 젠슨을 쳐다보았다. "그러면 당신이 테일러 미드군요! 용서해요!"

"아니, 아뇨, 난 젠슨입니다, 힐리어드 젠슨. 뉴마운틴에서 나왔어요."

바로 그때 광택이 나는 검은 바지에 흰 재킷을 입은 일본인이 거실로 빠르게 걸어 들어오더니 살짝 인사를 하고 언젠가 우리를 다 죽일 것처럼 미소 지었다.

"말로, 이 멍청한 놈아, 여기 계신 신사분들에게 마실 것 좀 내와. 뭘 드실지 물어보고 서둘러서 준비해 와. 안 그러면 혼날 줄 알아!"

흥미롭게도 L의 얼굴에서 모든 고통이 사라진 듯 보였다. 주름이 있긴 하지만 그 주름들이 개울처럼 흐르거나 바느질로 생겨났거나 그려졌거나 던져진 것처럼 보였다. 신기한 얼굴. 누런 피부에 대머리에 작은 눈. 첫눈에는 절망적이고 하찮은 얼굴이다. 그런데 다시 보니 어떻게 저 얼굴로 그 모든 소설을 다 썼을까 싶다. "아, 맥은 페니스가 아주 컸어! 아, 맥은 가장 큰 페니스를 가졌지! 맥의 페니스가 얼마나 큰지! 맥은 시내에서 페니스가 가장 커. 미시시피웨스트에서 가장 크지. 모두가 맥의 페니스에 대해 이야기해. 아, 맥은 페니스가 아주 컸어……." 등등. 양식에 관한 한 L은 모두를 능가했다. 물론 난 꽤 평범하다고 생각했지만.

말로는 술을 가지고 돌아왔고 난 그에 대해 할 말이 있다. 그가 술을 가득, 세게 따랐다. 그리고 황급히 사라졌다. 자기가 있을 자리인 주방으로 서둘러 돌아가는 그의 꽉 끼는 바지 속 흔들리는 엉덩이를 나는 쳐다보았다.

L은 이미 취했다. 그는 잔을 반쯤 들이켰다. 스카치와 물이라니. "파리의 그 호텔을 늘 기억해요. 우리가 거기 있었죠. 가자, 할 노스, 버로스……. 우리 시대 최고로 훌륭한 문인들이죠."

"그게 글 쓰는 데 도움이 되었나요, L?" 내가 물었다.

바보 같은 질문이었다. 그는 근엄한 얼굴로 나를 쳐다보고 미소 지었다. "모든 것이 내 글에 도움이 되었어요."

우리는 그렇게 가만히 앉아서 술을 마시고 서로를 쳐다보았다. L이 다시 벨을 울리자 말로가 술을 채워 주려고 종종걸음으로 나타났다.

"말로는 에드나 세인트 빈센트 밀레이를 일본어로 옮기고 있어요." L이 알려 주었다.

"근사하네요." 뉴마운틴사의 젠슨이 말했다.

나는 생각이 달랐다. 에드나 세인트 빈센트 밀레이를 일본어로 번역하는 일이 빌어먹게 근사한 것 같지는 않아.

"에드나 세인트 빈센트 밀레이를 일본어로 번역하는 일이 빌어먹게 근사한 것 같지는 않아요." L이 자기 생각을 말했다.

"밀레이는 구시대라서 그렇다지만 현대시는 왜 그 모양이죠?" 뉴마운틴이 물었다.

나는 속으로 대답했다. 너무 젊고, 너무 빠르고, 너무 쉽게 그만두니까.

"진득한 맛이 없으니까요." 노인이 대답했다.

난 모르겠다. 모두가 입을 닫았다. 우리는 정말 서로를 싫어했다. 말로가 술을 들고 왔다 갔다 했다. 난 끔찍한 지하 동굴에 있거나 의미 없는 영화를 보는 기분이 들었다. 상황에 몰입할 수가 없었다. 끝을 향해 가면서 L이 자리에서 일어나 말로의 뺨을 세게 때렸다. 난 그게 무슨 의미인지 몰랐다. 섹스? 지루함? 장난? 말로는 씩 웃더니 밀레이 밑을 핥으러 갔다.

"모든 그림자와 빛을 견디지 못하는 사람은 우리 집에 못 들어오게 해야겠어요." L이 말했다.

"이봐요." 내가 한마디 했다. "당신은 헛소리나 지껄이는 것 같아. 당신 작품은 다 마음에 안 들었어."

"나도 당신 작품이 다 마음에 안 들었어, 미드." 노인이 지지 않고 말했다. "영화배우나 빨아 재끼는 이야기. 누구나 그럴 수 있어. 별일 아니니까."

"그럴 수도 있지." 내가 말했다. "난 미드가 아니거든!"

늙은이가 자리에서 일어나 내 의자로 비틀비틀 다가오며 열여덟 개 언어로 말했다.

"싸우자는 거야, 붙어먹자는 거야?" 그가 물었다.

"붙어먹고 싶어." 내가 대답했다.

"말로!" L이 소리쳤다.

말로가 종종거리며 나왔고 L이 다시 소리쳤다. "술 가져와!"

난 진짜로 그가 말로에게 바지를 벗으라고 말해서 내 소원을 이룰 수 있길 기대했지만 그런 일은 일어나지 않았다. 말로가 서둘러 주방으로 들어갈 때 출렁이는 엉덩이만 바라볼 뿐이었다.

우리는 새로 술잔을 돌렸다. "마찬가지로." (딱!) L이 선언하듯 말했다. "기득권층은 끝났어! 우리가 그들을 태워 버릴 거야!"

노인의 고개가 앞으로 떨어지고 곯아떨어지며 그가 끝났다.

"그만 가요." 젠슨이 재촉했다.

"잠시만." 난 노인에게 걸어가 그가 앉은 흔들의자 뒷부분 아래로 팔을 뻗어 그의 엉덩이를 잡았다.

"뭐 하는 거예요?" 젠슨이 물었다.

"모든 것이 내 글에 도움이 돼. 그리고 이 빌어먹을 인간은 아주 부자야."

난 그의 엉덩이에서 지갑을 꺼냈다. "이제 가자!"

"그러지 말았어야 해요." 젠슨이 지적했다.

우리는 현관으로 걸어갔다.

그때 무언가가 내 오른팔을 잡더니 등 뒤로 해머록 기술이 들어왔다.

"L 선생님에 대한 경의의 표시로 집을 나서기 전에 모든 돈은 이곳에 둡니다!" 에드나 세인트 빈센트 밀레이의 번역가가 경고했다.

"빌어먹을 놈이 내 팔을 부러뜨리고 있잖아!"

"모든 돈은 이곳에 둡니다! L 선생님에 대한 경의의 표시로!" 그가 소리 질렀다.

"저놈을 갈겨 버려, 젠슨! 한대 치라고! 나한테서 이 인간을 떼어 내란 말이야!"

"당신 친구가 내게 손을 댔다간 당장에 당신 팔이 부러질 줄 알아요!"

"알았어. 지갑을 가져가. 가져가 버리라고! 그로브프레스에서 받은 수표가 있어."

그는 L의 지갑을 빼서 바닥으로 떨어뜨렸다. 내 지갑도 꺼내서 바닥에 떨궜다.

"이봐, 잠깐만! 뭐 하는 거야?"

"모든 돈은 이곳에 둡니다! L 선생님에 대한 경의의 표시로!"

"세상에, 믿기지 않아. 사창가보다 더하잖아."

"이제 당신 친구에게 그의 지갑도 바닥에 떨구라고 해요. 안 그럼 당신 팔을 부숴 버릴 테니까!"

말로는 그게 가능하다고 알려 주듯 그는 내 팔에 압박을 더 가했다.

"젠슨! 네 지갑을! 떨궈!"

젠슨이 지갑을 떨어뜨렸다. 말로가 내 팔을 놔주었다. 난 그를 향해 몸을 돌렸다. 왼쪽 몸만 같이 돌았다.

"젠슨?" 내가 불렀다.

그가 말로를 쳐다보았다.

"싫어요." 그가 대답했다.

난 졸고 있는 노인을 쳐다보았다. 그의 입술에 살짝 미소가 어린 것 같았다.

우리는 문을 열고 밖으로 나왔다.

"착하지, 푸푸." 내가 말했다.

"착하지, 푸푸." 젠슨이 말했다.

우리는 차에 올랐다.

"오늘 밤에 내가 찾아가길 바라는 사람이 더 있어?"

"그게, 아나이스 닌을 생각하고 있었어요."

"생각은 그만둬. 난 그녀를 감당할 수 없을 것 같아."

젠슨이 차를 몰고 나왔다. 따뜻한 서던캘리포니아의 밤이다. 우리는 이내 피코대로로 나왔고 젠슨은 동쪽으로 향했다. 혁명은 빌어먹을 만큼 빨리 내게 올 수 없었다.

*

"'레드.'" 나는 청년에게 말했다. "여자들에게 난 더 이상 존재하지 않는 사람이야. 그렇게 된 건 내 잘못이 커. 춤추러도 안 가고 교회 바자회나 시 낭독회도 안 가고 다정하게 굴지도 않으니까. 그 빌어먹을 모든 걸 다 안 하고 여기서 창녀나 부르지. 술집이나 델마에서 돌아오는 기차에서 꼬시곤 했는데 어디든 술이 있었지. 이제 더는 술집에 못 가겠어. 남자들이 죽치고 앉아 시간을 때우며 매독 걸린 년이 들어오지나 않을까 기대하는 짓 말이야. 그런 상황은 인간의 수치야."

'레드'는 맥주병을 공중으로 던졌다 잡았고 내 커피 테이블 끄트머리로 뚜껑을 땄다.

"다 마음먹기에 달렸죠, 부코스키. 당신은 그럴 필요가 없어요."

"다 내 거시기 끝에 달렸지, '레드'. 난 그게 필요해."

"한번은 우리가 술 취한 늙은 여자를 잡았어요. 그 여자를 밧줄로 침대에 묶어 두고 한 번에 50센트씩 받았죠. 불구자, 미치광이, 괴짜들이 연달아 달려들었어요. 사흘 밤낮 동안 500명도 넘게 받은 것 같아요."

"세상에, '레드', 그런 메스꺼운 소리 좀 하지 마!"

"난 당신이 음탕한 늙은이인 줄 알았는데요."

"그저 나는 내복을 매일 갈아입지 않는다는 뜻이야. 그녀에게 소변이나 대변을 보게 해 줬어?"

"'대변'이 뭐예요?"

"세상에, 그녀에게 먹을 걸 줬어?"

"술 취한 여자는 음식을 먹지 않아요. 와인을 줬어요."

"넌더리가 나는군."

"왜요?"

"그건 끔찍하게 잔인하고 비인간적이야. 생각해 보면 짐승도 그런 짓을 안 할 거야."

"우린 250달러를 벌었어요."

"그녀에게는 뭘 줬지?"

"아무것도 안 줬어요. 그냥 그렇게 놔뒀어요. 빌린 집에 이

틀 더요."

"밧줄은 풀어 줬고?"

"물론이죠. 그녀가 살해당하는 걸 원하지 않았으니까요."

"아주 착하구나."

"전도사처럼 말하는군요."

"맥주 한잔 더 마셔."

"당신한테 여자를 붙여 줄 수 있어요."

"얼마에? 50센트에?"

"아니, 그보다는 조금 더요."

"됐어, 사양하겠어."

"봐요, 진짜 원하는 게 아니잖아요."

"네 말이 맞아."

우리 둘 다 맥주를 한 병씩 더 마셨다. 그는 꽤 많이 들이켰고, 마침내 자리에서 일어났다.

"보세요. 난 항상 작은 면도날을 가지고 다녀요. 여기, 내 벨트 아래요. 백수들은 대부분 수염을 깎는 데 문제가 있죠. 난 아니에요. 항상 준비되어 있어요. 우선 나갈 때는 바지를 두 벌 입어요. 보이죠? 시내에 도착하면 밖에 입은 것을 벗고 면도하고 씻고 흰 셔츠를 입고 네이비블루 바지를 개수대에서 헹구고 줄무늬 넥타이를 매고 신발에 광을 내고 바지에 어울리는 코트를 구제 상점에서 고릅니다. 이틀 뒤 구질구질한 일 중에서 그나마 점잖은 일을 잡아요. 그들은 내가 막 박스카에서 내렸다는 걸 몰라요. 하지만 난 일을 견딜 수 없어요. 그래서 길거리 생활로 돌아가리란 걸 알아요."

난 뭐라고 해야 할지 몰라서 조용히 술만 들이켰다.

"그리고 항상 작은 얼음송곳을 소매 중간에 고무줄로 걸어 놔요. 보여요?"

"그래, 보여. 내 친구는 맥주병따개가 훌륭한 무기라고 하더군."

"당신 친구 말이 맞아요. 이제 경찰이 날 붙잡아 세우면 송곳을 집어넣고 팔을 들며 소리쳐요. 쏘지 마세요!"

('레드'는 러그 위에서 동작을 계속했다.)

"그리고 얼음송곳을 뒤집어 놔요. 그들은 절대 찾지 못하죠. 얼마나 많은 얼음송곳을 그렇게 숨겨 놨는지 몰라요. 수도 없어요."

"얼음송곳을 써 본 적은 있어, '레드'?"

그는 아주 이상한 표정을 지으며 나를 쳐다보았다.

"아, 알았어." 내가 물러섰다. "방금 그 질문은 잊어버려."

우리는 다시 가만히 앉아서 맥주를 들이켰다.

"이 셋방에서 당신 칼럼을 본 적이 있어요. 당신은 훌륭한 작가예요."

"고마워."

"나도 작가가 되려고 애썼지만 그러지 못했어요. 앉아 있었는데 안 되더라고요."

"지금 나이가 어떻게 되지?"

"스물하나예요."

"시간을 좀 들여 봐."

그는 가만히 앉아서 작가가 되는 걸 생각해 보고는 뒷주머니로 손을 뻗었다.

"나를 입 다물게 하려고 그들이 이걸 줬어요."

질 좋은 가죽끈을 엮어 만든 지갑이었다.

"누가?"

"남자 둘이 어떤 남자를 죽이는 걸 봤는데 그들이 입을 다물라고 이걸 줬어요."

"그들이 왜 남자를 죽였는데?"

"7달러가 든 이 지갑을 빼앗으려고요."

"어떻게 죽였는데?"

"돌로 때렸어요. 남자가 와인을 마시고 취하자 그들이 돌로 머리를 내려쳤다고요. 그리고 지갑을 꺼냈죠. 내가 보고 있었어요."

"시체는 어떡하고?"

"기차가 물을 싣느라고 새벽엔 오래 멈추거든요. 그들은 일단 시체를 기차로 들고 가서 소 떼가 다니는 길 아래 풀숲에 던졌어요. 그리고 객차로 돌아가면 기차가 움직이죠."

"으음."

"경찰이 나중에 시신을 찾아서 옷을 보고 주정뱅이의 얼굴을 보지만 '신분'은 알지 못해요. 그걸로 사건을 그냥 끝내 버리는 거죠. 다른 백수들과 마찬가지로. 상관없으니까요."

우리는 몇 시간 더 그렇게 앉아 술을 마셨고 내가 몇 마디

했지만 그리 잘하지는 못했다. 둘 다 입을 닫고 계속 생각했다.

얼마 안 있어 '레드'가 자리에서 일어났다.

"저기, 이만 가 봐야겠어요. 아무튼 좋은 시간이었어요."

나도 자리에서 일어났다. "그래, 좋았어, '레드'."

"젠장, 또 봐요."

"젠장, 좋아, '레드'."

작별에는 살짝 머뭇거림이 있었다. 거기서 우리가 좋은 시간을 보냈다는 걸 알 수 있었다.

"또 봐, 청년."

"알았어요, 부코스키."

난 그가 덤불 쪽으로 걸어가서 왼쪽으로 틀어 노르망디 방향을 지나 사나흘 월세가 남은 방이 있는 버몬트로 가는 것을 지켜보았다. 그는 눈앞에서 사라지고 달빛만 남았다. 나는 문을 닫고 김빠진 맥주를 마저 비운 뒤 불을 끄고 침대에 들어가 옷을 벗어 바닥으로 떨어뜨렸다. 저 아래 철도역에서는 열차가 차를 싣고 트랙을 달리며 희망찬 목적지로 향한다. 더 나은 도시, 더 나은 시간, 더 나은 사랑, 더 나은 행운, 더 나은 무언가를 찾아서. 결코 찾을 수 없지만 결코 찾는 걸 멈추지 않겠지.

난 잠이 들었다.

*

그의 이름은 헨리 베켓이고 월요일 아침 막 눈을 떠서 창밖으로 고개를 돌리는 순간 아주 짧은 미니스커트를 입은 여자가 보이자 이런 장면에 익숙해지는 자신이 참 안됐다는 생각이 들었다. 여자는 무언가를 입어야 하는데, 그러지 않으면 벗을 게 아무것도 없다. 헐벗은 살은 그저 헐벗은 살일 뿐이다.

그는 이미 반바지 차림이라 면도하러 욕실로 갔다. 거울을 들여다보니 얼굴이 누렇게 뜨고 초록색 반점이 돋았다. 그는 면도빗을 손에 든 채 다시 살펴보았다. 그리고 빗을 바닥에 떨어뜨렸다. 얼굴은 그대로였다. 누런색에 초록색 반점. 벽이 움직이기 시작했다. 헨리는 세면대를 붙들었다. 그리고 어찌어찌해서 침실로 돌아와 엎드려 누웠다. 5분간 그렇게 있으니 속이 벌렁거리고 욱신거리고 쑤시고 토할 것 같았다. 자리에서 일어나 욕실로 가서 다시 거울을 들여다보았다. 누런 얼굴에 초록색 반점이 돋았다. 밝은 노란색에 밝은 초록색 반점이다.

그는 전화기 쪽으로 걸어갔다. "네, 여보세요. 헨리 베켓입니다. 오늘은 출근을 못 할 것 같아요. 몸이 아파서요. 네? 아, 위염이 심해서요. 아주 심해요."

전화를 끊었다.

다시 욕실로 갔다. 아무 소용이 없다. 얼굴은 여전히 그대로였다. 욕조에 물을 가득 받고 나서 다시 전화기로 걸어갔다. 간호사가 다음 주 수요일로 날짜를 잡았다.

"이봐요, 응급 상황이라고요! 오늘 의사를 만나야 해요! 죽고 사는 문제가 달렸어요! 당신한테는 말할 수 없어요. 아니, 안 돼요. 부탁이니 오늘 좀 어떻게 해 줘요! 그럴 수 있잖아요!"

간호사가 3시 30분으로 예약을 잡아 주었다.

그는 반바지를 벗고 욕조로 들어갔다. 몸도 누렇게 뜨고 초록색 반점이 돋았다. 온몸에 다. 배, 등, 고환, 성기에도. 비누로 씻어 없앨 수도 없었다. 욕조에서 나와 수건으로 몸을 닦고 반바지를 입었다.

전화벨이 울렸다. 글로리아다. 그의 여자친구. 그녀는 저 아래에서 일한다.

"글로리아, 뭐가 문제인지 당신한테 말 못 해. 끔찍해. 아니, 매독은 아니야. 그보다 더 심해. 당신한테 말 못 해. 들어도 못 믿을 거야."

그녀가 점심시간에 들른다고 했다.

"제발 그러지 마, 자기야. 그럼 자살할 거야."

"지금 당장 갈게요!"

"제발, 부탁이야, 그러지 마……."

그녀가 전화를 끊었다. 그는 수화기를 쳐다보다 내려놓고는 욕실로 돌아갔다. 아무 변화가 없었다. 그는 침실로 가서 기지개를 켜고 천장에 간 금을 쳐다보았다. 금을 본 건 이번이 처음이다. 아주 따뜻하고 매력적이고 친근해 보였다. 자동차 지나가는 소리, 간간이 새가 지저귀는 소리, 거리를 오가는 사람들의 목소리가 귀에 들어왔다. 아이한테 "저기, 좀 빨리 걸어보렴." 하는 여자 목소리가 들리고 이따금 비행기 엔진 소리도 났다.

초인종이 울렸다. 그는 거실로 걸어가 커튼 뒤에서 빠끔히

내다보았다. 흰 블라우스에 하늘색 여름 스커트를 입은 글로리아다. 여느 때보다 예뻐 보였다. 금발의 딸기가 사람이 된 것 같았다. 코가 좀 못나고 살집이 있지만 익숙해지면 그 코도 예뻐 보인다. 그의 가슴이 빈 옷장에 넣어 둔 폭탄처럼 시끄럽게 딸깍거렸다. 내장이 다 빠지고 심장만 남아서 홀로 울부짖는 것 같았다.

"문을 열어 줄 수 없어, 글로리아!"

"빌어먹을 문을 열라고요, 이 멍청이!"

그는 커튼을 통해 그녀가 자신을 살피려는 걸 알았다.

"글로리아, 당신은 몰라……."

"문 열라고 했잖아요!"

"알았어, 젠장, 알았다고!"

그는 머리에 맺힌 땀이 귀 뒤로 흘러 목을 타고 내려가는 것을 느꼈다.

그리고 문을 열었다.

"세상에!" 그녀가 비명을 지르다 말고 손으로 입을 막았다.

"내가 말했잖아. 당신에게 말하려고 했어. 그랬다고!"

그는 뒤로 물러섰다. 그녀가 문을 닫고 그를 향해 다가왔다.

"이게 뭐예요?"

"나도 몰라. 젠장, 모른다고. 만지지 마. 손대면 안 돼. 감염될 수도 있어."

"불쌍한 헨리, 아, 우리 불쌍한 자기……."

그녀는 계속 그에게 다가왔다. 그는 쓰레기통에 발이 걸려 넘어졌다.

"젠장, 가까이 오지 말라니까!"

"왜요, 당신은 그래도 괜찮은데!"

"그래도!" 그가 소리를 질렀다. "이런 상태로는 보험을 못 팔아, 안 그래?"

둘은 웃음을 터뜨렸다. 그리고 그가 소파에 앉아 울었다. 누런색과 초록색 얼굴을 두 손에 묻고 울었다.

"세상에, 암, 심장발작 뭐 그런 괜찮고 깨끗한 거면 좀 안 되나? 하느님이 날 망쳤어. 그런 거야. 날 망친 거라고!"

그녀는 그의 목을 따라 얼굴을 덮은 손 위로 입을 맞췄다.

그는 글로리아를 밀어냈다. "그만 해, 그만두라고!"

"사랑해요, 헨리. 난 이런 거 신경 안 써요."

"빌어먹을 당신 여자들은 미쳤어."

"맞아요. 의사는 몇 시에 만나요?"

"3시 30분에."

"난 사무실에 가 봐야 해요. 뭔가 알아내면 전화해요. 저녁에 올게요."

"그래, 알았어."

그녀는 자리를 떴다.

3시 10분, 그는 모자를 눈까지 내려쓰고 스카프로 목을 칭칭 감았다. 옷은 짙은 색으로 골랐다. 곧장 병원으로 차를 몰며 사람들 눈에 띄지 않으려고 했다. 아무도 그를 못 본 것 같았다.

병원에 도착하니 모두가 《라이프》 《룩》 《뉴스위크》 등을 읽고 있었다. 의자와 소파가 충분하지 않은 데다 후텁지근했다. 잡지 넘기는 소리가 났다. 그는 잡지를 쳐다보며 눈에 띄지 않으려고 애썼다. 15~20분은 괜찮았는데 소녀가 차고 놀던 풍선이 그 쪽으로 튕겨 와서 그의 신발에 튕겼다가 떨어졌을 때 소녀가 풍선을 잡으면서 그를 쳐다보았다. 소녀는 작은 팬케이크 같은 귀에 눈은 거미의 영혼처럼 쪼그마한 아주 못생긴 여자에게 가서 말했다.

"엄마, 저 아저씨 얼굴이 왜 저래?"

소녀의 엄마가 대답했다. "조용히 해!"

"그렇지만 얼굴이 노랗고 사방에 커다란 초록색 점이 났어!"

"메리 앤, 엄마가 조용히 하랬지! 그만 뛰어다니고 여기 앉아 있어! 어서, 여기 앉으라니까!"

"힝, 엄마!"

소녀는 자리에 앉아 훌쩍거리며 그의 얼굴을 쳐다보았고 다시 또 훌쩍거리다 그의 얼굴을 살폈다.

소녀와 엄마가 불려 들어갔다. 다른 사람들도 불려 갔다. 다른 사람들이 들어왔다 나갔다. 마침내 의사가 그를 불렀다.

"베켓 씨."

그는 의사 선생님을 따라갔다. "어떻게 왔나요, 베켓 씨?"

"내 얼굴을 보면 알 겁니다."

의사가 몸을 돌렸다. "이런, 세상에!"

"맞아요."

"이런 증상은 처음 봐요! 옷을 벗고 앉아요. 언제 처음 발병했나요?"

"오늘 아침에 자고 일어나 보니 생겼어요."

"기분이 어떤가요?"

"몸에 안 지워지는 똥이 묻은 것 같아요."

"내 말은 신체적인 증상 말입니다."

"거울을 보기 전까지는 괜찮았어요."

의사가 그의 팔에 관을 둘렀다. "혈압은 정상이네요."

"허튼소리는 집어치웁시다, 선생님. 이제 체중을 재자고 할 거죠? 선생님은 이게 뭔지 모르는 거죠?"

"네. 한 번도 본 적이 있어요."

"문법이 엉망이군요, 선생님. 어디서 왔죠?"

"오스트리아요."

"오스트리아라. 나를 어쩔 셈인가요?"

"모르겠어요. 어쩌면 피부 전문가를 부르고 입원해서 살펴봐야 할 수도 있어요."

"분명 그 사람들이 큰 흥미를 갖겠지요. 하지만 사라지지 않을 거예요."

"뭐가 사라지지 않는다는 거죠?"

"몸에 난 거 말이에요. 안에서도 느껴져요. 절대 없어지지 않을 거예요."

의사는 그의 심장박동을 살폈다. 베켓은 청진기를 치워 버리고 옷을 입었다.

"성급하게 굴지 말아요, 베켓 씨. 부탁입니다!"

그는 옷을 입고 병원을 나섰다. 모자와 스카프, 어두운 외투도 치워 버렸다. 집으로 돌아와서 사냥용 소총을 꺼내고 포병대를 몰살해 버릴 만큼 탄약을 충분히 넣었다. 고속도로에서 빠져 지름길을 타고 언덕으로 향했다. 언덕에서 차들이 속도를 줄이게 되는 완만한 모퉁이가 내려다보였다. 여태껏 왜 이곳을 본 적이 없었는지 모르겠다. 그는 차에서 내려 가장 높은 언덕으로 올라갔다. 망원조준기의 먼지를 털고 장전한 다음 안전장치를 풀었다.

처음에는 제대로 맞히지 못했다. 총을 쏠 때마다 차 뒤쪽에 맞았다. 총알이 차를 맞히도록 연습했다. 달리는 차마다 속도가 비슷했지만 그는 본능적으로 차 한 대 한 대의 바뀌는 속도를 따랐다. 처음에 맞힌 사람은 아주 이상했다. 총알이 이마를 관통하자 곧바로 그를 쳐다보는 것 같았다. 이어서 차가 넘어지고 울타리를 들이받고 한쪽으로 뒤집어졌고, 그는 다음에 오는 차를 쏘았다. 총알이 여자 운전자 대신 엔진을 맞혀 불이 났고, 여자는 차 안에서 비명을 지르며 불에 타 들어가는 팔을 흔들었다. 그는 그녀가 타 죽는 걸 보고 싶지 않았다. 여자를 쏘았다. 교통이 멈췄다. 사람들이 차에서 내렸다. 그는 더 이상 여자를 쏘지 않기로 했다. 나쁜 취향이니까. 아이들도. 나쁜 취향이니까. 오스트리아에서 온 의사는? 그냥 오스트리아에 있을 것이지. 오스트리아는 환자가 없나? 그는 사람들이 총격이 계속된다는 걸 알아차리기 전에 남자 너덧을 더 쏘았다. 경찰차와 구급차가 도착했다. 경찰이 고속도로를 막았다. 그는 경찰이 죽은 사람과 부상당한 사람을 구급차로 옮기도록 내버려 두었다. 거기 있는 사람들을 쏘지 않았다. 경찰을 쐈다. 경찰 하나를 맞혔다. 진짜 덩치가 큰 놈을. 그는 시간 가는 줄도 몰랐다. 날이 어두워졌다. 그는 경찰이 자신을 향해 언덕을 오르고 있다는 걸 감지했다. 같은 자리에 머물지 않았다. 그들을 향해 움직였다. 언덕 왼쪽 측면에 매복한 둘을 잡았다. 그의 오른쪽에서 총성이 나자 언덕으로 올라갔다. 그들이 뒤쫓았다. 위치는 최악이었다. 그는 한 번 더 숨을 돌리려고 했지만 총격이 너무 심했다. 천천히 언덕으로 돌아가서 확보할 수 있는 공간을 찾았다. 경찰이 말하고 욕하는 소리가 들렸다. 끊이지 않을 듯했다. 그는 총 쏘는 걸 멈추고 기다렸다. 풀숲으로 바짓가랑이 하나가 보이기에 몸통이 있을 거라고 생각하는 부분을 조준하여 총을 쏘니 비명이 들렸다. 그는 언덕으로 조금 더 올라갔다. 날이 더욱 어두워졌다. 글로리아는 그를 차 버릴 것이다. 그런 반점이 생겼다면 그도 글로리아를 차 버렸을 거다. 누런 얼굴에 초록색 반점이 솟은 여자를 브람스의 콘서트에 데려간다는 게 상상이 되는가?

경찰이 그를 언덕 꼭대기까지 몰았지만 매복할 만큼 풀이 무성하지 않았다. 작은 바위가 다였다. 그리고 경찰은 모두 살아서 집으로 돌아가길 원했다. 그는 한동안 잠자코 있기로 했다. 경찰이 언덕으로 총을 쏘아 대기 시작했다. 그도 몇 발 쏘았지만 일부가 남았고 이내 맞혀서 쓰러뜨려야 할 경찰이 너무 많아졌다. 그들이 집중 공격을 퍼부으며 점점 더 가까워졌다…… 젠장, 빌어먹을, 뭐, 어때.

섬광이 가까이서 터졌고 헨리는 소총을 잡은 손을 보았다. 다시 살폈다. 손이 하얗다.

하얗다!

반점이 사라졌다!

그는 하얗고, 하얗고, 하얗다!

"이봐!" 그가 소리쳤다. "그만 할게! 난 포기했어! 이제 그만 한다고!"

헨리는 셔츠를 찢고 가슴을 살폈다. 하얗다.

그는 셔츠를 벗어서 소총 끝에 묶고 흔들었다. 그들이 총격을 멈췄다. 터무니없는 악몽이 끝났고 반점인간도 끝났고 광대도 사라졌다. 뭐 이런 장난이, 뭐 이런 거지 같은 경우가 다 있지? 일어나서는 안 될 일이었다. 그의 정신에 문제가 있는 것이 틀림없다. 아니면 진짜로 일어난 일일까? 히로시마 사건이 일어났던가? 뭐든 실제로 일어나긴 했던가?

그는 경찰을 향해 소총을 세게 던졌다. 손을 머리 위로 높이 들고 천천히 그들에게 걸어가며 소리쳤다. "그만 할게! 항복한다고! 항복이라고! 내가 항복한다고!"

그들에게 다가가자 말소리가 들렸다.

"어떻게 해야 하죠?"

"모르겠어. 속임수인지 봐야지."

"저놈이 에디와 웨버를 죽였어요. 저놈 배짱이 마음에 안 들어요."

"그가 가까이 온다."

"그만 할게! 항복한다고!"

경찰 하나가 총 다섯 발을 쏘았다. 세 발이 배에 맞고 두 발이 폐에 맞았다. 그들은 한동안 그를 가만히 두었다가 천천히 움직였다. 그리고 모습을 드러냈다. 그에게 총을 쏜 경찰이 가장 먼저 나왔다. 그리고 부츠발로 시신을 앞뒤로 뒤집었다. 흑인 경찰 애드리언 톰슨인데 107킬로그램이 나가고 웨스트사이드 근교에 대출을 거의 다 갚은 집이 있었다. 그는 달빛 아래에서 씩 웃었다.

고속도로의 차들이 평상시처럼 다시 움직였다.

*

우리는 사방에서 세계의 벽을 오르고, 난 가장 끔찍한 숙취에 시달리며 다양한 자살 방법을 알려 준 두 친구를 떠올렸다. 동지애보다 나은 사랑의 증거가 있을까? 내 친구 하나는 왼팔이 면도날로 그은 상처 천지다. 다른 친구는 검은 턱수염 안으로 약을 한가득 밀어 넣었다. 둘 다 시를 쓴다. 시를 쓰는 행위가 사람을 벼랑 끝까지 몰고 간다. 그렇지만 우리 셋은 아흔 살까지 살 것이다. 2010년이 온다는 게 상상이나 되는가? 물론 그 모습이 어떨지는 폭탄을 어떻게 쓸 것인가에 따라 좌우된다. 그때가 와도 여전히 사람들은 아침에 달걀을 먹고 성생활로 고민하며 시를 쓰고 자살을 할 것이다.

내가 마지막으로 자살을 시도한 건 1954년인 것 같다. 노스 마리포사애버뉴의 아파트 3층에 살 때였다. 창문을 다 잠그고 오븐과 가스버너를 틀었다. 당연히 불은 안 붙였다. 침대에 몸을 쭉 펴고 누웠다. 가스 새는 소리가 아주 부드럽게 씩씩 울렸다. 나는 잠이 들었다. 제대로 되었는지 가스를 흡입하자 머리가 아팠고, 머리가 아파서 잠을 깼다. 난 침대에서 나와 웃으며 말했다. "바보 멍청이, 자신을 죽일 필요는 없잖아!" 가스를 끄고 창문을 열었다. 난 계속 웃었다. 진짜 웃긴 농담 같았다. 스토브가 자동으로 작동하지 않았고, 만일 그랬다면 작은 불꽃이 나를 지옥으로 날려 보냈을 것이다.

몇 년 전에는 일주일 내내 술에 취했다 깨고 나서 자살하기로 굳게 마음을 먹었다. 작고 예쁜 여자랑 사귀었는데 잘되지 않았다. 돈이 떨어졌고 월세 내는 날이 되었고 하찮은 일거리를 잡는다 해도 그건 또 다른 식의 죽음인 것 같았다. 그녀가 내 방을 떠나는 날 죽기로 마음먹었다. 그때가 오기 전까지 거리로 나가서 살짝, 아주 살짝 오늘이 며칠인지 궁금해졌다. 술에 취하면 낮과 밤이 하나가 된다. 우리는 술을 마시고 계속 사랑을 나누었다. 정오쯤 되었고 언덕을 내려가 모퉁이 신문 가판대에서 날짜를 살폈다. 신문에는 금요일이라고 적혀 있었다. 그래, 금요일은 다른 날들만큼 좋지. 이어서 헤드라인을 보았다. 밀튼 버얼의 사촌이 떨어지는 바위에 머리 부상을 당하다. 신문 헤드라인을 저따위로 쓰는데 사람이 어떻게 자살을 할 수 있단 말인가? 신문을 훔쳐 들고 집으로 왔다.

"있잖아?" 내가 말을 꺼냈다.

"뭐가요?" 그녀가 물었다.

"밀튼 버얼의 사촌이 떨어지는 바위에 머리를 맞았대."

"거짓말이죠?"

"진짜야."

"대체 어떤 바위였을까요?"

"둥글고 매끄러운 노란색 바위였을 것 같아."

"맞아. 나도 그렇게 생각해요. 그런데 밀튼 버얼의 사촌은 눈동자 색이 뭘까요?"

"갈색, 아주 연한 갈색일 것 같아."

"연한 갈색 눈, 연한 노란색 바위. 쾅!"

"그래, 쾅!"

나는 밖으로 나가 외상으로 술을 한두 병 샀고 우리는 아주 좋은 하루를 보냈다. 그날 그런 헤드라인이 달린 신문은 《더 익스프레스》인가 《더 이브닝 헤럴드》인가 그랬다. 확실히 모르겠다. 이름이 뭐든 간에 그 신문과 밀튼 버얼의 사촌과 둥글고 매끈한 노란 바위에 감사한다.

주제가 자살인 터라 전에 부두에서 일하던 기억이 났다. 우리는 선창 끄트머리로 발을 대롱대롱 내놓고 프리스코 부두에서 점심을 먹었다. 어느 날 거기 앉아 있는데 내 옆에 앉은 남자가 신발과 바지를 벗어 가지런히 정리했다. 그는 내 옆에 있었다. 그러다 첨벙, 소리가 났고 그가 물에 빠졌다. 아주 이상한 건 머리가 물에 닿기 전에 그가 "살려 줘!"라고 외쳤다는 거다. 그리고 작은 첨벙거림이 있었고 별로 크게 와 닿지 않았고 공기 방울이 올라오는 걸 보았다. 그런데 웬 남자가 달려와서 나한테 소리 지르기 시작했다.

"어떻게 좀 해 봐요! 저 사람이 목숨을 끊으려고 하잖아요!"

"대체 나더러 어쩌라고?"

"밧줄을 가져와서 그에게 던져요. 뭐라도요!"

난 자리에서 일어나 노인이 포장하는 판잣집으로 뛰어갔다.

"밧줄 좀 주세요!"

그는 잠자코 나를 쳐다보았다.

"젠장, 밧줄 좀 달라고요. 사람이 물에 빠졌어요. 그에게 밧줄을 던져 줘야 해요!"

노인은 몸을 돌리고 뭔가를 챙겨서는 두 손가락 사이로 건네주었다. 쪼글쪼글한 하얀 노끈 쪼가리였다.

"이 빌어먹을 양반이!" 나는 노인에게 버럭 소리를 질렀다.

그때 청년이 속옷만 입은 채 물속으로 뛰어들어 그 사람을 구했다. 젊은이는 그날 하루 유급 휴가를 받았다. 자살을 시도한 남자는 얼떨결에 물에 빠진 거라고 주장했지만 신발과 옷을 벗은 이유는 설명하지 못했다. 난 그를 다시 보지 못했다. 아마 그날 저녁으로 잘렸을 것이다. 무엇이 사람을 괴롭히는지 단정 지을 수 없다. 아주 사소한 것도 어떤 마음가짐이냐에 따라 끔찍한 일이 될 수 있다. 그리고 가장 끔찍한 근심/두려움/고통이 주는 피로는 설명할 수도, 이해할 수도, 생각에서 지워 버릴 수도 없다. 판금 조각처럼 몸에 박혀서 떨어지지 않는다. 시간당 25달러를 받아도 말이다. 나도 안다. 자살? 자살은 스스로 생각하지 않는 한 이해할 수 없는 것 같다. 클럽에 가입하려고 시인 노조에 소속될 필요는 없다.

난 젊을 때 싸구려 호텔에 살았고 내 친구는 늙은 전과자인데 사탕 기계 내부를 닦는 일을 한다. 삶에 낙이 별로 없지 않나? 아무튼 우리는 며칠 밤을 마셔 댔다. 그는 마흔다섯 살짜리 덩치 큰 아이 같으며 둥글둥글하고 전혀 못되지 않았다. 이름은 루다. 전에는 하드록을 했다. 매부리코에 심하게 상처 난 큰 손, 흠집 난 신발, 빗지 않은 머리 그리고 나처럼 여자한테 인기라곤 없었다. 당시에는. 아무튼 그는 술을 마시느라 하루 일을 빠졌고 사탕 가게 놈들이 그를 잘랐다. 그는 우리 집에 들러서 그 이야기를 털어놓았다. 난 잊어버리라고 했다. 그런 일은 인간의 귀중한 시간을 잡아먹을 뿐이니까. 나의 평범한 말이 그를 감동시키지 않았는지 그는 자리를 떴다. 나는 몇 시간 뒤 담배 한두 개비를 빌리러 그의 집으로 갔다. 노크를 해도 반응이 없어서 그가 술에 취했다는 걸 알았다. 문을 잡으니 그대로 열렸다. 그는 가스버너를 틀어 놓고 침대에 누워 있었다. 서던캘리포니아 가스 회사는 자신들이 얼마나 많은 사람에게 가스를 공급하는지 모르는 것 같다. 아무튼 난 창문을 열고 가스 핫플레이트와 가스히터를 껐다. 그는 스토브가 없었다. 하루 일을 빠졌다고 사탕 기계 닦는 일을 잘린 전과자일 뿐이다.

"상사가 나더러 여태껏 본 사람 가운데 일을 가장 잘한다고 했어. 문제는 내가 일을 너무 많이 빠진 거야. 지난달에 두 번 빠졌거든. 한 번만 더 빠지면 끝이라고 했어."

침대로 걸어가 그를 흔들어 깨웠다. "이 빌어먹을 인간아!"

"뭐라고?"

"이 빌어먹을 인간, 한 번만 더 이런 짓을 하면 썩어 빠진 엉덩이를 갈겨 줄 줄 알아!"

"이봐, 부코스키, 네가 날 살렸어! 너한테 목숨을 빚졌어. 네가 날 살렸다고!"

그는 술을 마신 한두 주 내내 '네가 날 살렸어'를 떠들어 댔다. 매부리코를 내 여자친구에게 비비며 상처 난 큰 손을 그녀의 손에 올렸고, 더 심하게는 무릎에 올린 채 말했다.

"있잖아, 저 빌어먹을 놈이 내 목숨을 구했어! 그거 알아?"

"나한테 여러 번 말했어요, 루."

"맞아. 그가 내 목숨을 구했어."

며칠 뒤 그는 월세가 2주 밀린 상태로 떠났다. 그리고 다시는 그를 보지 못했다.

술이 덜 깼지만 자살에 대해 말하니 좀 도움이 된다, 안 그런가? 난 마지막 남은 맥주를 마셨고 바닥에 둔 라디오에서는 일본 노래가 흘러나왔다. 그때 전화벨이 울렸다. 술에 취한 놈이 뉴욕에서 건 장거리 전화였다.

"이봐, 50년마다 부코스키를 내놓는다면 나도 할 수 있어."

이런 상황을 좋을 대로 해석해서 즐기기로 했는데 나에게는 푸른 하늘과 날카롭게 연마한 열기가 있기 때문이다.

"우리가 술 마시고 돌아다니던 거 기억나?" 그가 물었다.

"그래, 기억나."

"지금은 뭐 해? 아직 글을 쓰나?"

"어, 지금 자살에 대한 글을 쓰는 중이야."

"자살?"

"맞아. 새로 시작하는 신문의 칼럼을 맡았어.《오픈 시티》라고."

"그들이 자살에 대한 걸 실어 줄까?"

"모르지."

우리는 한동안 이야기를 나누었고, 그가 전화를 끊었다. 숙취 조금, 칼럼 조금. 어릴 때 〈블루 먼데이〉라는 노래가 있었다. 헝가리에서 나온 걸로 기억한다. 〈블루 먼데이〉를 틀 때마다 누군가 자살했고, 그래서 금지곡이 되었다. 바닥의 내 라디오에서 나오는 노래도 그만큼 끔찍하다. 다음 주에 이 칼럼을 보지 못한다면 주제 때문은 아닐 것이다. 한편 내가 코츠나 웨인스톡을 망하게 했는지 의구심이 든다.

*

지난 월요일 새벽, 일요일 자정까지 일하고 불을 밝힌 이곳으로 차를 몰았다. 여섯 개들이 맥주팩을 가져왔고 거기서부터 다들 술을 마시기 시작했다. 누군가 나가서 술을 더 사 왔다.

"지난주에 부코스키를 봐야 했는데." 어떤 남자가 말했다.

"다리미판을 안고 춤을 추더군. 다리미판이랑 섹스할 거라고 말했다니까."

"그래?"

"맞아. 그러고는 우리에게 시를 읽어 줬어. 우리는 그의 손에서 시집을 빼앗아야 했어. 안 그럼 밤새 자기 시를 읽거든."

나는 그들에게 처녀 같은 눈망울을 한 여자가 저기 앉아서 날 쳐다본다고 말했다. 여자, 젠장, 소녀, 소녀다. 그래서 멈추기 힘들었다.

"어디 보자." 내가 무리를 향해 말했다. "지금이 7월 중순이고 난 올해 한 번도 여자랑 못 했어."

그들은 웃음을 터뜨렸다. 내 말이 웃기다고 생각했다. 여자를 데리고 있는 사람은 그렇지 못한 사람을 웃기다고 생각한다.

그리고 그들은 지금 동시에 세 명이랑 잠자리를 하는 금발 청년에 대해 이야기했다. 난 그들에게 그 청년이 서른셋이 되면 나가서 일자리를 찾아야 할 거라고 알려 주었다. 이건 평범하고 복수심에 불타는 경고 같았다. 내가 할 수 있는 거라곤 맥주나 빨면서 폭탄이 떨어지길 기다리는 것뿐이니까.

난 어디서 종이 쪼가리 하나를 얻어다 아무도 보지 않을 때 이렇게 적었다.

"사랑은 의미가 담긴 방식이다. 섹스는 충분한 의미다."

이내 모든 젊은이가 피곤해져서 자러 갔다. 나하고 내 또래의 늙은이만 남았다. 우리는 밤을 새는 데 익숙하다. 술을 마시면서 말이다. 맥주가 다 떨어지자 그가 피프스 위스키 한 병을 찾았다. 그는 신문업계 늙은인데 지금은 동부 대도시의 쓰레기 같은 신문 편집자로 일한다고 했다. 대화는 즐거웠다. 두 늙은이는 통하는 게 많았다. 아침이 빨리 찾아왔다. 6시 15분쯤 난 그만 가 봐야 한다고 말했다. 차를 몰고 가지 않기로 했다. 여덟 블록 정도 걸으면 된다. 늙은이도 나와 같이 할리우드 대로를 향해 걸었다. 볼링장을 따라서. 우리는 구식으로 악수를 하고 헤어졌다.

우리 집까지 두 블록 정도 남았을 때 여자가 연석에서 차를 빼려고 시동을 거는 광경이 눈에 들어왔다. 뭐가 잘 안 되는지 고생하고 있었다. 차는 조금 나가는 듯하다가 멈춰 버렸다. 곧바로 다시 시도했지만 내가 보기에 꽤 안달이 났고 놀란 듯했다. 최신형 차였다. 모퉁이에 서서 그녀를 지켜보았다. 차가 내가 서 있는 연석 바로 옆에서 멈췄다. 안을 들여다보았다. 여자가 앉아 있었다. 하이힐에 검은색 롱 스타킹, 블라우스, 귀고리, 결혼반지와 팬티. 스커트를 입지 않고 그냥 연분홍색 팬티 차림이었다. 난 아침 공기를 들이켰다. 나이 든 여자의 얼굴이지만 다리와 허벅지가 소녀처럼 주름도 없이 매끈하고 길었다.

차가 다시 앞으로 꿈쩍하다가 멈춰 섰다. 나는 앞으로 걸어가서 차창에 머리를 들이밀었다.

"이봐요, 주차를 하는 게 더 나을 겁니다. 경찰은 아침 이 시간에 꽤 바빠요. 괜히 몰고 나갔다 걸리면 골치 아파질지도 몰라요."

"알았어요."

그녀는 차를 연석에 올리고 문을 열고 내렸다. 블라우스 안에서 소녀의 가슴이 드러났다. 오전 6시 25분, 그녀는 분홍색 팬티에 검은색 롱 스타킹과 하이힐 차림으로 섰다. 로스앤젤레스의 아침에. 쉰다섯 살 얼굴에 열여덟의 몸을 하고서.

"괜찮은 거 맞아요?" 내가 물었다.

"당연히 괜찮아요." 그녀가 대답했다.

"정말 확실해요?" 내가 되물었다.

"그럼요, 당연하죠." 그녀가 대답했다. 그리고 몸을 돌려서 가 버렸다.

나는 가만히 서서 광택이 나는 분홍색 팬티 안에서 움직이는 엉덩이를 바라보았다. 엉덩이가 나에게서 멀어져 집들이 늘어선 길을 따라 내려갔고 아무도, 경찰도, 인간도, 심지어 새 한 마리도 보이지 않았다. 그저 저 넘실거리는 탱탱한 분홍색 엉덩이만 나에게서 멀어져 갔다. 탄식하기엔 기분이 너무 들떴다. 배도 고프고 좋은 무언가가 사라져 버렸다는 순전한 슬픔이 느껴졌다. 난 제대로 말하지 못했다. 말을 제대로 조합하지 못했고 노력도 하지 않았다. 난 다리미판이나 끼고 살 팔잔데 미친 여자가 오전 6시에 분홍색 팬티나 입고 돌아다니는 게 뭐 어떠랴.

사라져 가는 엉덩이를 쳐다보았다. 친구들은 절대 내 말을 믿지 않을 것이다. 이런 여자가 있었다는 것을. 계속 쳐다보는데 그녀가 내 쪽으로 방향을 틀더니 나를 향해 걸어왔다. 앞에서 보니 꽤 괜찮았다. 사실 가까이 다가올수록 더 괜찮아 보였다. 얼굴 말이다. 얼굴이 중요하니까. 얼굴은 행운이 불운으로 바뀌는 것을 가장 먼저 알려 준다. 나머지는 천천히 순서대로 들어온다.

그녀가 내 코앞에 섰다. 여전히 길에는 아무도 없었다. 정신 이상이 너무 현실적이라 더는 이상하게 느껴지지 않는 순간이 있다. 여기 분홍 팬티가 내 앞에서 숨을 헐떡이고 사방에 순찰차 한 대도 보이지 않고 이탈리아 베네치아와 캘리포니아 베니스 사이, 지옥 바닥과 팔로스버디스의 마지막 남은 공터 사이에도 누구 하나 보이지 않았다.

"아, 다시 왔군요." 내가 반기듯이 말했다.

"차 뒷부분이 도로로 튀어나왔나 해서요."

그리고 그녀가 몸을 구부렸다. 난 더 이상 참을 수 없었다. 그녀의 팔을 잡았다.

"자, 우리 집으로 가요. 여기서 가까우니까. 길에서 이러지 말고 가서 술이나 몇 잔 마셔요."

그녀는 허물어진 얼굴로 나를 쳐다보았다. 아직도 얼굴이랑 몸이 매치되지 않는다. 나는 냄새나는 짐승처럼 가슴이 두근거렸다.

그녀가 대답했다. "그래요, 가요."

우리는 모퉁이를 돌았다. 난 그녀를 만지지 않았다. 셔츠 주머니에 담배가 있어서 한 개비 건넸다. 우리는 교회 앞에 섰고 내가 담뱃불을 붙여 주었다. 난 언제라도 이웃한 집 어딘가에서 이런 목소리가 들릴 거라 생각했다. "이 여자야, 빌어먹을 팬티만 입고 거리를 돌아다니지 마. 경찰 부르기 전에!" 어쩌면 할리우드 외곽에 살아서 그럴 수도 있다. 아내가 아침을 차리는 동안 남자 서넛은 커튼 뒤에서 몰래 훔쳐보며 서둘러 자위를 할지도 모른다.

우리는 집 안으로 들어갔고, 난 그녀를 앉힌 다음 히피 놈이 남긴 마운틴 레드 반병을 가지고 나왔다. 우리는 조용히 술을 들이켰다. 그녀는 대부분의 사람들보다 더 분별력이 있었다. 지갑에 가족사진을 넣고 다니지 않았다. 그러니까 아이들 사진 말이다. 물론 남편 이야기는 계속 나왔다.

"프랭크 때문에 미칠 것 같아요. 남편은 내가 재미 보는 꼴을 못 봐요."

"그래요?"

"계속 날 가둬 두려고 해요. 집에만 있는 데 이골이 났어요. 내 원피스랑 스커트를 전부 다 숨겼어요. 우리가 술을 마실 때, 내가 술을 마실 때마다 그렇게 해요."

"그래요?"

"날 무슨 노예처럼 가둬 두려고 해요. 여자는 남자의 노예가 되어야 한다고 생각해요?"

"아니, 세상에, 말도 안 되지!"

"그래서 난 스타킹과 구두와 팬티와 블라우스가 있지만 스커트가 없었고 프랭크가 뻗었을 때 집을 빠져나왔어요!"

"프랭크는 좋은 사람일 거예요." 내가 말을 이었다. "다만 그를 너무 많이 쓰러뜨리지 말아요. 내 말 무슨 뜻인지 알죠?"

이건 늙은 프로들이 던지는 대사다. 몰라도 이해하는 척하는 거다. 여자는 합리적인 걸 원하는 게 아니라 자기가 신경을 너무 많이 쓰는 다른 누군가에 대한 감정의 보복을 바란다. 여자는 기본적으로 멍청한 동물이지만 집중력이 아주 좋아서 남자가 다른 생각을 하는 틈에 종종 당하는 건 전적으로 남자 탓이다.

"프랭크는 나쁜 놈이에요. 근데 내가 여기 있는 게 기쁘지 않아요?"

당연히 다리미판보다는 낫다. 난 술을 마저 마시고 팔을 뻗어 그 늙은 얼굴을 잡고 마음속으로는 몸매만 생각하면서 입을 맞추고 혀를 집어넣었고 그녀의 혀가 마침내 내 둥근 혀를 잡아 빨아당기고 또 당겼고 난 어린 소녀의 매끈한 다리와 기적 같은 가슴을 애무했다. 프랭크는 착한 사람이다. 특히 코를 골며 잘 때는.

우리는 잠시 쉬고 술을 한 잔 더 마셨다.

"무슨 일을 해요?" 그녀가 물었다.

"실내장식가예요." 내가 대답했다.

"너무 돈을 좇지 말아요."

"당신은 꽤 예리하군요."

"대학을 다녔으니까요."

난 어느 대학인지 묻지 않았다. 늙은 프로는 어떻게 처신하는지 아니까.

"당신은 대학을 다녔어요?"

"오래는 못 다녔어요."

"손이 아름답군요. 여자처럼요."

"그 소리를 수도 없이 들었어요. 한 번만 더 그 소리를 하면 이를 부러뜨릴 거예요."

"당신이 하는 일이 뭐죠? 예술가, 화가 아니면 다른 건가요? 다 섞인 것처럼 보여요. 그리고 사람 눈을 똑바로 보는 걸 내켜 하지 않는 것 같군요. 내 눈을 쳐다보지 않는 사람은 싫어요. 당신은 겁쟁이인가요?"

"맞아요. 하지만 눈은 달라요. 난 사람들의 눈이 싫어요."

"난 당신이 좋아요."

그녀는 팔을 뻗어 나를 정면으로 붙잡았다. 그럴 거라 예상하지 못했다. 그녀를 차에 태워 데려다주려고 했다. 더 안 좋았다면 그녀 혼자 가게 내버려 두었을 거다.

기분이 좋았다. 내 말은 그녀가 잡아 줘서 좋다는 뜻이다. 말을 잊게 했으니까.

우리는 술을 한두 잔 더 빨리 들이켠 다음 내가 그녀를 침대로 데려갔고, 혹은 그녀가 날 그리 데리고 갔다. 뭐, 상관없다. 처음처럼 좋은 것은 없다. 누가 뭐라고 하든 상관없다. 스타킹과 하이힐은 벗기지 않고 놔둘 거다. 난 괴짜니까. 지금 인간의 상태를 참을 수 없고 난 분명 속은 것 같다. 정신과 의사들은 거기에 대해 할 말이 있겠지만 나도 그들에 대해 할 말이 있다.

섹스는 자전거를 타는 것과 같다. 일단 좌석에 앉으면 균형 감각과 놀라움이 되살아난다.

섹스는 좋았다. 욕실에 다녀온 뒤 우리는 다시 거실로 가서 남은 술을 마셨다. 어떻게 침실로 돌아왔는지 기억나지 않지만 이 쉰다섯 살 얼굴이 진짜 치매에 걸린 듯한 표정으로 날 흘끔거리는 것을 보며 잠에서 깼다. 미치광이의 눈이다. 난 웃어야 했다. 그녀는 내가 자는 동안 내 성기에 작업을 했다. 아이롤로거리에서 만난 통통한 흑인 여자애와도 그런 일이 있었다.

"힘내, 자기, 힘내!" 내가 말했다.

난 손을 뻗어 그녀의 엉덩이를 양쪽으로 벌렸다. 쉰다섯 살 얼굴이 내게로 내려와 키스했다. 끔찍했지만 열여덟 살 몸이 꽉 쪼여 주고 기울고 퍼지고 있었다. 벽이 살아 움직이는 것처럼 미친 뱀이 꿈틀거렸다. 우리는 사랑을 나눴다.

그런 다음 난 정말로 잠이 들었다. 그러다 뭐 때문에 잠에서 깼다. 고개를 들어 보니 분홍 팬티가 다시 분홍 팬티를 입고 내 누더기 같은 낡은 바지를 입으려 하고 있었다. 슬펐다. 그녀의 엉덩이가 내 더러운 바지에 들어가지 않는 걸 보는 것이. 슬프고 터무니없고 성미 고약하고 눈물이 떨어지며 웃기는 상황이지만 늙은 프로는 실눈을 뜨고 자는 척했다.

프랭크, 당신의 사랑이 가고 있어!

그녀가 갈 수 있을 때.

그녀가 텅 빈 담뱃갑을 들여다보고 나를 내려다보는 걸 지켜보았다. 끔찍한 자신감일 수도 있지만 그녀가 날 존경하는 게 느껴졌다. 무슨 소리, 난 아직 문제가 있고 다 떨어진 내 작업 바지를 입고 내 방 침대를 걸어 나가는 누군가를 보니 기분이 더러웠다. 그렇지만 프로는 기회와 절대 오지 않을 실제를 토대로 미래를 예상해 볼 수 있다. 다리미판의 형태는 빼고. 그녀는 침실을 나섰다. 나는 가게 놔뒀다. 그녀가 날 놓아준 것이다. 모든 것이 정말로 끔찍했고 거기에 하나가 더 늘었다. 그들은 우리가 죽을 때까지 잠들지 못하게 할 거고 그다음에는 다른 속임수를 생각해 내겠지. 불알, 그래. 난 거의 울 뻔했다. 수백 년에 걸쳐 알게 되었듯 그리스도는 망했고 모든 비참하고 바보스럽게 찢어진 것들. 난 자리에서 일어나 술을 마실 때 무릎으로 넘어지면서 해졌지만 아직 찢어지지 않은 유일한 바지를 살폈다. 지갑이 있는지 보았고, 지갑 안에 돈이 있는지 보았고, 7달러가 있어서 내가 털리지 않았다는 것을 알았다. 거울을 보고 살짝 부끄러운 미소를 지은 다음 사랑을 나눈 침대로 돌아와서…… 잤다.

*

"병신들이 우리 집에 왔어."

"그랬어?"

"응."

"병자들이?"

"병신이라고!"

"많았어?"

"많았지."

"그래서 어쨌는데?"

"나랑 이야기했어."

"그랬어?"

"응. 그들이 나랑 이야기했어."

"무슨 말을 했는데?"

"나한테 물었어. 혹시 바라느냐고……."

"뭐라고 했다고?"

"나한테 물었어. 혹시 수리를 바라느냐고."

"뭐라고? 그들이 뭐라고 했다고?"

"내 말은, 그들이 나한테 물었다고. '혹시 수리를 바라는 거
야?'라고."

"그래서 넌 뭐라고 했는데?"

"난 '아니.'라고 했어."

"그러니까 병신들이 뭐라고 했어?"

"그들이 말했어. '그럼, 알겠어!'"

"마마가 빌을 봤고, 진을 봤고, 대니를 봤어."

"그랬어?"

"맞아."

"당신 걸 만져도 돼?"

"안 돼."

"난 젖꼭지가 있고 당신도 젖꼭지가 있어."

"맞아."

"있잖아! 당신 배꼽이 사라지게 할 수 있어. 내가 당신 배꼽을 없애면 아플까?"

"아니. 살이 많아서 괜찮을 거야."

"살이 뭔데?"

"내가 가져서는 안 되는데 너무 많이 가지고 있는 거."

"아, 그렇구나."

"몇 시야?"

"5시 25분."

"지금 몇 시야?"

"아직 5시 25분이야."

"이제 몇 시야?"

"이봐, 시간은 그리 빨리 바뀌지 않아. 아직 5시 25분이라고."

"지금은 몇 신대?"

"말했잖아. '5시 25분이라고.'"

"지금 몇 시야?"

"5시 25분 20초야."

"내 공을 너한테 던질 거야."

"좋아."

"뭐 해?"

"등산해!"

"떨어지지 마! 거기서 떨어지면 넌 끝이야!"

"난 안 떨어져!"

"그러지 마."

"안 떨어진다니까! 절대로! 지금 날 봐!"

"오, 세상에!"

"난 내려가고 있어. 지금 내려간다고!"

"알았어. 거기 가만히 있어!"

"아, 제갈!"

"뭐라고 했어?"

"'제갈!'이라고 했어."

"네가 그렇게 말한 것 같았어."

"마마가 닉을 봤고, 앤디를 봤고, 루벤을 봤어."

"그랬대?"

"응!"

"일하러 갈 거야?"

"응."

"네가 일하러 가지 않았으면 좋겠는데!"

"나도 가기 싫어."

"그러면 가지 마."

"일하러 가야 돈이 나오지."

"아."

"맞아."

"펜 챙겼어?"

"응."

"열쇠 챙겼어?"

"응."

"배지도 챙겼어?"

"응."

"일하러 가, 일하러 가, 일하러 가, 일하러 가, 일하러 가……."

"우린 어제 워크숍에 갔어."

"그래?"

"그래."

"사람들이 뭐 했는데?"

"이야기를 했어. 모두 이야기를 하고 또 하고 또 했어."

"넌 뭐 했는데?"

"난 잤어."

"그렇게 크고 아름다운 초록 눈은 어디서 난 거예요?"

"내가 직접 만들었어요."

"직접 만들었다고요?"

"맞아요!"

"그렇구나."

"당신 눈은 파란색이네요."

"아니, 초록색이에요."

"아니에요, 파란색이에요!"

"그게, 조명 때문에 그런지도 몰라요. 여긴 불이 어둡잖아요."

"눈을 직접 만들었어요?"

"내가 좀 도움을 준 것 같긴 해요."

"난 내 눈, 내 손, 내 코, 내 발, 내 팔꿈치 전부 다 직접 만들었어요."

"가끔은 당신이 옳은 것 같아요."

"그리고 당신 눈은 파란색이에요!"

"알았어요. 내 눈은 파란색이에요."

"내가 방귀를 뀌었어! 하, 하, 하! 방귀를 뀌었다고!"

"그랬어?"

"그래!"

"헛소리를 듣고 싶어?"

"아니!"

"몇 시간 동안 오줌을 못 눴구나. 무슨 문제 있어?"

"아니. 무슨 문제 있어?"

"몰라."

"왜 몰라?"

"왜 모르는지 몰라."

"몇 시지?"

"6시 35분."

"지금 몇 시지?"

"아직 6시 35분이야."

"몇 시야, 지금은?"

"6시 35분."

"아, 제갈!"

"뭐라고?"

"'아, 제갈! 제갈! 제갈! 제갈!'이라고 했어."

"저기, 맥주 좀 갖다 줘."

"알았어……."

"마마가 대니를 봤어, 마마가 빌을 봤어, 마마가 진을 봤어."

"알았어. 난 맥주 좀 마실게."

그녀는 뛰어가서 블록, 클립, 고무 밴드, 연장 코드, 블루칩 우표, 봉투, 광고지, 조그만 보리스 칼로프의 동상을 핸드백에 집어넣었다. 나는 맥주를 마셨다.

                    *

필라델피아에서 난 밑바닥이라 샌드위치 심부름 같은 일을 했다. 앞 시간 바텐더인 짐이 오전 5시 30분에 날 들여보내면, 그는 걸레질을 하고 난 7시에 사람들이 들어오기 전까지 공짜로 술을 마셨다. 술집이 밤 2시에 문을 닫으니 잠잘 시간이 없었다. 그렇지만 요즘은 별로 한 일이 없다. 잠도 먹는 것도 다른 것도 다. 술집이 너무 낡고 오래되고 소변과 죽음의 냄새가 풍기다 보니 창녀가 시선을 끌러 들어왔을 때 우리는 특히 감동을 먹었다. 월세를 어떻게 낼 건지, 무슨 생각을 하고 사는지 모르겠다.

이때쯤《포트폴리오 III》에 헨리 밀러, 로르카, 사르트르를 비롯해 다른 문인들의 작품과 나란히 내 단편소설이 실렸다.《포트폴리오》는 10달러에 판다. 개별 페이지이며 면이 크고 각 장마다 비싼 컬러 용지에 다른 글씨체가 찍혀 있고 그림도 화려하다. 여성 편집자 커레스 크로스비가 내게 편지를 보냈다. "최고로 특이하고 근사한 이야기예요. 당신은 누구죠?" 그래서 나도 답장을 보냈다. "친애하는 크로스비 씨, 나도 내가 누군지 모릅니다. 찰스 부코스키 드림." 그 일 이후 글 쓰는 일을 10년 동안 그만두었다.

하지만 첫날 밤 빗속에서《포트폴리오》를 보았고 바람이 아주 심하게 불어 낱장이 거리로 날아갔고 사람들은 그걸 잡으러 다녔고 난 술에 취한 채 가만히 서서 지켜보았다. 아침마다 달걀 여섯 개를 먹는 덩치 큰 창문닭이가 책장 한가운데를 큰 발로 밟았다. "여기! 이봐! 내가 하나 잡았어!" "젠장, 놔둬. 종이가 다 날아가게 놔두라고!" 난 사람들에게 말했고 우리는 다시 안으로 들어갔다. 내가 내기에서 이겼다. 그거면 됐다.

매일 오전 11시쯤 짐은 내게 됐다고 말하고, 나는 술집에서 나와 산책한다. 술집 뒤쪽을 돌고 거기 있는 골목에 드러눕는다. 트럭이 그 골목을 들락거리는 통에 언제고 내 차례가 올 거라 싶어 그렇게 하는 걸 좋아한다. 하지만 내 운은 나빴다. 날마다 흑인 애들이 작대기로 내 등을 쑤시면 그 애들 엄마의 목소리가 들린다. "이제 그만둬. 됐어. 그 사람을 놔두라고!" 난 자리에서 일어나 술집으로 돌아가서 계속 술을 마신다. 골목에 있는 라임나무가 문제다. 누군가 항상 라임 열매를 내게 떨어뜨려서 괴롭힌다.

어느 날 거기 가만히 앉아서 누군가에게 물었다. "여기 사는 사람들은 어떻게 아무도 길 아래 술집에 안 갈 수 있죠?" 그러자 이런 대답이 돌아왔다. "저긴 갱단의 술집이에요. 들어가면 살아서 못 나와요." 그래서 술을 마저 마시고 자리에서 일어나 그리 갔다.

그 술집은 훨씬 깨끗했다. 덩치 큰 젊은이들이 뚱하게 앉아 있었다. 아주 조용했다.

"스카치랑 물을 줘." 내가 바텐더에게 말했다.

그는 내 말을 못 들은 척했다.

난 목청을 높였다. "바텐더, 스카치랑 물을 달라니까!"

그는 한참을 기다리더니 몸을 돌리고 내게 스카치를 건넸다. 난 술을 들이켰다.

"자, 한 잔 더 줘."

젊은 여자가 혼자 앉아 있는 모습이 눈에 들어왔다. 외로워 보였다. 얼굴이 괜찮았고, 그리고 외로워 보였다. 내 수중에 돈이 좀 있었다. 어디서 났는지는 모르겠다. 아무튼 술을 마시고 걸어가 그녀 옆에 앉았다.

"주크박스에서 듣고 싶은 노래 있어요?" 내가 물었다.

"아무거나. 당신이 좋아하는 곡으로요."

난 노래를 틀었다. 내가 누군지 모르지만 주크박스는 틀 줄 안다. 그녀는 얼굴이 괜찮았다. 저렇게 예쁜데 왜 혼자 앉아 있을까?

"바텐더! 바텐더! 술 두 잔 더! 한 잔은 숙녀분에게 주고 한 잔은 내 거야!"

공기에서 죽음의 냄새가 났다. 그리고 지금 내가 그 냄새를 맡으니 좋은지 안 좋은지 말을 하지 못하겠다.

"뭘 마실 거야? 오빠한테 말해 봐!"

우리는 30분 정도 술을 마셨고 바 끄트머리에 앉아 있던 덩치 큰 남자 중 하나가 자리에서 일어나 천천히 내 쪽으로 걸어왔다. 그는 내 뒤에 서서 몸을 숙였다. 그녀는 화장실에 가고 없었다.

"이봐요, 형씨, 내가 해 줄 말이 있어."

"해 봐요. 잘 들을 테니까."

"그녀는 보스의 여자야. 계속 그런 식으로 굴면 목숨이 남아나지 않을 거야."

남자가 내게 말했다. 목숨이 남아나지 않는다고. 무슨 영화 대사 같았다. 그는 자리로 돌아가 앉았다. 여자는 화장실에서 나와 내 옆에 앉았다.

"바텐더! 술 두 잔 더." 내가 주문했다.

난 계속 노래를 틀고 이야기를 했다. 이번엔 내가 화장실에 가야 했다. 남자 화장실이라고 적힌 곳에 가 보니 아래로 내려가는 긴 계단이 보였다. 남자 화장실을 저 아래 만들어 놓다니, 참 이상하기도 하지. 한 걸음 내디뎠을 때 바 끄트머리에 앉아 있던 덩치 둘이 따라왔다는 걸 눈치챘다. 두려움보다는 이상한 생각이 들었다. 내가 할 수 있는 일은 없고 그저 계단을 내려갈 수밖에 없었다. 소변기로 가서 지퍼를 내린 다음 오줌을 눴다. 술에 취해 좀 멍한 상태로 검은 곤봉이 내려오는 걸 보았다. 고개를 살짝 움직여서 귀 대신 머리 뒤쪽을 정통으로 맞았다. 빛이 빙글빙글 돌고 번쩍거렸지만 그리 나쁘지 않았다. 소변을 다 누고 거시기를 집어넣은 다음 지퍼를 올렸다. 그리고 몸을 돌렸다. 그들은 그 자리에 서서 내가 고꾸라지기만 기다렸다. "실례할게요." 나는 둘 사이로 걸어서 계단을 올라가 자리에 앉았다. 손 씻는 걸 깜박했다.

"바텐더, 술 두 잔 더." 내가 다시 주문했다.

피가 흘러나왔다. 손수건을 꺼내 머리 뒤쪽에 댔다. 두 덩치도 화장실에서 나와 자리에 앉았다.

"바텐더." 난 그들을 향해 고갯짓을 했다. "저기 앉은 신사분에게도 술 두 잔을 줘."

노래를 더 틀고 이야기를 더 나누었다. 여자는 내게서 떨어지지 않았다. 난 그녀가 하는 말을 거의 못 알아들었다. 다시 화장실에 가야 했다. 자리에서 일어나 다시 남자 화장실로 갔다. 내가 지나가는데 덩치 둘 중 하나가 다른 한 놈에게 말했다. "저 빌어먹을 자식을 죽일 수 없어. 미친놈이야."

그들은 다시 따라오지 않았지만 나는 화장실에서 올라온 뒤로 다시 여자 옆에 앉지 않았다. 난 무언가를 입증했고, 그러자 더 흥미가 생기지 않았다. 밤새 술을 마시다 술집이 문을 닫자 우리 모두 밖으로 나와 이야기를 하고 웃으며 노래를 불렀다. 나머지 몇 시간은 검은 머리 청년과 마셨다. 그가 나를 찾아왔다.

"이봐요, 우리 갱단에 들어와요. 당신은 배짱이 있어. 우리는 당신 같은 사람이 필요해요."

"고맙군, 친구. 제안은 고맙지만 난 그럴 수가 없어. 아무튼 정말 고마워."

그리고 난 걸어갔다. 항상 극적인 효과를 줘야 하니까.

몇 블록 아래에 있는 경찰차로 뛰어가 선원 한둘에게 곤봉으로 맞고 강도를 당했다고 신고했다. 그들은 날 응급실로 데려다주었고 밝은 전깃불 아래에서 의사, 간호사와 함께 앉았다. "이건 좀 아플 겁니다." 의사의 말에 이어 바늘이 움직이기 시작했다. 전혀 감각이 없었다. 내가 날 잡고 있어서 모든 것이 제대로 통제되는 것 같았다. 그들이 내게 붕대 같은 것을 감을 때 나는 팔을 뻗어 간호사의 무릎을 꽉 잡았다. 느낌이 좋았다.

"이봐요! 대체 왜 이러는 겁니까?"

"아무것도 아니에요. 그냥 장난이에요." 의사에게 설명했다.

"이자를 잡아넣을까요?" 경찰이 물었다.

"아뇨. 집에 데려다주세요. 힘든 밤을 보냈을 텐데."

경찰이 날 태워 주었다. 훌륭한 서비스다. 로스앤젤레스에 있었다면 난 탱크를 만들었을 거다. 방에 들어가서 와인 한 병을 마시고 잠이 들었다.

5시 30분에 맞춰 일어나지 못했다. 낡은 술집을 여는 시간 말이다. 가끔 그랬다. 가끔은 하루 종일 침대에서 꼼짝도 안 했다. 오후 2시쯤 창문 밖에서 여자 둘이 떠드는 소리가 들렸다.

"새로 들어온 사람에 대해 전혀 모르겠어. 가끔 하루 종일 자기 방에 틀어박혀서 커튼을 내리고 라디오만 들어. 그게 일과의 전부야."

"그를 본 적이 있어." 다른 여자가 말했다. "술에 취해 사는 끔찍한 인간이야."

"그 사람한테 이사 가라고 해야 할까 봐." 첫 번째 여자가 말했다.

아, 제기랄, 아, 제기랄, 빌어먹을, 젠장, 젠장, 젠장.

난 스트라빈스키를 끈 뒤 옷을 입고 걸어서 술집으로 갔다. 그리고 안으로 들어갔다.

"이봐, 저기 오네!!!"

"우리는 네가 죽은 줄 알았어!"

"그 갱들의 술집에 갔어?"

"그래."

"이야기 좀 풀어 봐."

"우선 한잔 마셔야겠어."

"그래, 그렇게 해."

스카치와 물이 나왔다. 나는 맨 끄트머리 스툴에 앉았다. 더러운 햇살이 16번지와 페어마운트로 들어왔다. 나의 하루가 시작되었다.

"그 소문은." 내가 입을 열었다. "거기가 아주 거친 술집이라는 이야기는 확실히 사실이야……." 그리고 내가 지금까지 한 이야기를 그들에게 들려주었다.

나머지 이야기는 이렇다. 난 두 달간 머리를 빗지 못했고 한두 차례 더 그 갱 술집에 갔고 제대로 대접을 받았으며, 얼마 지나지 않아 더 큰 문제를 일으키려고, 혹은 뭘 찾으려고 필라델피아를 떴다. 난 문제는 일으켰지만 나머지 다른 것들은 아직 찾지 못했다. 어쩌면 죽을 때 찾을지도 모르겠다. 아닐 수도 있고. 저마다 철학, 신부, 전도사, 과학자가 있을 테니 나한테 묻지 말기를. 그리고 남자 화장실이 지하에 있는 술집은 가지 마라.

*

　헨리의 어머니가 돌아가셨을 때 그리 나쁘지 않았다. 근사한 가톨릭 장례식이었다. 신부가 연기 나는 작대기를 흔들었고 사방에 연기가 퍼졌다. 관은 닫혀 있었다. 헨리는 장례식장을 나와서 그 길로 경마장에 갔다. 일진이 좋았다. 거기서 피부가 살짝 노란 여자를 만나 그녀의 아파트까지 갔다. 여자가 스테이크를 요리해 주었고 둘은 섹스를 했다. 그의 아버지가 돌아가셨을 때는 상황이 좀 더 복잡했다. 관을 열어 두었기에 아버지의 마지막 얼굴을 봐야 했다. 무엇보다 그가 한 번도 만난 적이 없는 아버지의 여자친구 셜리가 관으로 다가와 흐느끼고 울며 죽은 사람의 머리를 잡고 입을 맞췄다. 사람들이 그녀를 떼어 내야 했다. 그리고 헨리가 아버지를 보고 나갈 때 이 셜리라는 여자가 그를 붙잡고 입을 맞추기 시작했다. "아, 자긴 아버지를 쏙 뺐어!" 그녀가 키스하자 그는 몸이 달아올랐고 그녀를 떼어 냈을 때 그의 바지로 무언가가 두드러졌다. 사람들이 눈치채지 않길 바랐다. 짬을 내서 셜리를 살폈다. 그하고 나이 차이가 크지 않은 것 같았다. 그는 장례식장에서 경마장으로 왔지만 이번에는 여자가 없었다. 게다가 돈도 좀 잃었다. 죽은 아버지가 그에게 오명을 남긴 것이다.

변호사는 유언이 없다고 했다. 유산은 없지만 집과 차는 있었다. 헨리는 백수였기에 곧바로 그 집에 들어갔다. 그리고 술에 절었다. 오랜 여자친구 매기와 함께 술을 펐다. 느지막이 정오쯤 일어나서 빌어먹을 잔디에 물을 주었다. 꽃에도. 작고한 아버지는 꽃을 좋아했다. 그는 꽃에 물을 주었다. 술에 취한 채 정원에 서서 자신이 일하기 싫어한다는 이유로 얼마나 아버지의 미움을 받았는지 떠올려 보았다.

그는 그저 술을 퍼마시고 여자들이랑 노닥거리는 걸 즐겼다. 이제 그는 빌어먹을 집과 차가 있고 노인네는 흙 속에 누워 있다. 그는 이웃들을 알아 갔고 특히나 북쪽에 사는 남자와 친해졌다. 남자는 세탁소의 관리직으로 있었다. 해리라는 사람이다. 해리는 정원 가득 새를 키웠다. 5000달러어치다. 사방 천지에서 데려왔으며 종류도 엄청났다. 색깔도 이상하고 생김새도 이상한데 말을 할 줄 아는 새들 중에는 '꺼져, 꺼져'를 연발하는 새도 있었다. 헨리는 그 새에게 물을 끼얹었지만 소용이 없었다. 새는 '붙어 볼래?'라고 하더니 '꺼져'를 아주 빠르게 대여섯 번 쏟아 냈다. 정원이 이런 새장으로 가득 찼다. 해리는 새를 위해 살았다. 헨리는 술과 오입질을 위해 살았다. 어쩌면 그는 저 새 중 한 마리를 건드릴지도 모른다. 새랑은 어떻게 하는 거지?

매기는 봄에는 괜찮지만 아일랜드인디언이라 술을 마시면 성깔이 나왔다. 헨리는 간간이 그녀를 때렸다. 그는 셜리의 전화번호를 가지고 있어서 놀러 오라고 했다. 그녀는 다시 키스하며 그가 그의 아버지와 비슷하게 생겼다고 말했다. 그는 그녀를 놔주고 그녀에게 입을 맞췄다. 그날 밤은 신중하게 굴기로 마음먹고 섹스를 하지 않았다. 그녀가 겁먹는 걸 바라지 않아서였다.

해리는 거의 매일 밤 아내와 함께 찾아와서 술을 마셨다. 그는 세탁소와 새에 대해 이야기했다. 새들은 해리의 아내를 싫어했다. 해리의 아내는 자신이 얼마나 새를 싫어하는지 이야기하면서 다리를 진짜 높게 꼬았고 헨리는 바지 속에서 무언가 움직이는 것을 느꼈다. 빌어먹을 여자가 그를 계속 희롱했다. 그리고 셜리가 놀러 와서 다 함께 술을 마셨다. 매기는 셜리가 그 자리에 있는 것이 탐탁지 않았고, 헨리는 계속 셜리와 해리의 아내를 번갈아 보면서 누가 더 나은지 생각했다. 그리고 이 모든 일이 같은 날 밤에 벌어졌다. 해리의 아내가 술에 취해 새를 다 풀어 준 것이다. 5000달러어치 새를 전부 다. 해리는 술에 취해서 충격을 받은 채 앉아 있다가 비명을 지르며 아내를 때리기 시작했다. 남편이 때릴 때마다 그녀는 바닥에 쓰러졌고 헨리는 그녀의 원피스 속을 훔쳐보았다. 그녀의 팬티도 여러 차례 보았다. 몸이 지옥처럼 뜨겁게 달아올랐다. 매기가 밖으로 나가서 새를 잡아다 새장에 도로 넣으려 했지만 제대로 잡는 것 같지 않았다. 새들이 거리를 이리저리 날아다니며 나무에 앉고 지붕에 서는 등 5000달러어치 미친 새들이 전부 다른 색깔, 다른 생김새를 가지고 혼란스러운 자유를 만끽하고 있었다.

헨리는 더 이상 견디지 못하고 셜리를 붙잡아 침실로 데려 갔다. 그녀의 옷을 벗기고 올라탔다. 하지만 섹스를 하기에는 술에 너무 취해 버렸다. 해리가 아내를 때릴 때마다 그녀는 비명을 질렀고 헨리는 조금 더 추진력을 얻었다. 매기가 새 한 마리를 데리고 들어왔는데 머리와 가슴에 주황색 털이 나고 발등에도 주황색 털 뭉치 두 개가 있었다. 다른 부분은 잿빛으로 볼품이 없었다. 300달러짜리 새였다. 매기가 비명을 지르며 자랑했다. "내가 새를 잡았어요!" 그런데 헨리가 보이지 않자 침실로 들어갔고, 거기서 무슨 일이 벌어지는지 보고는 새를 무릎에 올려 둔 채 가만히 의자에 앉아 지켜보며 소리를 질렀고, 해리는 계속 아내를 넘어뜨렸고, 그녀는 계속 비명을 질렀고, 그때 경찰이 찾아왔다. 젊은 경찰 둘이었다. 경찰이 헨리를 끌어낸 뒤 모두에게 옷을 입혀서 경찰서로 데려갔다. 다른 순찰차가 다른 젊은 경찰 둘을 데리고 왔다. 매기가 화를 주체하지 못해 경찰 하나를 때리자 그들이 그녀를 경찰차에 태워 따로 끌고 갔다. 경찰이 차를 언덕으로 몰았고 각자 뒷좌석에서 매기와 섹스를 했다. 그들은 그녀에게 수갑을 채워 두었다. 다른 경찰이 헨리, 해리, 셜리, 해리의 아내를 데리고 경찰서에

갔고 그들을 취조하여 유치장에 넣었고 새들은 거리를 자유롭게 날아다녔다.

그 주 일요일에 전도사가 '호색의 알코올 중독자가 우리 동네에 죄와 수치를 가져왔다'고 말했다. 매기는 유치장에서 나온 유일한 사람으로 신앙심이 아주 깊었다. 그녀는 맨 앞줄에 앉아 다리를 높이 들어 꼬았다. 전도사는 설교단에서 그녀의 다리 속을 곧바로 볼 수 있었다. 그는 그녀의 팬티를 보았다. 바지 속에서 무언가 꿈틀거리는 것을 느꼈지만 운이 좋게도 설교단이 그를 가려 주었다. 그는 바지 안이 잠잠해질 때까지 창문 밖을 쳐다보며 설교를 이어 나갔다.

해리는 직장을 잃었다. 헨리는 집을 팔았다. 전도사는 매기와 섹스했다. 셜리는 TV 수리공과 결혼했다. 해리는 텅 빈 새장을 쳐다보며 앉아 있었고 새들은 거리에서 굶어 죽었다. 거리에서 죽은 새를 볼 때마다 그는 아내를 때렸다. 헨리는 도박을 하고 술을 마시며 6개월 만에 가산을 탕진했다.

내 이름은 헨리다. 찰리가 미들네임이다. 어머니가 돌아가셨을 땐 그리 나쁘지 않았다. 근사한 가톨릭 장례식이었다. 신부가 연기 나는 작대기를 흔들었다. 관은 닫혀 있었다. 아버지가 돌아가셨을 땐 상황이 좀 더 복잡했다. 관을 열어 두었고 아버지의 여자친구가 관으로 가서…… 죽은 사람의 머리를 잡고 입을 맞췄고 거기서 모든 게 시작되었다.

추신: 새를 잡지 못하면 새와 섹스도 하지 못한다.

*

현대적인 가스 건조기의 최대 장점은 당연히 옷을 다루는 방식이고 킹은 내 엉덩이를 다섯 번 걷어찼고 하나 둘 셋 넷 다섯, 난 애틀랜타에 있었는데 뉴욕에 있을 때보다 더 나빠져서 돈도 더 쪼들리고 더 미쳐 가고 더 아프고 더 말랐다. 쉰세 살 창녀나 산불 속 거미나 다 기회가 없긴 마찬가지다. 아무튼 난 거리를 걸었고 밤이라 추웠는데 하느님은 상관하지 않았고 여자들도 상관하지 않았고 머리가 아픈 편집자도 상관하지 않았다. 거미들도 상관하지 않았고 노래를 부르지도 않았고 내 이름도 몰랐고 그저 춥기만 했고 거리가 내 배를 차갑고 공허하게 핥았고, 하하, 거리는 많은 것을 알았고 난 캘리포니아를 걸었다. 낡은 흰 셔츠 차림인데 날이 추워서 그리스도가 포기한 이후로 2000년 만에 어느 집 문을 노크했고, 밤 9시경인데 문이 열리면서 얼굴 없는 남자가 앞에 섰다. 내가 입을 뗐다. 방이 필요해요. 방을 놓는다는 팻말을 봤어요. 그가 잘라 말했다. 날 찔러 보지 말아요. 방해받고 싶지 않으니까.

그저 방만 있으면 돼요. 밖이 너무 추워요. 돈을 드릴게요. 일주일 치는 안 될지 몰라도 추위만 피할 수 있게 해 주세요. 죽는 건 나쁘진 않지만 갈 곳이 없는 건 안됐잖아요.

꺼져. 그리고 문이 닫혔다.

거리를 걸었다. 어느 거린지 이름을 몰랐다. 어느 방향으로 걷는지도 몰랐다. 어딘가 잘못된 슬픔이 밀려왔다. 그게 무엇인지 몰랐다. 성경처럼 내 머릿속에 들러붙었다. 거지 같은 생각. 질질 끄는 방식이다. 지도도 사람도 소리도 없고 그저 말벌, 돌, 벽, 바람뿐이다. 내 페니스와 불알이 무감각하게 매달려 있다. 거리에서 아무거나 보고 소리 지를 수 있지만 아무도 들을 수 없을 테고 누구 하나 좆통만큼도 신경 쓰지 않을 것이다. 그래야 하는 만큼도. 난 사랑을 바란 게 아닌데. 하지만 뭔가 아주 이상했다. 책들은 절대 그 말을 꺼내지 않았다. 부모들도 절대 그 말을 꺼내지 않았다. 하지만 거미들은 알았다. 꺼져.

난 처음으로 누군가 소유한 모든 것에는 자물쇠가 걸려 있다는 걸 눈치챘다. 모든 것에 자물쇠가 걸려 있다. 도둑, 백수, 미치광이들에게 교훈을 주는 미국은 참 아름다운 국가다.

그러다 교회 하나가 눈에 들어왔다. 특별히 교회를 좋아하는 건 아닌데 특히나 사람들로 북적거리면 더 그렇다. 하지만 밤 9시에 그럴 일은 없는 듯했다. 그래서 계단을 올랐다.

이봐, 여자야, 당신 남자가 남긴 게 뭔지 와서 보라고.

한동안 그 자리에 앉아 쿰쿰한 냄새를 흡입했는데 어쩌면 하느님한테서 나는 것일 수도 있고 어쩌면 그에게 기회를 주는 것일 수도 있다. 난 문을 당겼다.

빌어먹을, 잠겼다.

올라온 계단을 도로 내려갔다.

거리를 걸었고 아무 이유 없이 모퉁이를 돌아 계속 걸었다. 이제 내 앞에 나타났다. 벽이다. 남자가 두려워하는 게 바로 이거다. 영원히 갇히는 것도 모자라 친구 하나 없다니. 이런 상황이 무서운 게 당연하다. 죽을 것 같은 게 당연하다. 이런 싸구려 속임수에 걸리고 잡힌다. 지갑 속 모든 종류의 카드가 털린다. 돈, 보험증, 자동차등록증, 침대, 창문, 변기, 고양이, 개, 식물, 악기, 출생증명서, 화가 나는 것들, 적들, 후원자, 밀가루 포대, 이쑤시개, 병에 걸리지 않은 엉덩이, 욕조, 카메라, 구강청결제, 아, 제기랄, 자물쇠(그 속에 가라앉아 수영하고 뒷면을 문지르고), 지느러미, 고무 날개, 여분의 페니스를 의약품 상자에 밀어 넣듯 수중의 모든 것을 당신 속으로 욱여 넣는다.

작은 다리로 걸어갔고 또 다른 표지판을 보았다. 월세방 있음. 그 집으로 걸어갔다. 문을 두드렸다. 당연히 두드렸다. 내가 어쩔 거라고 생각했나? 축축한 엉덩이를 덮은 흰 셔츠 차림으로 캘리포니아에서 탭 댄스라도 출까?

좋아. 문이 열렸다. 늙은 여자가 나왔는데 너무 추워서 얼굴이 있는지 없는지도 알아보지 못했다. 얼굴이 없는 것 같았다. 난 확률을 따른다. 차가운 엉덩이를 가진 빌어먹을 수학자다. 얼어붙은 입술을 잠시 비빈 다음 말을 꺼냈다.

월세방이 있다고 해서요.

맞아요. 그래서?

잘 방이 필요합니다.

1달러 15센트요.

하룻밤에요?

일주일에.

일주일이요?

맞아요.

세상에.

1달러 15센트를 냈다. 수중에 2~3달러가 남았다. 집 안으로 들어갔다. 세상에 큰 불길이 타오르고 있었다. 152센티미터 너비에 91센티미터 높이로. 집이 불탄다는 말이 아니라 적절한 장소에 불이 있다는 말이다. 마법의 벽난로. 그 불길을 쳐다보기만 해도 인생이 되살아날 것처럼 느껴졌다. 그 불길을 쳐다보는 것만으로 아무것도 안 먹어도 1킬로그램은 찔 것 같았다. 늙은 남자가 불가에 앉아 있었다. 붉은 열기로 온몸을 감싼 것이 보였다. 어머니. 그의 입이 열렸다. 그는 자기가 어디 있는지 모르는 것 같았다. 온몸을 떨었다. 멈추지 않았다. 불쌍한 인간. 불쌍한 늙은이. 난 한 걸음 안으로 들어갔다.

물러서요. 늙은 여자가 경고했다.

무슨 말이에요? 돈을 냈잖아요. 일주일 치를.

맞아요. 하지만 당신 방은 밖에 있어. 날 따라와요.

노파는 불쌍한 늙은이를 거기 놔두고 문을 닫았다. 난 그녀를 따라 앞쪽으로 향하는 길에 들어섰다. 길은 끔찍했다. 앞마당 전체가 먼지로 뒤덮였다. 차갑게 얼어붙은 먼지. 난 보지 못했는데 앞마당에 판자 움막이 있었다. 난 살피는 능력이 늘 떨어진다. 그녀가 경첩 하나에 매달린 판자 문을 밀어 열었다.

자물쇠가 없다. 하지만 아무도 방해하지 않을 것이다.

그렇다고 믿는다.

그녀가 떠났다. 내가 옳았다. 난 노파의 얼굴을 쳐다보았는데 그녀는 얼굴이 없었다. 닭의 등에 구겨진 살점처럼 뼈에 살이 달려 있을 뿐이다.

조명이 하나도 없었다. 천장에 코드만 대롱거렸다. 바닥은 더러웠다. 하지만 바닥에 러그처럼 신문지를 깔아 놓았고 시트 없는 침대와 얇은 담요가 보였다. 얇은 담요 달랑 하나. 나는 석유램프를 찾았다! 은총이다! 행운이다! 좋은 징조다!! 성냥이 있어서 램프에 불을 붙였다. 불꽃이 나타났다!

아름다운 불꽃이었다. 영혼이 담겼고 햇살이 가득한 산맥의 옆 봉우리 같고 웃고 있는 물고기 떼가 가득 밀려드는 것 같고 살짝 토스트 냄새가 나는 따뜻한 스타킹 같다. 그 작은 불길을 향해 손을 뻗었다. 난 아름다운 손을 가졌다. 그게 내가 가진 전부다. 아름다운 손.

작은 불꽃이 꺼졌다.

석유램프를 만지작거렸지만 20세기에 태어난 터라 어떻게 쓰는지 잘 알지 못했다. 그렇지만 그걸 키려면 액체, 연료, 석유, 정확한 명칭이 뭐든 그게 필요하다는 것을 파악하는 데 그리 오랜 시간이 걸리지 않았다.

판자 문을 열고 하느님의 별빛이 반짝이는 밤으로 나갔다. 내 아름다운 손으로 주인집 문을 두드렸다.

누구세요? 문이 열렸다. 늙은 여자가 서 있었다. 아니면 누구겠는가? 미치광이 미키? 난 불쌍한 늙은이가 환한 불길 옆에서 몸을 떠는 걸 슬쩍 쳐다보았다. 얼빠진 놈.

무슨 일이지? 노파가 닭대가리를 들며 물었다.

귀찮게 해서 죄송하지만 석유램프 있잖아요?

그래요.

그게 불이 나갔어요.

그래서?

저기, 연료를 좀 빌릴 수 있을까 해서요.

당신 미쳤군. 그러면 돈을 내든가!

노파는 문을 쾅 닫지 않았다. 그녀에게는 오래된 냉정함 같은 것이 있었다. 그녀는 나태하고 무의식적인 고상함을 담아 문을 닫았다. 수백 년 동안 그렇게 훈련된 것처럼. 괜찮은 조상이다. 닭대가리를 가졌어요. 닭대가리는 이 땅에 상속되고 있다.

내 방(?)으로 돌아가서 침대에 앉았다. 그리고 아주 부끄러운 일이 벌어졌다. 못 먹은 지 꽤 되었는데 갑자기 똥을 누고 싶어졌다. 자리에서 일어나 다시 하느님의 세상으로 걸어 나가 그 집 문을 또 두드렸다. 이번에도 미치광이 미키가 대신 나오지 않았다.

누구세요?

또 귀찮게 해서 죄송합니다. 내 방에 화장실이 없어서요. 화장실이 어디 있나요?

바로 저기! 그녀가 가리켰다.

저기요?

저기 있잖아! 그리고 잘 들어요…….

네?

이제 그만 좀 와요. 정신이 나가서 이리 찾아오지 말라고. 여기 밖에서 찬바람에 머리나 식히든지!

죄송합니다.

그녀가 이번에는 문을 쾅 닫아 버렸다. 따뜻한 바람이 내 귀와 가랑이 사이에서 잠시 느껴졌다. 좋았다. 난 화장실로 보이는 구조물을 향해 걸었다.

변기는 뚜껑이 없었다.

변기 속을 들여다보았다. 아래까지 까마득했다. 어떤 변기에서도 맡아 보지 못한 냄새가 풍겼다. 달빛 아래서 거미 한 마리가 거미줄 중간에 앉아 있는 것을 보았다. 통통한 검은 거미다. 아주 잘 알고 있는 거미. 변기 주둥이를 가로질러 거미줄이 퍼졌다. 갑자기 똥을 누고 싶은 생각이 사라졌다.

다시 내 방으로 돌아갔다. 침대에 앉아 최대한 가까이 공중에 달린 전깃줄에 내 아름다운 손을 가져갔다. 조금만 더 하면 닿을 수 있는데. 난 반쯤 멍청이가 되어 마른 똥으로 가득 찬 상태에서 전선을 향해 손을 허우적거리며 앉아 있었다. 그러다 자리에서 일어나 밖으로 나갔다. 한 블록 정도 걸어서 얼어붙은 나무 아래 섰다. 아주 커다란 나무다. 내 속의 마른 똥을 거기에 다 뿌렸다. 그리고 식료품점으로 갔다. 뚱뚱한 여자가 주인이랑 이야기하고 있었다. 둘은 노란 불빛 아래에서 이야기를 나눴다. 모든 음식이 거기 있었다.

그들은 빌어먹을 예술이나 단편 혹은 플라톤 아니면 캡틴 키드에 대해 이야기하지 않는다. 미치광이 미키를 걱정한다. 그들은 죽었지만, 그래서 나보다 더 분별력이 있다. 벌레와 들개의 둔감한 감각 말이다. 난 그렇지 못했다. 그럴 수 없으니까.

내 방으로 돌아갔다. 아침에 신문 귀퉁이를 잘라서 아버지에게 보낼 긴 편지를 썼다. 봉투와 우표를 사서 편지를 붙였다. 아버지한테 내가 굶고 있고 로스앤젤레스로 갈 버스 요금이 필요하며 중요한 건 단편소설이 잘 안 쓰이는 거라고 말했다. 디매스는 매독에 걸렸고 미쳐서 보트 젓는 데 빠져 버렸다는 것도 썼다. 그러니 돈을 보내 달라고.

내가 편지를 기다리면서 화장실에 갔는지 기억나지 않는다. 아무튼 답장이 왔다. 봉투를 찢어서 열었다. 편지지를 흔들어 보았다. 10~12장이 양쪽으로 빼곡했지만 돈은 없었다. 첫 줄에 이렇게 적혀 있었다. "더는 못 뜯어 가!"

……넌 아직 나한테 빌려 간 10달러를 갚지 않았어! 난 돈을 벌려고 열심히 일해. 실없는 글을 끼적이는 널 지원해 줄 여력이 없어. 네가 그 글을 하나라도 팔았거나 공부라도 했다면 달라졌겠지만 네 글을 읽어 보니 엉망이더구나. 사람들은 엉망인 걸 읽고 싶어 하지 않아. 마크 트웨인처럼 글을 쓰거라. 그는 위대한 사람이야. 사람들을 웃게 만들지. 네 이야기는 하나같이 자살하거나 미치거나 다른 사람을 죽이는 것뿐이더라. 평범한 삶은 네가 생각하는 그런 방식이 아니야. 직장을 구하고 너 스스로 뭔가를 해 봐……

편지는 계속 이어졌다. 난 마저 읽을 수 없었다. 내가 바라는 건 돈이었으니까. 다시 편지를 흔들어 보았다. 추위를 느낄 수 없을 만큼 몸이 아팠다. 그날 오후 늦게 길을 걷다 공고를 보았다. 도와주실 분 구함. 그래, 새크라멘토 서부 어딘가에 철도를 깔 사람이 필요했다. 난 참가한다고 서명했다. 난 거기서 좀 문제가 있었고 다른 인부들과도 그랬다. 난 남자들에게 인기가 없었고 열차는 백 년이 되어 낡고 먼지로 뒤덮였다. 잠을 자려고 하는데 남자가 내 좌석 아래로 들어와 내 얼굴로 먼지를 날렸고 다른 이들은 낄낄거렸다. 젠장! 그래도 애틀랜타보다는 낫다. 나는 화가 나서 자리에 앉았다. 그 남자는 자기 무리와 함께 내 앞에 섰다.

저잔 머저리야. 그가 나를 가리키며 말했다. 그가 이리 오면 너희가 날 도와줘.

난 그에게 맞서지 않았다. 마크 트웨인은 억지로 웃음을 쥐어짰을 거고 머저리들과 술을 마시고 노래를 불렀을 거다. 진짜 남자. 샘 클램. 난 별로 진짜 남자 같진 않지만 애틀랜타를 벗어났고 아직 죽은 것도 아니고 아름다운 손을 가졌으니 가보는 수밖에.

기차가 달렸다.

*

작고 둥근 항문을 가진 중국 달팽이 때문인지, 보라색 넥타이핀을 꽂은 터키 사람 때문인지, 아니면 그저 일주일에 일곱 혹은 여덟 혹은 아홉 혹은 열한 번 그녀와 침대로 가야 하기 때문인지, 아니면 다른 것 때문인지 모르겠지만 난 여자, 아니 소녀와 결혼한 적이 있다. 그녀는 100만 달러를 상속받을 예정이고, 그러려면 상속자가 죽어야 하지만 텍사스의 그 동네에는 스모그가 없고 다들 잘 먹고 좋은 술을 마시고 손을 살짝 긁히거나 재채기만 해도 의사를 찾아갔다. 그녀는 색을 밝히고 목에 문제가 있었고 잊어버리려고 본 것이 내 시였고, 내 시가 블랙 이후 최고라고 생각했다. 아니, 블랙이 아니라 블레이크다. 그런 부류 혹은 다른 이들 말이다. 그녀는 계속 편지를 써 보냈다. 그녀에게 100만 달러가 있는 건 몰랐다. 난 위장과 엉덩이에 출혈이 있어서 병원을 찾아 N. 킹슬리 의사의 진료실에 앉아 있었고, 내 피가 시립 병동에 사방으로 퍼졌고, 그들은 내게 피 아홉 통과 글루코오스 아홉 통을 수혈한 뒤에 "한 번만 더 술을 마시면 당신은 죽을 겁니다."라고 경고했다. 이미 자살한 머리에 그런 식으로 말하면 안 된다. 난 매일 밤 방에 앉아 빈 맥주캔에 둘러싸인 채 시를 쓰고 싸구려 시가를 피우고 아주 창백하고 약해져서 죽을 날만 기다렸다.

한편 그녀의 편지에 답장을 했다. 그녀는 내 시가 얼마나 근사한지 칭찬한 뒤 자신이 쓴 시를 몇 편 보여 주었고(그리 나쁘지 않았다), 뻔한 말을 했다. "아무도 나와 결혼하지 않을 거예요. 목 때문이에요. 목을 돌릴 수 없거든요." 난 이 말을 계속 들었다. 아무도 나와 결혼하지 않을 거예요. 아무도 나와 결혼하지 않을 거예요. 아무도 나와 결혼하지 않을 거예요. 그래서 술에 취한 어느 날 밤 내가 말해 버렸다. "제기랄, 내가 당신과 결혼할게! 그만 진정해요." 난 편지를 부치고 잊어버렸는데 그녀는 그러지 않았다. 그녀는 인물이 좋아 보이는 사진들을 보냈는데 내가 그 말을 하고 난 다음에는 아주 끔찍한 사진이 왔다. 난 그 사진들을 보았고 정말로 술이 필요했다. 러그 한가운데 무릎을 꿇고 겁에 질려서 말했다. "나 자신을 희생하고자 합니다. 한 남자가 평생 한 사람을 행복하게 할 수 있다면 그의 삶은 가치 있는 것이니까요." 제기랄, 난 일종의 위안 같은 걸 떠올려야 했다. 그 사진들을 쳐다보니 내 영혼이 송두리째 떨리고 비명을 지르고 맥주캔만큼 움푹 꺼지는 것 같았다.

아니면 작고 둥근 항문을 가진 중국 달팽이 때문이 아니라 미술 수업 때문인가? 내가 지금 무슨 말을 하는 거지?

아무튼 그녀가 버스를 타고 왔다. 그녀의 엄마도 아빠도 할머니도 어디로 휴가 가서 모르기에 살짝 인생에 변화를 준 거였다. 난 버스 정류장에서 그녀를 만나기로 해서 한 번도 본 적이 없고 한 번도 이야기해 본 적이 없는 여자와 결혼하려고 기다리며 술을 마셨다. 난 미쳤다. 난 거리에 속하지 않았다. 벨소리가 났다. 그녀가 탄 버스다. 문을 열고 나오는 사람들을 쳐다보았다. 섹시한 금발에 하이힐을 신은 귀여운 여자가 엉덩이를 출렁거리며 내렸는데 탱탱한 스물셋이고 목은 전혀 안 이상했다. 저 여자일까? 아니면 그녀가 버스를 놓쳤나? 나는 천천히 다가갔다.

"혹시 바바라인가요?" 내가 물었다.

"네." 그녀가 대답했다. "부코스키 씨죠?"

"맞아요. 갈까요?"

"좋아요."

우리는 내 낡은 차에 올라타서 우리 집으로 향했다.

"버스에서 내려 되돌아갈 뻔했어요."

"당신 탓도 아니지."

우리는 집으로 들어갔고 난 술을 더 마셨지만 그녀는 우리
가 결혼하기 전까지 잠자리를 하지 않겠다고 말했다. 그래서
우리는 그냥 잠을 자고 내가 라스베이거스까지 차를 몰아 우
리는 결혼을 했다. 난 쉬지도 못하고 라스베이거스까지 운전
했다가 다시 돌아왔고 우리는 침대로 갔고 충분히 그럴 가치
가 있었다……. 처음이었다. 그녀는 자신이 색녀라고 했지만
난 믿지 않았다. 세 번 혹은 네 번째 하고 난 뒤에 그녀의 말
을 믿었다. 난 이제 큰일 났다는 걸 알았다. 모든 남자가 자신
이 색녀를 길들일 수 있다고 믿지만 그 믿음은 남자를 무덤으
로 이끌 뿐이다.

난 선적 사무원 일을 그만두었고 우리는 버스를 타고 텍사
스로 갔다. 그런 다음에야 그녀가 백만장자라는 것을 알았지
만 특별히 신나거나 하진 않았다. 난 항상 좀 미친 상태니까.
거긴 아주 작은 동네인데 모두가 원자폭탄이 떨어질까 봐 걱
정하는 미국에 마지막 남은 동네로 전문가들에게 뽑혔고, 전
문가들이 맞았다. 침실로 가는 짧은 여정에서도 허약하게 창
백하고 심드렁한 사람들이 모두 날 쳐다보았다. 난 부유한 젊
은 여자를 꼬신 도시의 교활한 인간이었다. 확실히 내게 뭔가
가 있나 보다. 그래, 맞다. 아주 지친 성기와 여행가방에 가득

든 시가 있지. 그녀는 시청 안내 데스크에서 빈둥거리는 일자리를 가졌고, 난 햇살이 비치는 창가에 앉아 파리를 쫓았다. 장인어른은 내 배짱을 싫어했고 처조부님은 날 좋아하는 것 같았지만 돈을 다 가진 쪽은 장인어른이었다. 난 앉아서 파리를 쫓았다. 덩치 큰 카우보이가 걸어 들어왔다. 부츠를 신고 커다란 카우보이 모자를 썼다. 어울렸다. "안녕 바바라." 그리고 나를 쳐다보았다…….

"말해 봐요." 그가 물었다. "뭘 해요?"

"하다니?"

"그래요, 뭘 하냐니까?"

난 시간을 길게 끌었다. 창밖을 쳐다보았다. 파리를 쫓았다. 그리고 그에게 몸을 돌렸다. 그는 카운터에 기댔다. 195센티미터의 장신이며 얼굴이 붉은 텍사스 미국인 영웅이다. 젠장.

"나요? 난 그냥…… 뭐 좀 돌아다니며 운을 따라요."

그는 카운터 쪽으로 고개를 젖히고는 모퉁이를 돌아서 사라졌다.

"저 사람이 누군지 알아요?" 그녀가 물었다.

"몰라."

"동네 깡패예요. 사람들을 패고 다녀요. 내 사촌이고요."

"그는 아무 짓도 안 했어, 안 그래?" 내가 천천히 말했다.

그녀는 처음으로 날 이상하게 쳐다보았다. 그녀는 더러운 괴물을 보았다. 감성적인 시는 내가 크리스마스 시즌에 입에 무는 장미꽃일 뿐이었다. 청바지의 날에 난 한 벌뿐인 정장을 입고 하루 종일 시내를 돌아다녔다. 마치 할리우드 영화 같았다. 청바지를 입지 않은 사람은 호수에 던져져야 하는데 내 생각만큼 쉽게 그렇게 되지 않았다. 술을 좀 마시고 돌아다녔지만 호수는 보지 못했다. 시내는 내 세상이었다. 시내 의사가 나와 사냥을 하고 낚시를 가고 싶어 했다. 그녀의 사촌이 놀러 왔고 내가 맥주캔을 쓰레기통에 던져 넣으며 농담하는 걸 뚫어져라 쳐다보았다. 그들은 자살과도 다름없는 나의 부주의함을 용기로 잘못 해석했다. 바보 같은 쪽은 나였다.

그런데 그녀는 로스앤젤레스로 가고 싶어 했다. 한 번도 대도시에 살아 보지 못해서다. 난 그런 생각에서 벗어나라고 그녀를 설득했다. 난 이곳 시내를 돌아다니는 것이 좋았지만 그녀는 꼭 가야 했고 조부님이 우리에게 수표를 주었고 우리는 버스에 올라 다시 로스앤젤레스로 돌아왔다. 잠재적인 백만장자가 그레이하운드 슬럼가에 온 것이다. 그보다 더 끔찍한 건 그녀가 우리 둘이 서로를 돌봐야 한다고 주장한 것이다. 나는 선적 사무원으로 또 다른 일자리를 얻었고 그녀는 가만히 앉아서 자신도 일자리가 생기길 바랐다. 난 일을 마치고 매일 밤 취했다. "세상에, 내가 무슨 짓을 했지. 진짜 시골뜨기랑 결혼하다니." 이 말에 그녀는 엄청 열을 받았다. 난 100만 달러는 구경도 못 했고 내 것도 아니었다.

우리는 언덕 꼭대기에 자리한 작은 월세방에 살았다. 뒷마당에 잔디가 길게 자랐고 파리 떼가 그 사이에 숨어 알을 낳고 나와 마당에서 사방으로 날아다녔는데 4만 마리는 족히 되어 날 미치게 했다. 난 커다란 스프레이통을 사다가 하루에 1000마리씩 죽였지만 놈들은 너무 빨리 짝짓기를 했고 우리도 그랬다. 이 집에 살던 미친 사람들이 침대 주변에 선반을 가득 달고 그 위에 제라늄 화분을 쭉 늘어놓았다. 커다란 화분, 작은 화분 할 것 없이 제라늄이었다. 우리가 침대에서 섹스를 할 때 벽이 흔들리고 벽은 다시 선반을 흔들어 소리가 나기 시작했다. 서서히 용암이 분출할 때처럼 선반에서 화분이 떨어지려는 소리가. 그래서 난 얼른 멈췄다. "아니, 안 돼요. 멈추지 말아요. 아, 세상에, 멈추지 말아요!" 그래서 난 계속했고, 선반은 내 등, 엉덩이, 머리, 다리, 팔 쪽으로 기울어지며 화분을 던지려 했고, 그녀는 웃으며 비명을 지르고 그렇게 절정에 올랐다. 그녀는 그 화분들을 좋아했다. "저 빌어먹을 선반을 벽에서 다 떼어 버릴 거야." 내 말에 그녀가 간곡히 부탁했다. "아, 안 돼요. 제발 부탁이니 그러지 말아요!" 그녀가 너무 간청해서 난 그럴 수가 없었다. 망치로 선반을 고정하고 화분을 고정하고 다음 번을 기다렸다.

그녀는 지능이 떨어지는 작은 검은색 강아지를 데려와서는 브뤼헐이라는 이름을 붙였다. 피테르 브뤼헐이라는 화가인지 뭔지 하는 작자가 있었는데. 그런데 며칠이 지나니 그녀는 더 이상 흥미를 보이지 않았다. 강아지가 걸리적거리면 뾰족한 발로 세게 걸어차면서 씩씩거렸다. "비켜, 이 망할 것아!" 그래서 내가 술을 마실 때면 강아지와 바닥에서 뒹굴고 싸웠다. 싸우는 게 강아지가 할 수 있는 유일한 것이고 그 이빨은 나보다 나왔다. 어쨌든 난 100만 달러가 사라지는 걸 감지했지만 상관하지 않았다.

그녀는 새 차를 샀다. 57년산 플리머스였다. 내가 아직 몰고 다니는데 그녀에게 이곳에 계속 있어도 된다고 했다. 그녀는 시험을 치르고 보안관 사무실에 일하러 갔다. 난 선적 사무원 자리에서 해고되었다고 말했다. 그리고 날마다 세차를 하고 일을 마친 그녀를 데리러 갔다. 어느 날 차를 몰고 돌아오다가 꽃무늬 셔츠에 얼굴이 창백하고 어깨가 구부정한 젊은이들이 바보같이 웃는 얼굴로 고삐리처럼 건들거리며 그녀의 건물을 나오는 걸 보았다.

"저 얼간이들은 누구야?" 내가 그녀에게 물었다.

"경찰들이에요." 그녀가 거만한 목소리로 대답했다.

"아, 말도 안 돼! 저능아 같은데! 저들이 경찰일 리가 없어! 뭐라고? 설마, 저들이 경찰일 리가 없다고!"

"저들은 경찰이 맞고 모두가 아주 착한 동료들이에요."

"아, 택도 없는 소리!"

그녀는 머리끝까지 화가 났다. 그날 저녁 우리는 딱 한 번만 섹스를 했다. 다음 날은 다른 일로 시비가 붙었다.

"저기 호세가 나오네요." 그녀가 아는 체를 했다. "그는 스페인 사람이에요."

"스페인 사람이라고?"

"네. 스페인에서 태어났어요."

"내가 일하던 공장의 멕시코인 절반이 자기는 스페인에서 태어났다고 했어. 일부러 그러는 거야. 스페인은 더 멀리 있고 투우를 잘하고 늙은이들의 거창한 꿈 같은 곳이지."

"호세는 스페인에서 태어났어요. 난 그걸 알아요."

"당신이 어떻게 알아?"

"그가 말해 줬으니까요."

"아, 택도 없는 소리!"

그날 저녁 그녀는 미술 수업을 듣기로 했다. 그녀는 항상 그림을 그렸다. 그녀는 동네에서 수재였다. 어쩌면 그녀의 상태 때문일 수도 있다. 아닐 수도 있다.

"당신이랑 같이 갈 거야." 내가 통보하듯 말했다.

"당신이? 뭘 하려요?"

"그래야 쉬는 시간에 커피를 같이 마셔 줄 사람이 있지. 내가 당신을 수업에 데려다주고 데리고 올 수도 있잖아."

"뭐, 알았어요."

우리는 같이 수업을 받으러 갔고 서너 번 수업을 받자 그녀는 너무 화가 나서 스케치를 찢고 바닥에 집어 던졌다. 난 가만히 앉아서 그녀를 쳐다보지 않으려고 애썼다. 모두가 매우 분주하게 몰두했고 그러면서도 심심풀이로 그리는 척, 혹은 부끄러운 척했다.

수업 강사가 나에게 왔다. "저기, 부코스키 씨, 뭘 그려 보세요. 왜 가만히 앉아서 스케치북만 쳐다보고 있나요?"

"붓을 사 오는 걸 깜박했어요."

"잘 알겠습니다. 내 붓을 빌려 줄게요. 부코스키 씨, 다 쓰고 나면 꼭 돌려주세요."

"네."

"자, 이제 꽃을 꽂아 놓은 화병을 그려 보세요."

난 그걸 그리기로 하고 빠르게 끝냈다. 그런데 날 제외한 모두가 여전히 화병을 쳐다보며 공중에 손가락을 들고 그림자를 살피거나 거리를 살피거나 뭐 그런 빌어먹을 짓을 했다. 난 나가서 커피를 마시고 담배를 피웠다. 다시 와 보니 내 책상 주변에 사람들이 모여들었다. 가슴 말고는 볼 게 없는 금발 머리(알다시피)가 나를 쳐다보더니 그 가슴을 내 쪽으로 들이밀며 말했다.

"아, 전에 그림을 그려 본 적이 있죠?"

"아니, 이번이 처음입니다."

그녀가 가슴을 출렁거리며 내게 들이밀었다. "어머, 농담도!"

"으으으으음." 내가 할 수 있는 대답이었다.

강사가 내 그림을 가져다 앞에 세웠다. "보세요, 내가 원하는 게 이런 겁니다!" 그가 말을 이었다. "이 감정, 흐름, 자연스러움을 보세요!"

얼씨구. 난 속으로 생각했다.

아내는 화가 나서 종이를 자르는 작은 공간으로 자기 짐을 챙겨 가더니 종이를 찢고 물감을 던져 버렸다. 그녀는 불쌍한 머저리가 만들어 놓은 콜라주도 찢어 버렸다.

"부코스키 씨." 강사가 내게 와서 물었다. "저 여성분이 당신의…… 아내인가요?"

"아, 네."

"저기, 우리는 저런 행동을 용인할 수 없습니다. 그녀에게 말해 주세요. 그리고 부코스키 씨 작품을 아트 쇼에 출품해도 될까요?"

"그러세요."

"아, 감사해요. 정말 감사합니다!"

강사는 미쳤다. 내가 그린 모든 것을 아트 쇼에 내고 싶어 했다. 난 물감 섞을 줄도 모르는 사람인데. 색상환을 만드는 것도 실패했다. 보라색과 주황색, 갈색과 검은색, 흰색에 검은색 등 붓이 가는 방향대로 아무렇게나 섞었다. 내 작품 다수가 개똥이 커다랗게 번진 모습이었지만 강사의 눈에 나는…… 하느님이 내린 인물인가 보다. 뭐, 아내는 수업을 그만두었다. 그래서 나도 가지 않았고 내 작품을 거기에 놔두었다.

그 뒤로 아내는 일을 마치고 집에 와서 터키인이 얼마나 신사적인지 말하기 시작했다. "그 보라색 넥타이핀, 그는 보라색 넥타이핀을 달고 다니는데 오늘 그가 내 이마에 아주 가볍게 입을 맞추면서 아름답다고 했어요."

"있잖아, 자기, 미국에서 회사 다니면 그런 일은 늘 있다는 걸 좀 배워 놔. 가끔 무슨 일이 생기기도 해. 하지만 대부분은 아무 일도 안 일어나. 그런 놈들은 옷장에서 자위하고 주야장천 샤를 부아이에 영화만 봐서 그래. 남자가 진심이면 조용히 있지 그렇게 대놓고 떠들지 않아. 그놈이 영화를 너무 많이 봤다는 데 백 프로 걸 거야. 그놈 불알을 잡으면 도망갈걸."

"적어도, 그는 신사예요! 그리고 아주 힘들어해요! 너무 안 됐어요."

"도대체 뭐가 힘들다는 거야? 로스앤젤레스 카운티에서 근무하는 게?"

"그는 밤에 자동차 극장을 운영해요. 그래서 못 쉬어요."

"하, 그럼 난 게으른 돼지 새끼네!"

"맞아요." 그녀가 다정하게 동의했다. 그날 저녁 화분은 두 번 더 떨어졌다.

그리고 중국 달팽이 만찬의 밤이 왔다. 아니면 일본 달팽이인지도 모른다. 아무튼 난 시장에 갔고 난생처음 이 특별한 놈을 보았다. 난 전부 다 샀다. 작은 문어, 달팽이, 뱀, 도마뱀, 민달팽이, 벌레, 메뚜기……. 먼저 달팽이를 요리하여 식탁에 올렸다.

"버터로 조리해 봤어." 내가 그녀에게 말했다. "당신 모이주머니에 넣어 둬. 가난한 사람들은 이렇게 먹는 거야. 그건 그렇고." 달팽이 두세 마리를 입에 밀어 넣으며 물었다. "늙다리 보라색 넥타이핀은 오늘 어땠어?"

"꼭 고무 씹는 맛이에요……."

"고무고 나발이고…… 그냥 먹어!"

"달팽이한테 아주 작은 항문이 있어요……. 그 작은 항문이 보여요……. 아……."

"당신이 먹는 모든 건 항문이 있어. 당신한테도 있고 나한테도 있어. 우리 모두에게 항문이 있지. 늙다리 보라색 넥타이핀도 마찬가지고……."

"으으으으윽……."

그녀는 식탁에서 일어나 욕실로 뛰어가더니 구토를 했다.

"저 작은 항문……. 으으으윽……."

난 웃었고 그러든지 말든지 작은 항문들을 입 안으로 쑤셔 넣고 맥주로 넘긴 뒤 또 웃었다.

며칠 뒤 아침 누군가 내 집 문, 그녀의 집 문을 두드리며 나에게 이혼소환장을 건넸을 때 난 그리 놀라지 않았다.

"자기, 이게 뭐야?" 난 그녀에게 서류를 보여 주었다. "날 사랑하지 않는 거야?"

그녀는 울기 시작했다. 울고, 울고, 또 울었다.

"자, 자, 걱정 마. 어쩌면 보라색 넥타이핀이 당신이 찾는 남자일지도 몰라. 그는 옷장에서 자위하지 않을 거야. 그가 당신이 찾던 사람일 거야."

"으으으으윽, 으으으으윽, 으으으으윽."

"그는 아마 욕조에서 자위하겠지."

"아, 빌어먹을 양반!"

그녀는 울음을 멈췄다. 그리고 우리는 마지막으로 섹스를 했다. 그녀는 욕실로 가서 흥얼거리며 씻고 출근 준비를 했다. 그날 저녁 난 그녀가 새로운 집을 찾고 짐 싸는 걸 도와주었으며 그녀는 이사를 나갔다. 그녀는 과거의 장소에 머물면 가슴이 찢어질 것 같다고 말했다. 빌어먹을 년. 난 들어오는 길에 신문을 샀고 구인광고란을 폈다. 선적 사무원, 창고 잡부, 경비, 창고 관리인, 장애인 보조, 전화번호부 배달원. 난 신문을 던져 버리고 나가서 피프스 위스키를 사 마시며 내 백만장자 아내와 작별했다. 그 후 아내를 한두 번 보았다. 섹스를 위해서가 아니라 그냥. 아내는 보라색 넥타이핀과 딱 한 번 잠자리를 하고는 일을 그만두었다고 했다. 그녀는 그림 그리기와 글쓰기를 '진지하게' 시작할 거라고 말했다.

나중에 그녀는 알래스카로 가서 일본인 어부 에스키모와 결혼했고, 난 술에 취할 때면 간간이 누군가에게 이런 농담을 던진다. "난 100만 달러를 일본인 어부에게 잃은 적이 있어."

"아, 왜 이래. 100만 달러를 가져 본 적도 없으면서."

그들의 말이 맞다. 난 한 번도 가져 본 적이 없다.

1년에 한두 번 보통 크리스마스 전에 장문의 편지를 받는다. '글을 쓴다'고 그녀는 말한다. 현재 에스키모 이름을 가진 아이가 두세 명 있다. 그녀는 자신이 책을 썼고 거기 서점에 진열되어 있는데 어린이 책이지만 스스로 '자랑스럽다'고 말했다. 지금은 '정신분열증 인물'이 등장하는 '진지한' 소설을 쓸 거라고 덧붙였다. 정신분열증 인물이 등장하는 소설 두 편을 쓸 거라고 했다. 아, 그중 하나는 나겠지. 나머지 한 명은 지금 같이 자는, 혹은 잤던 에스키모일 거고. 아니면 나머지 한 명은 보라색 넥타이핀인가?

미술 수업에서 본 가슴 큰 여자애를 꼬드겼어야 했나 보다. 하지만 여자를 만족시키기는 힘들다. 그녀 역시 작은 항문을 좋아하지 않을지도 모른다. 하지만 문어는 먹어 봐야 한다. 녹은 버터에 아기 손가락을 요리한 맛이니까. 바다의 거미고 더러운

196

쥐다. 그 손가락을 빨면 복수를 하는 것이고, 100만 달러에 대한 미련도 떨치고, 맥주도 까고, 풀러 브러시 조명 회사 따위도 무시하고, 테이프 기기와 텍사스의 가장 취약한 부분과 그녀의 미친 도끼 자국도 잊어버릴 수 있다. 울고 섹스하고 떠나 버리고, 이제 아무 상관 없지만 크리스마스면 긴 편지를 보내고 잊지 못하게 하는 여자. 브뤼헐, 파리, 창문 밖에 세워 둔 57년산 플리머스, 지침과 두려움, 슬픔과 패배, 무대 위 경마, 우리 삶 전부 나락으로 떨어지고 다시 일어나고 괜찮은 척하고 웃고 흐느끼고 우리는 우리의 작은 항문과 다른 것들을 닦는다.

*

파격적인 부코스키에게
난 당신을 파격적인 부코스키라고 부를 거야.
왜냐면 당신은 위험하니까.
화내지 마.
왜냐면 당신의 위험함이 좋으니까.
덕분에 글을 읽는 내가 뜨거워져.
당신은 여자들의 옷을 쳐다보거나
엘리베이터에서 자위하거나 서랍을 쿵쿵거리겠지.
흥분하려고.
이제 당신이 궁금해한다는 거 알아.
누가 이 글을 쓰는지, 말해 줄게.

내가 누군지, 친절하고 명확하게

그래서 실수할 수 없도록.

날 찾아내는 거 말이야.

난 당신이 말하는 깨끗하고 부드러운 성기를 가졌어.

당신이 헐겁고 쭈글쭈글한 여자들과 섹스할 때 생각하는,

난 심야 영화관에서 당신 앞줄에 앉은 여자고,

당신이 재킷 주머니에 사정하고, 또 사정하는 것을 지켜

보고, 나도 천천히 내 스커트 자락을 들어 올려

당신이 내 허벅지를 쳐다봐 주길 고대하지.

당신은 일어나서 손으로 비벼.

난 그걸 장거리 섹스라고 불러.

하지만 난 좋아해.

내 목에 닿는 당신의 거친 숨소리를 느끼는 게 좋아.

당신이 좌석의 갈라진 틈을 통해

내 엉덩이로 손가락을 밀어 넣으려 하고.

이제 당신은 생각하겠지.

(괜찮은 소리인데 난 당신이 기억나지 않아.)

하지만 지금부터

당신은/ 날 생각하게 될 거야/ 그렇게 되겠지.

아무튼 그게 내가 원하는 거니까.

내 위험한 남자!

익명

대중은 작가 혹은 작품에서 필요한 것을 취하고 남은 걸 버린다. 하지만 그들이 취하는 건 일반적으로 그들에게 가장 덜 필요한 거고, 그들이 버리는 게 오히려 가장 필요한 것이다. 그러나 난 대중이 알아차릴까 봐 걱정할 필요 없이 나의 성스러운 기회를 마음껏 누릴 수 있고 우리 위에 더 높은 창조주는 없으니 다들 같은 똥밭에 있는 것이다. 지금 난 똥밭에 있고 다른 이들도 각자의 똥밭에 있는데 내가 냄새를 더 잘 풍긴다고 생각한다.

섹스는 흥미롭지만 완전히 중요한 것은 아니다. 내 말은 (신체적으로) 배설만큼 중요하지 않다는 의미다. 남자는 여자 없이도 일흔까지 살 수 있지만 똥을 누지 못하면 일주일 만에 죽는다.

특히 이곳 미국에서 섹스는 그 단순한 중요성보다 훨씬 더 많이 부풀려졌다. 섹시한 몸을 가진 여성은 곧장 자본의 진보를 위한 무기로 변신한다. 사창가 창녀를 말하는 것이 아니라 당신의 어머니와 여동생, 아내, 딸들을 말하는 거다. 그리고 미국 남성은 농간의 극단주의를 영속시키는 병신들(나쁜 말 맞다)이다. 미국 남성은 열두 살이 되기 한참 전에 미국 공교육과 미국 예비 부모들과 미국의 괴물 광고에 머리를 두들겨 맞는다. 남자는 준비가 되었고 여자도 남자가 빌고 돈을 벌러 나가게 만들 준비가 되었다. 그래서 침대 밑에 타월을 놔두고 누워 있는 직업 창녀가 적수인 다른 창녀(여자들을 떠올려 보라. 좋은 여자는 거의 없다. 다행히도!)와 그토록 법의 증오를 받는 것이다. 공개된 창녀는 무덤에 들어가는 날까지 미국의 야

단법석 사회를 무너뜨릴 위협이다. 여자의 급을 떨어뜨리니까.

그래, 섹스는 그 가치를 완전히 넘어 버렸다. 가끔 신문에서 (농담 말고는《오픈 시티》에서 결코 찾지 못할 것이다) 수영복을 입은 출전자들이 무슨 미인 대회 혹은 어디 여왕 선발 대회를 위해 포즈를 잡고 찍은 사진을 볼 수 있다. 그 매끈한 다리와 긴 허벅지, 가슴을 보라. 정말로 마법 같지 않은가. 그런 여자들은 자기의 장점을 알고 흥정된 가격도 붙어 있다. 그다음에 미소 짓고 있는 여덟 혹은 열 명의 얼굴을 보라. 미소는 미소가 아니고 그들은 죽음이라는 종이 가면을 쓰고 가식적인 미소를 띤 것이다. 코와 귀와 입과 턱은 우리의 개념에 맞춰 제대로 자리 잡았지만 얼굴은 무자비함의 모든 본질을 넘어 추악하다. 생각이 없고 힘도 없고 밀도도 없다. 친절함도 없고…… 아무것도, 아무것도 없다. 그저 살해당해 터진 피부에 눈도 없다. 그러나 이런 공포스런 얼굴을 미국 남성에게 보여 주면 이렇게 말할 것이다. "그래, 정말 격이 달라. 점수를 매길 수 없어."

이런 미인 대회 우승자들은 몇 년 뒤 늙은 모습을 슈퍼마켓에서 볼 수 있다. 그들은 까탈스럽고 제정신이 아니고 매섭고 품위가 없고 오래 지속되지 못하는 것을 믿는다. 그들은 속았다. 그들의 쇼핑 카트에 들어 있는 칼을 조심하라. 이 우주의 미친 여성들이다.

그래서 대단히 무례한 부코스키를 포함해 일부 작가들에게 섹스는 분명 희비극이다. 난 그것을 집착의 수단으로 쓰지 않는다. 장면 사이 울어야 할 부분에서 웃는 장치로 활용한다. 지

오반니 보카치오는 훨씬 더 잘 썼다. 그는 수준이 있고 양식이 있다. 제대로 품위 있게 쓰기엔 난 한참 멀었다. 사람들은 단순히 내가 야하다고 생각한다. 보카치오를 읽어 보지 않았다면 읽어 보라. 《데카메론》부터 시작하면 된다.

난 좀 경험이 있고 2000명의 여자를 만났는데 대다수가 별로 좋지 않은 여자였지만 아직 나 자신과 내가 빠진 함정을 비웃을 정도의 여유는 있다.

한번은 여성복 쇼핑몰 지하실에서 엉터리 선적 사무원으로 일했는데 내 상사(감독)는 꽤 젊었지만 머리가 벗겨진 작달막한 놈이었고 이 쪼그만 놈은 제2차 세계대전에 참전했다. 그는 죽을까 봐 걱정했을까? 전쟁의 의미는? 전쟁의 무의미는? 던져진 모르타르에 의해 몸이 찢기는 건 어떤 의미일까?

그는 내게 비밀을 털어놓았다. 그는 내가 괜찮은 사람이라고 생각했다. 우리 둘 다 이 커다란 지하실에 홀로 있었다. 다른 포장 담당 직원들은 한 층 위에서 땀을 흘렸다. 여긴 지하 2층이며 눅눅하고 먼지가 많았는데 우리는 183센티미터 높이로 길게 서 있는 판지 포장 케이스 위를 걸으며 물건을 찾았다. 우리는 선적할 일련번호, 특정 형태의 옷이나 원피스를 찾는 일을 했다. 지하실 전체에 작은 전등 서너 개밖에 없어서 거미원숭이처럼 네 발로 한 케이스에서 다른 케이스로 넘어 다니며 일련번호를 찾고, 여성 원피스와 함께 넣을 특정한 의류를 찾았다.

오, 하느님, 자비를 베푸소서. 살려고 이렇게까지 해야 하나. 돈 몇 푼에 살고 죽어야 하다니. 확실히 자살이 가장 친절한 방법일까?

그때 작달막한 놈이 내게 소리쳤다. "일련번호를 찾았어?"

"아뇨." 나는 그 말이 입에서 잘 나오지 않았다.

젠장, 난 살펴보지도 않았다. 숫자를 찾는 데 무슨 흥미가 생기겠나? 간간이 그가 뒤돌아보면 다른 판지 케이스로 넘어갔다. 마침내 그가 내 쪽으로 다가오더니 내 옆 케이스에 앉아 담뱃불을 붙였다.

"부코스키, 넌 좋은 사람이야."

난 대답하지 않았다.

"난 징집되었어. 이번 주가 여기서 일하는 마지막이야."

거기서 일하는 짧은 기간 그와 떨어져 있으려고 애를 썼는데 지금 그가 나에게 좀 지루한 고백을 늘어놓았다.

"군대 가서 걱정되는 게 뭔 줄 알아?" 그가 물었다.

"몰라요."

"아내와 섹스를 할 수 없다는 거야. 지금 다수의 군인은 아무것도 얻을 수 없어. 하지만 널 보니 넌 좀 가지고……."

(난 아무것도 안 가졌는데.)

"……그래서 아내에게 말했지. '여보, 이제는 당신과 섹스할 수 없어.' 그랬더니 아내가 뭐라고 한 줄 알아? '세상에, 군대 가서 남자가 되세요. 당신이 돌아올 때까지 난 여기 있을 테니까.' 그치만 젠장, 난 섹스가 그리울 거야. 그리울 거라고. 남자들은 대부분 섹스가 뭔지 모르지만 너랑 나는 알잖아, 그렇지."

(그가 없는 동안 누가 그를 대신해 그의 아내와 잠자리를 할

거라고 내 입으로 말하지 않았다. 그가 돌아오지 못하면 아내는 자신에게 남은 게 무엇이든 그 몸뚱이를 다시 뽐낼 수 있는 위치로 만들 것이다.)

그는 별 볼일 없는 일을 하거나 왜놈 자살돌격대처럼 고통받는 보잘것없는 인간이었다. 더 심하게 말하자면 폭설을 뚫고 자기편을 구하러 온 스노 훈에게 두드려 맞는 바둑판의 장기알에 불과했다. 훈련이 잘된 매서운 스노 훈은 용감하게 마지막 광기를 내뿜으며 자기편을 찾을 것이다. 아, 사마귀가 있지! 그는 가려움증이나 하품 혹은 감기에 걸린 것처럼 사마귀로 고통을 겪을 테고, 그렇게 사회 구조의 올바른 편에 운 좋게 남아서 아내와 섹스하러 집으로 돌아가길 바랄 것이다.

당신의 섹스는 항문과 군대 전체의 움직임에 달려 있다. 남자들은 용맹으로 무장하지만 용맹은 머리밖에 없는 비겁자일 뿐이다. 그런데도 용맹이라니? 미안하지만 얼간이의 용맹은 쳐주지도 않는다. 남자의 용맹이 중요하다는 건 생각일 뿐이다. 그러려면 좀 노력해야 하고 운 좋은 복부도 가져야 한다.

그리고 당신은 우리 나머지와 섹스를 혼합해서 아주 어려운 것을 얻고 섹스에 대해 더 공부할수록 더 모르게 된다. 한 이론이 다른 것을 대체하고 거의 모든 경우가 인간에 대한 모욕이다. 어쩌면 그럴 수밖에 없을지도 모른다. 우리의 잠재력을 생각하면 맹렬한 성장은 곧 하락을 의미한다.

심지어 섹스는 위대한 부코스키도 혼란스럽게 만든다. 어느 날 밤 시내 골목길 중 서쪽 어딘가 술집에 앉아 있었다. 거기서 언덕 절반쯤에 자리한 모퉁이 집을 월세로 얻어 살 때였다. 아무튼 나는 술집에 앉아서 젊고 거칠고 싸우고 싶어 하는 놈이 나타난다면 언제든 덤빌 수 있다는 점을 깨달았다. 심지어 싸우고 싶어 하는 패거리도 상대할 수 있었는데, 인생이 한참 새로울 스물둘 스물셋 시절이라 아직 낭만파 멍청이였다. 실제로 인생에 겁을 먹기보다는 희미하게 흥미를 발견하고 있었다. 그날 저녁도 뭘 별로 안 걸친 상태에서 주변을 둘러보았다. 스트레이트 샷, 와인, 맥주를 섞어 마시고 필름이 끊어지려 했지만 아무것도 도움이 안 될뿐더러 하느님도 오지 않았다.

결국 주위를 살피는데 아주 슬프게 아름다운 소녀(대략 열일곱 살)가 내 옆에 앉아 있었다. 그녀는 긴 금발 머리(난 항상 긴 머리에 약한 터, 머리카락이 항문까지 내려오면 섹스하면서 계속 그 머리채를 잡을 수 있는 데다 늙고 지겨운 여자보다 한층 교향곡 같은 생동감을 주니까)에 아주 조용하고 성스러워 보였지만 창녀였다. 그 옆에 보호자인 레즈비언 마담이 있었고 그들은 원래 레즈가 아니지만 돈이 필요했다. 난 좌뇌를 써서 그들과 대화를 나누었다. 그들에게는 되지도 않는 소리라는 걸 알지만 상관없었다. 그들은 돈이 필요하니까. 난 술을 더 주문했다.

바텐더가 열일곱 살 앞에 그녀가 서른다섯 정도는 되는 듯 술을 깔았다. 법은 어디로 가 버렸을까? 하느님, 감사합니다. 법은 어떤 이유에서 우회했다.

그들이 한 잔 마실 때마다 난 세 잔을 마셨다. 그러자 그들이 용기를 냈다. 난 '목표물'이었다. 내 등에 분필로 'X' 표시가 생겼다. 그들은 내가 도시에서 가장 술이 센 사람들과 붙은 술 마시기 대회에서 이겨 공짜 술과 감자칩을 마음껏 먹은 전적이 있다는 것을 몰랐다. 술이 날 쓰러뜨리기까지 왜 그리 오래 걸렸는지 모르겠다. 나의 엄청난 분노 혹은 슬픔 때문일 수도 있고, 아니면 뇌와 영혼의 일부가 없어져서 그럴 수도 있다. 아마 둘 다일 거다.

이야기가 옆길로 새서 미안하다. 아무튼 우리는 언덕에 자리한 내 방으로 걸었다.

뚱뚱한 레즈비언 마담은 판자로 오린 눈알에 무신경한 곱사등이에다 한쪽 손이 없고 그 자리에 아주 아주 반짝이는 두툼한 강철 발톱이 있었다.

우리는 언덕을 올랐다.

내 방으로 들어갔고 난 둘을 쳐다보았다. 순수하고 아름답고 날씬하고 환상적인 소녀는 항문까지 찰랑거리는 머리와 함께 멋진 섹스를 하면 될 거고 그 옆에는 비극적인 늙은이가 있었다. 끈적거리고 공포스럽고 고장 난 기계처럼, 소년들에게 고문당한 개구리처럼, 자동차에 정면으로 박은 것처럼, 생식기가 없는 날파리를 잡은 거미처럼 그리고 레슬링 선수 프리모 카네라의 뇌가 자신만만한 맥시 베어(미국의 새로운 헤비라이트 챔피언)의 무딘 플레이보이 총에 맞은 것처럼. 나는 똥이 가득 찬 그 뚱뚱한 몸뚱이의 비극적인 늙은이에게 달려들었다.

그녀를 붙잡아 내 더러운 침대에 던지려고 했지만 너무 힘이 세고 침착했다. 그녀는 한쪽 팔로 나를 풀었다. 레즈비언의 순수한 증오로 나를 밀치고 떼어 낸 다음 그 커다란 강철 발톱이 달린 팔을 흔들었다.

남자로서 난 성의 역사를 바꿀 수 없었다. 그럴 수 없었다.

그녀가 강철 발톱을 사방으로 휘두르며 놀라운 민첩함을 드러냈다. 내가 뒤뚱거리며 고개를 들어 발톱이 어디 있는지 보려 할 때마다 그 발톱이 다시금 나타났다. 하지만 강철 발톱이 날 죽이려 하는 와중에도 본능적으로 아주 재빨리 그리고 적절하게 아름답고 성스럽고 어린 창녀를 흘끔거렸고, 우리 셋 중에서 그녀가 가장 큰 고통을 겪을 거라고 생각했다. 그녀의 얼굴을 보면 알 수 있었다. 진심으로 그녀는 자신과 비교했을 때 모든 면에서 부족하고 죽어 있는 저 끔찍한 몸뚱이를 내가 왜 원하는지 전혀 이해하지 못했다. 하지만 내 생각에 레즈비언 마담은 그 대답을 알았고, 발톱을 휘두를 때마다 소녀에게 몸을 돌리고 말했다. "이 작자는 미쳤어, 이 작자는 미쳤어, 이 작자는 미쳤어." 그녀가 "이 작자는 미쳤어."라고 말할 때마다 강철 발톱이 날아왔고, 난 발톱을 맞고 자유롭게 날아서 반대쪽 문 근처에 떨어졌다. 내가 서랍을 가리키며 소리쳤다. "돈은 맨 위 서랍에 있어!" 레즈비언 마담이 진짜 악당이 되어 돈을 챙기고 몸을 돌렸다. 그녀가 뒤돌아볼 무렵 난 언덕 꼭대기 벙커힐 천국에서 숨을 거칠게 고르며 주위를 살피고 내 몸을 챙긴 다음 가장 가까운 주류 상점이 어딘지 헤아리고 있었다.

술을 들고 돌아와 보니 방문은 여전히 열려 있었지만 그들은 가고 없었다. 문을 잠그고 자리에 앉아 조용히 술을 마셨다. 섹스와 광기를 위하여. 한 병 더 마시고 세상이 알아서 돌아가게 놔둔 채 나 홀로 자러 갔다.

내 위험한 남자에게
전에 한 번 당신에게 편지를 썼고
아니면 세 번을 썼던가
난 당신의 귀에 숨을 불어넣고 혀로 핥아
당신이 그 의미가 무엇인지 느끼게 하지
당신은 느꼈고
좋아, 자기, 좋은데, 라고 했어.
당신은 말하겠지.
"이봐! 무슨 짓을 하는 거야? 당신은 누구야?"
난 당신이 잔을 가지러 가는 소리를 들어.
그리고 장담하건대 큰 잔에 한가득 붓겠지.
"당신이 마음에 들어. 이름을 말해 줘."
당신은 그렇게 말하고, 그다음에……
난 길게 그리고 세게 숨을 내쉬고,
당신은 좀 더 누그러진 목소리로
내게 말하지. 내게 속삭이지.
그런 다음 나와 숨을 쉬지.
당시의 지퍼 소리가 들려.
천천히 아래로 내려가고 난 숨을 참지.

그리고 "휙…… 픽, 푹."

"사랑해." 당신은 말하지. "쓱, 싹."

당신이 잔을 내려놓고 양손을 써서 "휙, 픽, 프룩."

점점 더 빨리, 난 당신이 손을 올리고 있다는 것을 알아.

지금은 말랐지만 얼마 걸리지 않을 거야.

아아아아아, 오, 아아아아아, 난 헐떡이고

"쓱, 픽."

그가 하고 있구나. 난 생각해. 난 눈을 감고

우웩, 아아아아아, 오오오!!!

"휙, 휙." 점점 젖어 가고 "싹, 프룩, 픽."

아주 아주 미끄러워. "아아아, 오오, 에에에에!"

"잘하는데, 자기." 당신이 말해. "휙, 픽."

"뭐라고 말 좀 해 봐!" 당신이 소리를 질러.

오오오오오오오, 아, 세상에, 난 절규하고

내 무릎으로 무언가 느껴지지. 사랑의 즙이 밀려드는 것을.

내 날렵한 허벅지 위로 퍼지며

난 다리를 꽉 다물고 전화를 끊어.

익명

익명 씨에게

세상에, 자기, 너무 기대되는걸!

당신의 찰스 부코스키

208

*

모든 것이 우편함에서 시작되고 끝나니 우편함을 제거할 방법만 찾으면 우리의 고통 상당수가 없어질 것이다. 지금 우리의 유일한 희망은 수소폭탄이라 난 의기소침하고, 이것이 제대로 된 해결책이라는 생각이 들지 않는다.

아무튼 우편함 이야기를 다시 하자면, 밤을 새우고 아침에 빌린 집 현관으로 걸어 나가서 저 커다랗고 무신경한 잿빛 물건을 쳐다보니 이상한 거미가 줄을 치고 들러붙어 나비의 마지막 사랑을 빨아먹고 있었다. 뭐, 난 그 자리에 서서 생각했다. 아, 어쩌면 퓰리처상 수상 소식이거나 국가 보조금이거나 내가 보는 《터프 다이제스트》일 수도 있겠다. 팔을 뻗어 보니 우편함에 편지 한 통이 들어 있었다. 난 그 글씨체와 주소를 알고, 그 분위기와 손편지의 형태를 알고, 정신 나간 여자가 격렬하게 엉망진창으로 하찮은 영혼을 쏟아 내는 것도 안다.

친애하는 봉고
오늘 화분에 물을 줬어요. 내 식물들이 죽어 가거든요. 잘 지내죠? 곧 있으면 크리스마스네요. 내 친구 라나가 정신 병동에서 시를 가르쳐요. 그들은 잡지가 있어요. 당신 시를 좀 내 보지 않겠어요? 이만 가 봐야겠어요. 그들은 분명 아주 기뻐하면서 당신의 시를 실어 줄 거예요. 곧 아이들이 돌아올 시간이에요. 《블루 스타더스트 잭 오프》 10월호에서 당신의 마지막 시를 봤어요. 괜찮더군요. 당신은 세상에 살아 있는 가장 위대한 작가예요. 아이들이 곧 집에 올 테니 이만 줄일게요. 안녕.

사랑을 담아, 매기

*

매기는 이런 편지를 계속 썼다. 전에 말했듯이 한 번도 만난 적이 없지만 그녀는 사진을 보냈고, 사진 속 그녀는 덩치 큰 건강한 여자처럼 보였고, 또한 자기가 썼다고 보낸 시는 좀 편안하지만 고통과 죽음과 불멸과 바다에 대해 이야기했는데 아주 큰 하품이 나오게 편안한 시여서 누군가 비명을 지르려고 핀을 찌르다 그만 무뎌져 버린, 여자가 나이를 먹어 가며 밤일 시간이 줄어드는 남편을 데리고 살아서 슬픈 그런 느낌의 시였다. 처음부터 수월하게 살아와서 무뎌진 또 다른 여성이고 지금은 진공청소기나 돌리고 자식이나 좀 챙기는데 그 자식들도 곧 아무것도 안 하고 빈둥거리게 되려고 빠르게 자라는 중이다.

여성이 남성의 일을 잡아먹는다는 건 그들의 생각이다. 의도적으로 왜곡하거나 피 흘리는 십자가 위 지친 먹잇감을 감지한 것이다. 어느 쪽이든 그들은 잘해 낸다. 원하든 어쩔 수 없든 간에 피해자에게는 상관없다. 당연히 피해자는 남자다.

매기가 가까이 살았다면 난 이 모든 고문을 쉽게 끝낼 텐데. 그녀가 내 집에 와서 경쾌하게 번뜩거리는 내 시인의 눈망울과 싸구려 위스키를 마시고 쿵쿵 걷는 모습과 새벽 2시 30분에 무릎이 닳은 바지 차림으로 넘어지는 걸 보고도 나를 스티븐 스펜더와 비교한다면 난 몸을 돌려 그리 정확하지 않은 영어로 말할 거다.

"자기, 난 몇 분 안에 자기의 망할 팬티를 벗기고 자기가 무덤에 들어갈 때까지 기억할 페니스를 보여 줄 거야. 내 페니스는 아주 크고 낫처럼 굽어서 숱한 여자가 바퀴벌레 자국이 남은 이 차가운 러그에서 헉헉거렸지. 우선 이 술을 마저 마시고 할게." 이어서 큰 유리잔에 가득 든 위스키를 마시고 잔을 벽에 던져 깨뜨린 다음 "비용은 아침 식사로 튀긴 젖꼭지를 먹었지."라고 중얼거리며 담뱃불을 붙이고 돌아보면 문제가 해결되었을 것이다. 문제가 현관문으로 나갈 것이다. 여전히 남아 있다면 당해도 싸다. 그건 양쪽 다 마찬가지다.

하지만 매기는 여기서 꽤 먼 북쪽에 살고, 그러니까 안 된다. 난 수년간 그녀의 편지에 답장하면서 언젠가는 그녀가 섹스를 하거나 겁을 줘 쫓아 버릴 정도로 가까이 살 수도 있다고 생각했다.

마침내 끝이 없어 보이던 단단함이 사그라졌다. 편지는 계속 왔지만 난 그냥 답장하지 않았다. 그녀의 편지는 한결같이 지루하고 우울했지만 내가 답장하지 않기로 하면서 속에 들어 있던 독이 좀 흘러나왔다. 훌륭한 계획이었다. 나처럼 단순한 사람이 항상 꿈꾸던 그런 계획. 편지에 답장하지 않으면 자유가 된다.

편지가 끊겼다. 난 이제 끝났다고 느꼈다. 난 최후의 방법을 썼다. 잔인한 사람에게 잔인해지고 멍청이에게 멍청해지는 방법. 잔인하고 멍청한 건 똑같다. 그런 인간들에게 해 줄 수 있는 건 아무것도 없다. 그들이 할 수 있고 할 일만 있다. 난 세기의 문제에 패배했다. 원하지 않는 것을 제거하는 문제에서. 개인의 삶을 죽이고 훼손하는 데 여러 명이 필요한 것이 아니라 한 명만 필요하다. 일반적으로 한 명이다. 군대가 군대를 만나든 개미가 개미를 만나든 아무튼 그렇게 하고 싶을 거다.

난 다시 내 눈으로 모든 것을 보게 되었다. 어떤 멍청이가 세탁소에 붙여 놓은 문구가 눈에 들어왔다. 시간이 모든 발꿈치를 상처 입힌다. 그런 문구는 처음 보았다. 난 마침내 자유로워졌다. 난 거의 모든 것을 보았다. 전에 보았던 것처럼 이상하고 미친 것들, 거꾸로 된 것들, 낭만적이고 폭발적인 것들. 기회를 줄 것처럼 보이지만 전혀 기회를 주지 못하는 것들까지 전부. 전에 아무것도 없던 곳에서 갑자기 마법의 힘이 드러난 것 같았다.

발명가가 죽다
몬테레이, 11월 18일(UPI)
카멜밸리에서 한 남성이 자신이 발명한 말린 자두의 주름을 펴는 기계에 치여 사망했다.

속보에 적힌 건 그게 다였다. 완벽하네. 난 다시 살아났다. 그리고 어느 날 아침 우편함으로 갔다. 편지다. 가스 요금 청구서, 치과 의사의 경고장과 같이 왔다. 내가 거의 기억하지 못하는 전처가 보낸 편지이고 재능 없는 시인들의 시 낭독회에 대한 광고였다.

친애하는 봉고
이것이 내가 보내는 마지막 편지에요. 빌어먹을 당신은
지옥으로나 꺼져요. 날 버린 사람이 당신만 있는 건 아니
에요. 날 버린 당신들 모두를 지켜보겠어요. 당신들 모두
가 무덤에 먼저 들어가는 꼴을!

매기

우리 할머니도 나한테 이런 식으로 말하곤 했지만 한 번도 내게 여자를 붙여 준 적은 없었다.

며칠 뒤 즐거움의 숙취에 몸을 떨며 우편함으로 갔다. 편지들이 있었다. 뜯어 보았다. 첫 번째 편지다.

친애하는 부코스키 씨
귀하가 미국예술진흥기구에 신청한 개인 보조금을 미국
예술위원회에서 심사했습니다. 문학 전문가로 구성된 독
립 심사위원들의 상의 결과 유감스럽게도……

또 다른 편지는 이랬다.

안녕, 봉고

이 냄새나는 호텔방 구석에 찡 박혀 침묵을 깨는 유일한 소리는 와인병이 이에 닿을 때 나는 짤랑임뿐이고…… 눈곱이 많이 끼고 다리가 저려. 51 에이스는 꽝이고 52째야. 편지에서…… 난 사방을 다 돌았어, 알아? 그러니까 빌어먹을 원이 되었지……. 맛이 간 지 너무 오래라 레몬나무에 불을 질렀어. (돼지 농장 결혼식: 4일째) 건진 게 거의 없어. 샌프란시스코로 돌아왔고 언젠가 크리스마스에 우체국에서 일했던 게 그리워……. 불도 없는 이 방구석에 앉아 평화롭고 기쁜 침례교회가 붉은 네온사인을 켜길 기다려. 그러면 울 수 있을 테니까……. 길거리 떠돌이 개는 떠나는 버스 옆으로 뛰어갈 수 있는데……. 내가 그 개였으면 좋겠어. 날 어떻게 해야 할지 모르거든……. 거기에도 결정이 필요하니까……. 담배는 어디 있지……. 오늘 아침에는 교회에 갔어. 이름을 알 수 없는 음식이 내 주린 위장을 공격했지. 마켓스트리트를 둘러보니 예쁜 여자들의 머리가 하나같이 겨울 샌프란시스코의 햇살처럼 환했어……. 아, 빌어먹을.

M

그리고 또 다른 편지다.

친애하는 봉고

날 용서해 줘요. 이 방법밖에 없어요. 날 조금만 사랑해 줘요. 오늘 새 스프링클러를 샀어요. 쓰던 것은 녹이 슬었어요. 《포이트리 시카고》에 수록된 시를 동봉해요. 읽으면서…… 날…… 생각했어요. 이만 줄일게요. 아이들이 올 시간이에요.

사랑해 줘요, 매기

동봉한 시는 정성스럽게 타이핑한 거였다. 틀린 글자가 없었다. 그녀가 스페이스 바를 두 번 눌러 친 글자들도 종이에는 한 번 친 것과 같은 압력으로 찍혔다……. 사랑. 끔찍한 시다.

시는 바람과 별것 아닌 비극에 대해 말하고 있었다. 18세기 풍이다. 끔찍한 18세기풍.

하지만 나는 여전히 답장을 하지 않았다. 환경미화원 일을 하러 갔다. 거기 사람들이 날 알았다. 내 상관들이다. 그게 좋다. 그들은 내가 움직일 수 있게 해 주었다. 그들은 《아라비아의 로렌스》에 나오는 T.S. 엘리엇을 모른다. 난 2~3일 정도 술에 절었다. 그래도 여전히 일을 했다.

내가 수화기를 들기 전에 반드시 작동하는 특별 알림 서비스가 있다. 난 속물이 아니다. 그냥 대부분의 사람들이 해야 하는 말 혹은 그들이 나에게 원하는 것에 관심이 없다. 하지만 어느 날 밤 미화원 일을 계속하려고 나 자신을 다독이는데 전화벨이 울렸다. 1~2분 뒤면 나갈 거라서 그들이 나한테 뭘 어찌할 수 없다는 걸 알았다. 알림이 아니었지만 전화를 받았다.

"봉고?"

"네, 그런데요?"

"난…… 매기예요."

"아, 안녕, 매기."

"당신한테 부담 주고 싶지 않아요. 난 그냥 미친 거예요."

"아, 그렇구나. 우리 모두가 그렇지."

"내 편지를 증오하지 말아 줘요."

"있잖아, 매기, 사실은 이래. 난 진짜로 당신 편지를 증오하지 않아. 편지는 정말로 편해서….'

"아, 너무 기뻐요!"

그녀는 내가 말을 끝낼 틈을 주지 않았다. 난 그녀의 편지가 너무 편한 나머지 진공청소기 같은 하품이 나서 두렵다고 할 참이었다. 하지만 그녀는 절대 내가 말을 끝낼 틈을 주지 않았다.

"난 정말 기뻐요."

"알았어." 내가 받아 주었다.

"하지만 당신은 우리 학교 수업에 시를 보내지 않았잖아요."

"수업에 맞을 만한 걸 찾고 있어."

"당신이라면 아무거나 괜찮아요."

"고문하는 사람은 간혹 빈정거림에도 능하지."

"무슨 말이에요?"

"아무것도 아냐."

"봉고, 이제 글을 쓰지 않나요? 당신이《블루 스타더스트》매호에 글을 싣던 때를 기억해요. 릴리가 그러는데 당신이 몇 년 동안 글을 내지 않았다고요. 그런 작은 곳들은 잊어버린 거예요?"

"난 그 빌어먹을 것들을 절대 잊지 않았어."

"당신은 재밌어요. 내 말은 더는 작품을 내지 않냐는 거예요."

"《에버그린》에 글을 싣곤 해."

"그쪽에서 당신을 받아준다는 말이에요?"

"한두 번. 그렇지만 《에버그린》은 영세 잡지가 아니라는 점을 알아줬으면 좋겠어. 릴리한테 편지를 써서 내가 바리케이드에서 탈주했다고 말해."

"오, 봉고, 당신 글을 읽는 순간 당신이 작가가 될 운명이라는 걸 알았어요. 여전히 당신의 처녀작 〈그리스도는 거꾸로 기어간다〉를 가지고 있어요. 아, 봉고, 봉고."

난 쓰레기를 수거하러 가야 한다고 말하며 전화를 끊었다. 그사이 이제 누가 주름 없는 말린 자두를 원할까 생각했다. 확실히 말린 자두는 맛이 좋지 않다. 말린 어린아이 똥 같은 느낌도 살짝 든다. 말린 자두의 유일한 매력은 스스로 주름을 잡은 것인데, 차가운 주름과 그 매끄럽고 단단한 씨가 살아 있는 것처럼 혀에서 미끄러져 접시로 떨어지는 맛이다.

걸어가서 맥주를 땄다. 오늘은 일하러 가지 않기로 했다. 의자에 앉아 있는 것이 좋았다. 병을 위로 기울이고 모든 것이 지옥으로 꺼지게 놔둔다. 세인트리즈에서 파운드와 잠자리를 했다고 주장하는 여자를 알고 있다. 글을 쓸 줄 알며 《캔토스》는 따분하다고 바보같이 주장하는 긴 편지를 읽은 뒤에 그녀도 제대로 끊어 냈다.

매기의 편지가 사방에 있었다. 예전에 받은 편지 한 통이 타자기 근처 바닥에 떨어졌다. 걸어가서 주워 들었다.

친애하는 봉고

내가 보낸 시가 전부 되돌아왔어요. 좋은 시를 볼 줄 모른다면 그건 그 사람들 잘못이죠. 아직도 당신의 처녀작 〈그리스도는 거꾸로 기어간다〉를 읽어요. 당신의 다른 시들도요. 그 사람들의 끔찍한 멍청함을 견딜 거예요. 아이들이 와서 이만 줄일게요.

날 사랑해 줘요, 매기

추신: 남편이 놀려요. "봉고가 편지를 안 보낸 지 꽤 됐잖아. 그에게 무슨 일이라도 있어?"

난 맥주를 비우고 쓰레기통에 던져 버렸다.

이제 알겠다. 남편은 일주일에 세 번 그녀에게 올라탄다. 그녀의 머리카락이 베개에 부챗살처럼 퍼진다. 야설작가들이 하는 말처럼 말이다. 그녀는 정말로 그를 봉고라고 상상한다. 그는 자신이 봉고라고 상상한다.

"오, 봉고! 봉고!" 그녀가 소리친다.

"어서 해, 여보." 그가 재촉한다.

난 맥주를 한 병 더 딴 뒤 창가로 갔다. 어둡고 황량하고 무감각한 로스앤젤레스의 평범한 날이다. 감각 면에서 난 여전히 살아 있다. 첫 시집이 나온 지 꽤 시간이 흘렀다. 워싱턴에서 폭동이 일어난 지 꽤 시간이 흘렀다. 우린 자신을 낭비하고 있다. 존 브라이언은 내가 칼럼을 썼으면 한다. 그에게 매기에 대해 말하면 된다. 하지만 매기 이야기는 현재진행형이다. 내일 아침 우편함에 그녀의 편지가 꽂힐 것이다. 내가 영화 주인공이라면 감당할 수 있겠지.

"있잖아, 존, 이 분량을 좀 볼래? 그녀가 날 얼마나 괴롭히는지? 어떻게 해야 하는지 알잖아. 그러니까 망치지 마. 그녀에게 36센티미터짜리 성기를 주고 내 등에서 좀 떼어 낼래? 그녀를 찾을 수 있을 거야. 진공청소기처럼 슬픈 눈을 하고 방에 있으니까, 응? 방 한가득 시선집으로 채워도 그녀는 불행해. 그녀는 인생이 자기에게 잔인하게 군다고 생각하는데 인생이 뭔지 진짜 모르거든? 그녀를 똑바로 앉혀. 그리고 36센티미터를 줘."

"알았어."

"그리고 존……."

"말해."

"가는 길에 절대 어디 들르지 마."

"알았어."

난 자리로 돌아가서 맥주를 들이켰다. 취중에 그리 날아가 나뭇가지를 두들기면서 누더기처럼 찢어진 티셔츠에 배지를 주렁주렁 달고 그녀 집 앞에 등장해야 하는데. '존슨을 탄핵하

라.' '전쟁을 그만둬라.' '톰 믹스를 무덤에서 파내라.' 뭐 그런
게 적힌 배지를 달고 말이다.

하지만 제대로 되는 것은 아무것도 없을 거다. 난 그냥 가
만히 앉아서 기다려야 한다. '인간애'는 사라졌다. 난《에버그
린》에 시 쓰는 걸 그만두었다. 우편함에는 편지 한 통만이 유
일할 것이다.

친애하는 봉고

어쩌고저쩌고 뭐라고 구시렁구시렁. 화분에 물을 줬어요.

곧 아이들이 올 시간이에요. 어쩌고저쩌고.

날 사랑해 줘요, 매기

발자크나 셰익스피어나 세르반테스가 이런 편지를 받은 적
이 있을까? 그러지 않길 바란다. 인류가 만든 끔찍한 발명품이
세 가지 있다. 우편함, 우체부 그리고 서신작가. 선반에 올려둔
파란색 커피통에는 답장을 하지 않은 편지가 가득 들어 있다.
옷장의 커다란 종이 상자에도 답장하지 않은 편지가 가득 들
어 있다. 보통 사람들은 술을 마시고 섹스하고 돈을 벌고 자고
목욕하고 헛짓거리를 하고 먹고 손톱을 자르지 않나? 그들 중
에서 매기는 단연 으뜸이다. 날 사랑해 줘요, 날 사랑해 줘요,
날 사랑해 줘요, 징징거리니까.

36센티미터짜리 대물이 날 구제해 주거나 날 밀어 넣거나,
혹은 더 악화시키겠지. 내가 가진 것만으로도 이미 충분히 곤

란을 겪고 있다.

*

그때는 내가 있건 없건 내 방에 항상 누군가 있었다. 보통은 누가 거기 있는지 없는지 알지 못한다. 그냥 누군가일 뿐이다. 그리 성스럽지 않은 덩치 큰 인간이. 항상 파티가 열렸다. 파티란 운을 연장하는 행위다. 2달러와 잔돈 몇 푼이면 방 안 가득 수다와 멋진 조명 예닐곱 개로 바꿀 수 있다.

어느 날 밤 불이 모두 나갔을 때 침대에서 술에 취한 상태로 깨어났는데 더러운 벽에서 잤지만 정신이 말짱했다. 왜 일어났는지는 모르겠고 그냥 슬펐다. 한쪽 팔꿈치를 괴고 몸을 일으켜 사방을 둘러보니 모두 집으로 돌아간 것 같았다. 달빛이 비추는 쪽에 놓인 빈 와인병만 보였다. 속이 부대끼는 힘든 아침이 기다리고 있어서 침대 주변을 살피니까 사람의 형체가 보였다. 어떤 여자가 나와 같이 있기로 했나 보다. 그건 사랑이고 용기다. 젠장, 누가 진짜 날 이해해 줄까? 날 이해할 수 있는 사람은 영혼에 엄청난 용기를 품은 사람이다. 나와 같이 있을 용기와 통찰력, 배짱을 지닌 이 달콤하고 작은 사슴을 보상으로 취하기만 하면 된다.

그녀의 엉덩이에 섹스하는 것보다 더 나은 보상이 있을까?

난 이상한 족속의 여자들만 만나서 어느 누구도 엉덩이에 하고 싶어 하지 않았고, 그래 본 적이 없는 게 항상 마음에 걸렸다. 술에 취할 때면 그 이야기를 꺼내기도 했다. 어떤 여자에게는 이렇게 말했다. "당신 엉덩이에 박아 줄게. 당신 엄마 엉덩이랑 당신 딸 엉덩이에도." 그러면 항상 이런 대답이 돌아왔다. "아, 싫어요. 안 돼요!" 다른 건 다 하면서 그건 안 된단다. 그저 시간과 날씨 때문일 수도 있고, 아니면 그냥 통계적으로 그럴 수도 있는데 그러고 나서 한참 뒤에 여자들이 옆에 와서 이렇게 말하기 때문이다. "부코스키, 난로 위 연통에서 나랑 섹스하지 않을래요? 내 엉덩이는 크고 둥글고 부드러운데." 그러면 난 이렇게 대답한다. "확실히 자기 엉덩이는 그러네. 하지만 난 섹스하지 않을 거야."

요즘 난 그걸 포기 못 하고 언제나처럼 살짝 미친 기분을 느끼며 여자들의 엉덩이에 제대로 섹스하면 내 많은 정신적 영적 문제가 해결될 거라는 이상한 생각에 사로잡혔다.

마지막 남은 와인이 담뱃재와 섞인 걸 보니 슬펐다. 침대로 가서 달을 향해 윙크를 날린 뒤 코를 골며 자는 불룩하고 순결한 뒤태에다 내 작은 고추를 밀어 넣었다. 좀도둑은 훔쳐서 얻은 것만큼 포상을 감사하지 않는다. 난 둘 다 좋아했다. 내 작은 꼬챙이가 미친 대가리를 세웠다. 세상에, 더럽고 완벽하다. 모든 예의에 대한 복수다. 미친 비둘기 눈알을 가진 늙은 아이스크림 장수, 돌아가신 우리 어머니의 냉철하고 감정 없는 얼굴 위에 바른 크림에도.

그녀가 잔다고 생각했다. 그 편이 더 낫다. 아마 미치일 거다. 아니면 베티든가. 무슨 차이가 있나? 비참한 실업자의 굶주린 페니스를 속에 밀어 넣는 일이 영원히 금지되었는데! 내 승리다! 영예롭다! 난 정말 극적이라고 느꼈다. 제시 제임스가 달팽이를 잡는 거나 십자가의 예수가 영화 촬영용 아크릴 등과 로켓 아래 서 있는 것처럼 엄청나게 극적이라 계속했다.

그녀가 계속 아아아, 오우, 호, 아하, 하…… 하며 신음했다. 그래서 그녀가 자는 척했다는 것을 알았다. 와인에 취해 얻은 영광이 다른 모든 영광처럼 끔찍하고 그저 현실일 뿐이라는 사실을 잊어버리려고. 난 미치고 조작된 영광으로 그녀에게 객기를 부리고 있다.

그녀는 그저 잠든 척을 하고, 나는 남자이고 아무것도 아니며 꽝이고 아무것도 내게 채찍질을 할 수 없다.

난 변화를 위한 구실과 그 영광과 미친 말의 폭력성 등 내가 집착하는 모든 것을 다 가진 듯했다. 난 쑤시고 박고 밀어 넣었고 모든 것이 순수했다.

그리고 흥분 속에서 담요가 바닥으로 떨어졌다. 그녀의 머리를 좀 더 분명하게 보았다. 뒤통수와 어깨를. 이건 대머리 미국 남성이다! 사방이 축 늘어진. 난 상스러운 공포에 뒤덮였다. 역겨워서 천장을 쳐다보았고 집에는 술이 하나도 없다. 대머리 남자는 움직이거나 말하지 않았으며 난 마침내 잠을 자기로 결심하고 아침이 오길 기다렸다.

아침에 우리는 깨어났고 아무 말도 하지 않았다. 누군가 집에 왔고 우리는 푼돈을 조금 챙겨 와인을 사러 갔다.

며칠이 흐르고 난 계속 그가 떠나길 기다렸다. 여자들이 날 이상하게 쳐다보기 시작했다. 그는 2주, 3주를 머물렀다. 소위 말하는 빡빡한 사람이 아니었다. 어느 날 저녁 박스카에서 냉동 생선 상자를 내리다 손을 베어 피가 났고 한쪽 발은 감각도 없이 떨어지는 상자에 맞아 거의 부서진 상태로 흐느적거리며 내 방에서 열리는 파티에 참석했다. 파티는 괜찮았고 난 절대 와인을 마시지 않았다. 하지만 내 집 싱크대는 점점 나빠졌다. 인간들이 내 통조림 음식을 전부 먹어 치우고 유리잔, 접시, 은식기류를 다 꺼내 쓰고 그걸 전부 다 싱크대에 물을 받아 넣어 두었고 그 물에서 썩은 냄새가 나고 싱크대는 막혔다. 그건 뭐 평상시와 비슷하니까 괜찮지만, 싱크대를 들여다보니 인간들이 내 종이 접시를 찾아 쓰고 던져 둬서 종이 접시가 둥둥 떠다니는 등 엉망인데 최악은 누군가 싱크대에 토해 논 것이다. 그걸 보며 와인을 물컵에 가득 따라 마시고는 컵을 벽으로 던지며 소리 질렀다.

"더는 못 참아! 다들 나가! 지금 당장!"

창녀와 남자들이 줄줄이 나갔다. 내가 한 번 잠자리를 한 청소부 헬렌도 있었는데 백발의 그녀도 슬프고 엄숙하게 방을 나섰다. 모두가 떠났지만 대머리 남자는 남았다.

그가 침대 끄트머리에 앉아서 말했다. "행크, 행크, 무슨 일이야? 무슨 일인데, 행크?"

"입 닥쳐. 안 그럼 아구창을 날려 줄 테니까. 그러니 젠장, 날 도우란 말이야!"

난 복도에 있는 공용 전화기로 걸어갔다. 그리고 그의 엄마 전화번호를 찾았다. 그는 엄마 집에 영원히 얹혀사는 순수하고 굉장하고 멍청하고 눈이 높은 얼간이다.

"여보세요, 대머리 남자 어머님, 와서 댁의 아드님 좀 데려가세요. 전 행크라고 합니다."

"아, 우리 아들이 거기 있었군요! 그럴 줄 알았지만 당신이 어디 사는지 몰랐어요. 우린 그래서 아들 실종 신고를 했어요. 당신은 우리 아들한테 안 좋아요, 행크. 이봐요, 헨리, 우리 애를 좀 가만 내버려 둘 수는 없어요?" (그녀의 '애'는 서른두 살이다.)

"그럴게요, 부인. 그러니 와서 아드님을 좀 데려가실래요?"

"그 애가 이번에는 왜 그렇게 오래 머무는지 이해가 안 되는군요. 보통은 하루 이틀이면 집에 돌아오는데."

"와서 아드님을 데려가세요."

난 그녀에게 집 주소를 알려 주고 방으로 돌아갔다.

"네 어머니가 널 데리러 올 거야." 내가 그에게 말했다.

"아니, 난 안 가. 싫어! 이봐, 행크, 와인 더 없어? 난 술이 필요해, 행크."

그에게 술을 따라 주고 나도 한 잔 따랐다.

그가 와인을 조금 들이켰다. "가고 싶지 않아."

"이봐, 내가 계속 그만 가라고 했잖아. 그런데 넌 가지 않았어. 난 두 가지 중에서 선택할 수 있었어. 널 때려눕혀서 길거리로 내던지거나 네 어머니한테 전화하거나. 그래서 네 어머니에게 거는 쪽을 선택했지."

"하지만 난 남자야. 난 남자라고. 모르겠어? 난 중국 전역에 있었어. 중국 군대를 광야로 내몰았다고! 난 위급한 순간 미군에 있던 최초의 중위라고!"

그건 사실이었다. 그가 그랬다. 그리고 명예롭게 퇴역했다. 난 우리의 잔을 다시 채웠다.

"중국 전역을 위하여." 내가 건배사를 제안했다.

"중국 전역을 위하여." 그가 따라 했다.

우리는 술을 마셨다.

그가 다시 말을 이었다. "난 남자야! 젠장, 내가 남자인 걸 모르겠어? 맙소사, 내가 남자인 걸 모르겠냐고?"

부인은 15분 뒤에 도착했고 딱 한 마디만 했다. "윌리엄!" 그리고 침대로 와서 아들의 귀를 잡았다. 그녀는 등이 굽은 노파인데 확실히 예순 살은 되어 보였다. 그녀가 아들의 귀를 잡아 침대에서 들어 올렸고, 귀를 잡은 상태로 복도까지 끌고 간 다음 그 자리에 서서 엘리베이터 버튼을 눌렀다. 그는 몸의 절반이 구부러진 상태로 계속 울었다. 그 커다란 진짜 눈물이 그의 볼을 타고 뚝뚝 떨어졌다. 부인이 그의 귀를 잡은 채 엘리베이터로 끌고 갔고, 난 그가 외치는 소리를 들었다. "난 남자야, 난 남자야, 난 남자라고!" 난 창문으로 가서 그들이 인도를 걸어가는 모습을 지켜보았다. 그녀는 여전히 귀로 아들을 잡아끌었다. 예순 살 노파가 말이다. 그녀가 아들을 차로 집어던져 넣고는 아들이 차에 누워 있는 동안 반대쪽으로 탔다. 그리고 차를 몰기 시작했고 동그란 눈동자가 내지르는 소리만 들려왔다. "난 남자야, 난 남자야, 난 남자라고!"

난 다시는 그를 보지 못했고 그를 찾아보려는 특별한 노력도 절대 하지 않았다.

*

136킬로그램의 창녀가 저녁에 들어왔을 때 난 준비가 되었다. 다른 사람은 다 안 그랬지만 난 준비가 되었다. 그녀는 사방이 끔찍한 지방 덩어리인 데다 그리 깨끗하지도 않았다. 대체 그녀는 어디서 왔고 뭘 원하고 지금까지 어떻게 살아남았는지가 인간이라면 궁금해할 질문이었다. 우리는 술을 마시고 또 마시고 웃었다. 난 그녀 옆에 앉아, 아니 그녀 옆에 끼여서 킁킁거리고 웃고 못살게 굴었다.

"자기, 내가 뭔가로 당신을 웃는 게 아니라 울게 할 수 있어."

"아, 하하하하하, 하." 그녀가 웃었다.

"내가 그걸 집어넣으면 내 머리가 당신 머리에 도달할 거야. 배에서, 식도, 기도를 관통해서 말이야. 진짜로!

"아, 하하하하하, 하!"

"젠장, 당신은 똥 눌 때 엉덩이가 바닥에 닿지? 똥을 누면 한 달 동안 변기를 뚫어야 하지, 안 그래?"

"아, 하하하하하, 하!"

술집이 문을 닫을 때가 되어 우리는 나섰다. 난 183센티미터에 75킬로그램이고 그녀는 152센티미터에 136킬로그램이다. 외롭고 황당한 세상에서 인도를 함께 걸었다. 난 마침내 옹

이구멍보다 나은 여자를 찾았다.

우리는 내 월세집 앞에 도착했고 난 열쇠를 찾았다.

"어머, 맙소사." 난 그녀가 말하는 소리를 들었다. "저기는 뭐예요?"

난 주위를 살폈다. 우리 뒤로 아주 간결한 간판이 달린 매우 단출하고 작은 건물이 있었다. 위 전문 병원.

"아, 저거? 이제 웃어도 돼, 자기. 난 자기 웃음이 좋아. 지금 웃어 봐, 자기!"

"죽은 사람이에요. 죽은 사람을 끌고 나오잖아요!"

"내 친구야. 오래전에 미식축구 선수였는데 레드 그레인지를 막는 포지션이었어. 오늘 오후에 그를 만났지. 그땐 괜찮아 보였어. 그에게 담배 한 갑을 줬지. 저 병원은 밤중에 죽은 사람을 몰래 빼내. 매일 밤 시신을 한두 구씩 끌고 가는 걸 보거든. 낮에 하기는 좀 그렇잖아."

"당신 친구인지 어떻게 알아요?"

"체구랑 천에 가린 머리 모양을 보면 알아. 술에 가득 취한 날 밤에 저 사람들이 시체를 내놓고 들어갔을 때 하나 훔칠 뻔했어. 저 빌어먹을 걸 가지고 내가 뭘 하려 했는지 모르겠어. 아마 옷장에 세워 두었겠지."

"저 사람들이 지금 어딜 가는 거죠?"

"다른 시체를 가지러. 자긴 속이 어때?"

"난 괜찮아요!"

우리는 위층으로 올라갔고 그녀가 갑자기 휘청해서 서쪽 벽

전체가 무너지는 줄 알았다.

　우리는 옷을 벗었고 난 그녀 위로 올라갔다.

　"세상에!" 내가 요구했다. "좀 움직여 봐! 커다란 덩어리처럼 그냥 가만히 누워 있지 말고! 그 삼나무 같은 커다란 다리를 들어……. 제기랄, 당신을 못 찾겠어!"

　그녀는 킥킥거리기 시작했다. "오, 헤헤헤헤헤, 오, 헤헤헤헤헤헤헤헤헤."

　"이런 빌어먹을!" 내가 화를 냈다. "움직여! 흔들어 보라고!"

　그녀가 정말로 움직이고 흔들기 시작했다. 난 꽉 붙잡고 그 리듬을 읽으려고 했다. 그녀는 꽤 잘 돌렸지만 빙빙 돌고 위아래로 갔다가 다시 빙빙 돌았다. 난 도는 리듬을 익혔지만 위아래로 흔들릴 때는 매트리스에서 수차례 미끄러졌다. 침대 프레임이 올라와서 나를 덮쳤는데 평상시에는 괜찮았지만 그녀와 있으니 그냥 부딪히는 게 아니라 날 완전히 패대기쳐서 튕겨 나가는 것 같았고 종종 침대 밖으로 나와 바닥에 떨어졌다. 한번은 거대한 젖꼭지를 잡으려고 했지만 형태가 너무 끔찍하고 외설적이라 배고픈 빈대처럼 그냥 매트리스 옆을 꽉 붙잡은 채 앞으로 휘청거렸다. 그러다 136킬로그램을 향해 개처럼 뛰어 들어가 다시 "오, 헤헤헤헤헤, 오, 헤헤헤헤헤." 하는 그녀 한가운데로 가라앉고 올라타고 매달리며 내가 섹스를 하는지 당하는지 알 수 없는 상태가 되었는데, 사실 그걸 아는 사람은 좀처럼 없다.

　"하느님이 우리와 함께 하시길." 난 그녀의 살이 많고 뜨겁고 더러운 귓가에 속삭였다.

둘 다 아주 많이 취한 상태에서 계속했고 난 또 반복해서 내던져졌지만 이내 전투에 복귀했다. 확실히 우리 둘 다 그만 하고 싶어 했지만 어쩐지 그만둘 수가 없었다. 섹스는 가끔 가장 끔찍한 일이 될 수도 있다. 심지어 한번은 절박해서 그 거대한 가슴 한쪽을 잡고 축 늘어진 팬케이크 같은 걸 들어 올려 젖꼭지를 내 입속에 밀어 넣었다. 고무와 고통과 상한 요구르트의 비참한 맛이 났다. 역겨워 입에서 뺐다가 다시 물었다.

마침내 그녀를 꺾었다. 내 말은 그녀는 여전히 움직이고 죽은 사람처럼 가만히 누워 있는 게 아니라서 꺾어야 했다는 것이다. 일단 그녀를 제압하고 리듬 안으로 들어가 입구를 찾고 밀어 넣고 몇 차례 제대로 삽입하자 마침내 저항의 문이 포기하지 않으려다가 포기하듯 그녀가 허락했고, 난 안으로 깊이 들어갔다. 마침내 그녀가 신음했고 어린아이처럼 울었고 난 빠져나왔다. 아름다운 섹스였다. 우리는 잠이 들었다.

아침에 깨어나 보니 침대가 바닥에 딱 붙어 있었다. 우리가 미친 듯이 섹스를 하느라 침대 다리 네 개를 다 부러뜨린 것이다.

"세상에, 맙소사!" 내가 외쳤다. "세상에, 맙소사! 이럴 수가!"

"왜 그래요, 행크?"

"우리가 침대를 망가뜨렸어."

"우리가 그런 것 같아요."

"그래. 하지만 난 돈이 없어. 새 침대를 살 수 없다고."

"돈이 없기는 나도 마찬가지예요."

"앤, 내가 당신한테 돈을 줘야 하는데."

"아뇨, 제발 그러지 말아요. 대접받는다는 기분이 든 건 몇 년 만에 당신이 처음이에요."

"그래, 고마워. 하지만 지금은 망할 놈의 침대가 신경 쓰여서 말이 귀에 안 들어와."

"내가 그만 갈까요?"

"악의는 없지만 그래 줘. 침대 때문에. 너무 걱정이거든."

"알았어요, 행크. 우선 화장실 좀 써도 될까요?"

"물론이지."

그녀는 옷을 입고 복도를 걸어 화장실에 갔다. 그녀가 돌아와서 문 앞에 섰다.

"잘 있어요, 행크."

"잘 가, 앤."

그런 식으로 그녀를 보내는 기분이 엉망이었지만 침대가 중요하고, 그러다 목을 매려고 사 둔 밧줄이 생각났다. 아주 튼튼한 밧줄이다. 침대 다리 네 개가 전부 중앙을 따라 갈라졌다. 사람 다리가 부서진 것처럼 잘 묶기만 하면 된다. 침대 다리를 밧줄로 돌돌 감고 나서 옷을 입고 아래층으로 내려갔다.

주인 여자가 기다리고 있었다. "어떤 여자가 나가는 걸 봤어요. 그녀는 거리의 여자예요, 부코스키 씨. 당신 방에서 나온 거겠죠. 난 우리 집에 세 들어 사는 다른 식구들을 아주 잘 알거든요."

"어머니." 내가 설명했다. "안 하면 못 사는 남자도 있어요."

거리로 나갔다. 술집으로 갔다. 술은 괜찮았지만 계속 침대가 신경 쓰였다. 이상했다. 자살하고 싶어 하는 사람이 침대를 신경 쓰다니. 하지만 내가 그랬다. 그래서 술을 몇 잔 더 마시고 집으로 돌아갔다.

이번에도 주인 여자가 기다리고 있었다. "부코스키 씨, 밧줄로 눈속임할 생각 말아요! 침대를 박살 냈잖아요! 지난밤 내 집에서 분명 무슨 일이 있었으니 침대 다리 네 개가 다 부서졌겠죠!"

"죄송합니다." 내가 사실대로 털어놓았다. "침대를 물어 줄 수가 없어요. 접시닦이 일도 잘린 데다 《하퍼스》와 《애틀랜틱 먼슬리》에 보낸 단편 원고도 다 되돌아왔고요."

"저기, 우리가 새 침대를 샀어요!"

"새 침대요?"

"맞아요. 릴라가 지금 조립하고 있어요."

릴라는 어리고 아름다운 흑인 하녀다. 한두 번밖에 못 봤는데 그녀는 낮에 일하고 나는 낮에 술집에서 술을 퍼마시기 때문이었다.

"저기." 내가 말을 잘랐다. "좀 피곤해서 올라가 봐야겠어요."

"그래요. 당신은 분명 피곤할 거 같군요."

우리는 함께 위층으로 올라갔다. 벽에 걸린 현수막을 지나쳤다. 이 집에 하느님의 축복이.

"릴라!" 계단을 거의 다 올라서 내 방 근처에 오자 주인 여자가 소리쳤다.

"네?"

"침대 조립은 잘돼 가니?"

"아, 세상에, 이 빌어먹을 게 내 진을 다 빼고 있어요! 마지막 다리를 못 집어넣었어요! 어찌해도 안 들어가요!"

우리 둘 다 내 방 앞에 섰다.

"저기 숙녀분들." 내가 양해를 구했다. "좀 실례할게요. 잠시 화장실을 가야 해서……."

화장실로 가서 천천히, 하지만 꾸준히 맥주—보드카—와인—위스키 똥을 누었다. 아, 냄새! 물을 내리고 방으로 돌아왔다. 가까이 가니 마지막으로 두드리는 소리가 났고 집주인 여자가 웃더니 둘이서 함께 웃기 시작했다. 난 안으로 들어갔다. 그들의 웃음소리가 멈췄다. 그들의 얼굴은 아주 단호했고, 가히 화가 났다고 말할 수 있었다. 내 아름다운 흑인 하녀가 뛰쳐나가 계단을 내려갔고 그녀가 웃는 소리가 다시 들렸다. 이어서 집주인 여자가 문 앞에 서서 날 쳐다보았다.

"부코스키 씨, 행동거지를 조심해 주세요. 우린 수준 있는 세입자만 받아요."

그리고 천천히 문을 닫았다.

난 옷을 벗고 나체로 새 침대의 새 시트 사이로 올라갔다. 필라델피아, 오후 1시. 오후라 사방이 훤했다. 난 깨끗한 시트를 끌어당겨서 턱까지 덮고 편안하게 감사와 기적의 손길을 느끼며 잠이 들었다. 좋았다.

*

친애하는 부코스키
서른다섯에 글을 쓰기 시작했다고 말했잖아요. 그 전에
는 뭘 했나요?

E.R.

친애하는 E.R.
글을 안 썼지.

메리는 온갖 방법을 다 썼다. 그날 밤 그녀는 정말로 가고 싶
어 하지 않았다. 그녀는 머리를 한쪽으로 전부 말아 올리고 욕
실에서 나왔다.

"이봐!" 난 와인을 한 잔 더 따랐다. "창녀, 빌어먹을 창녀,
너 말이야……."

그녀가 립스틱을 두껍게 바른 뚱뚱한 입술을 내밀었다. "이
봐요! 존슨 부인을 본 적이 있어요?"

"창녀, 빌어먹을 창녀, 너 말이야……."

난 걸어가 침대에 누웠고 한 손에는 담배를 들고 와인잔을
침실 스탠드 위에 위태롭게 올렸다. 맨발에 반바지와 일주일
동안 안 갈아입어 더러운 러닝셔츠를 걸쳤다.

그녀가 걸어와서 내 앞에 섰다. "당신은 세계 최고의 얼간
이예요!"

"아, 그래, 하하하하하하." 내가 낄낄거렸다.

"그럼 난 갈래요!"

"그러든지. 한 가지만 경고하지!"

"뭐죠?"

"갈 때 문을 꽝 닫지 마. 그러는 데 정말 이골이 나. 문을 세게 닫으면 널 패 줄 거야."

"그럴 배짱도 없으면서!"

그녀는 방을 나서며 정말로 문을 세게 닫았다. 소리가 너무 커서 충격을 받았다. 벽이 흔들리는 소리가 잠잠해지자 얼른 몸을 세우고 와인을 마신 뒤 문을 열었다. 옷을 입을 시간이 없었다. 그녀는 내가 문을 여는 소리를 듣고 뛰었지만 하이힐을 신었다. 난 반바지 차림으로 복도를 뛰어가 계단 맨 위에서 그녀를 잡았다. 그녀를 돌려세우고 뺨을 제대로 때렸다. 그녀가 비명을 지르며 계단을 내려갔다. 그녀가 굴러 내려가는 동안 나일론 드레스 속에서 뒤엉키는 길고 멋진 다리를 훑어보며 젠장, 내가 미친 게 틀림없어! 라고 생각했다. 그러나 나갈 곳이 없는 터라 몸을 돌려 천천히 방으로 돌아와서 문을 닫고 자리에 앉아 와인을 따랐다. 그녀가 밖에서 우는 소리가 들렸다. 그리고 다른 문이 열리는 소리가 났다.

"저기, 무슨 일이죠?" 또 다른 여자의 목소리가 들렸다.

"그가 날 때렸어요! 내 남편이 날 때렸다고요!"

(남편이라니?)

"어머, 가엾어라. 내가 도와줄 테니 일어나요."

"고마워요."

"이제 어쩔 거예요?"

"모르겠어요. 갈 곳이 없어요."

(못된 년, 거짓말하기는.)

"저기 잘 들어요. 하룻밤 잘 곳을 구해요. 그리고 남편이 일하러 나가면 집에 돌아가요."

"일이라고요?" 그녀가 소리를 질렀다. "일이라니! 그 빌어먹을 인간은 평생 단 하루도 일한 적이 없어요!!"

난 그 말이 아주 웃겼다. 너무 웃겨서 웃음이 멈추지 않았다. 메리가 내 목소리를 듣지 못하도록 고개를 돌리고 베개에 얼굴을 파묻어야 했다. 웃음이 멈춘 다음에야 비로소 얼굴을 떼고 자리에서 일어나 복도를 살펴보니 모두 가고 없었다.

그녀는 며칠 뒤에 돌아왔다. 예전과 마찬가지로 난 반바지 차림에 짜증이 치밀었고 메리는 옷을 제대로 차려입고 떠날 준비를 하며 내가 뭘 잃어버리는지 보여 주려 했다.

"이번에는 안 돌아올 거예요! 진심이에요! 이제 지겨워요! 미안하지만 더는 당신을 못 봐 주겠어요. 당신은 계속 썩어 빠지는데 그것 말고는 할 수 있는 게 없잖아요."

"당신은 창녀야. 아무것도 아닌 망할 창녀……."

"맞아요, 난 창녀예요. 안 그럼 당신이랑 안 살았겠지."

"으음, 그런 쪽으로는 한 번도 생각을 못 했네."

"이제 생각해 봐요."

나는 와인잔을 들이켰다. "이번에는 내가 당신을 문까지 데려다주고 당신이 나가면 내가 직접 문을 닫고 당신이 잘 지내길 바랄게. 준비됐어?"

나는 반바지 차림으로 문 앞에 서서 다시 채운 와인잔을 들고 기다렸다. "어서 서둘러. 밤샐 수는 없잖아. 후딱 해치우자고, 응? 으응?"

그녀는 좋아하지 않았다. 문밖으로 걸어 나가 몸을 돌리고 나를 마주 보았다.

"자, 어서 밤거리로 꺼져. 성병 걸린 놈팡이한테 1달러 15센트에 팔려 갈 수도 있잖아. 오른쪽 엄지가 없고 얼굴은 고무 마스크 같은 신문팔이 말이야. 어서 꺼지라고."

내가 문을 닫으려는데 그녀가 머리 위로 핸드백을 들어 올렸다.

"이 썩어 문드러질 인간!"

난 핸드백이 내려오는 것을 보았고 침착하게 살짝 미소를 띠며 그 자리에 가만히 있었다. 거친 남자들과도 싸운 경험이 있다. 여자의 핸드백 따위는 걱정하지 않는다. 핸드백이 내려왔다. 느껴졌다. 아주 많이. 그녀는 핸드백에 뭘 가득 채웠고 앞쪽 모서리가 내 머리를 쳤는데 차가운 크림이 든 세라믹 병 같았다. 마치 바위처럼 느껴졌다.

"자기." 난 여전히 웃으며 문손잡이를 잡고 있었지만 움직일 수가 없었다. 완전히 굳었다.

그녀의 핸드백이 다시 내려왔다.

"자기, 들어 봐."

또 내려왔다.

"아, 자기."

다리가 풀리기 시작했다. 천천히 다리를 구부리자 그녀가 내 머리를 내리치는 하중이 더 커졌다. 내 두개골을 박살 내려는 듯 더 빠르게 몰두했다. 꽤 얼룩진 내 인생의 세 번째 KO였는데 여자한테 당한 건 처음이었다.

일어나 보니 문은 닫혀 있고 나 혼자였다. 주위를 둘러보니 바닥에 2.5센티미터 두께로 내 피가 흥건했다. 다행히 리놀륨 바닥이었다. 핏물을 튀기며 주방으로 걸어갔다. 특별한 경우를 대비하여 위스키 한 병을 아껴 두었는데 지금이 바로 써먹을 때다. 병을 따서 적당량을 내 머리에 붓고 한 잔 가득 따라서 곧장 넘겼다. 썩을 년이 날 죽이려고 했다! 믿을 수가 없다. 경찰에 신고할까 생각했지만 그래 봐야 아무 소용이 없다. 경찰은 대가를 바랄 거고 나도 같이 집어넣겠지.

우리 집은 4층이다. 위스키를 조금 더 마시고 옷장으로 갔다. 그녀의 옷과 구두, 바지, 슬립, 브래지어, 슬리퍼, 손수건, 가터벨트 등 쓰잘머리 없는 것들을 창문 앞에 하나씩 쌓으며 위스키를 홀짝거렸다. "빌어먹을 창녀가 날 죽이려고 했어……." 옷가지를 전부 다 창문 밖으로 던져 버렸다. 창밖은 작은 집에 붙어 있는 커다란 공터였다. 아파트를 발굴지 옆에 지어서 우리 집은 8층이나 다름없었다. 전깃줄에 팬티를 걸려고 했으나 실패했다. 화가 나서 남은 것들을 마구잡이로 던져 버렸다. 구두, 팬티, 원피스가 사방에 떨어졌다……. 덤불, 나무, 울타리 너머 혹은 공터에. 그걸 보니 기분이 한결 나아져서 위스키를 더 마셨고 대걸레를 찾아 바닥을 청소했다.

아침이 되니 머리가 진짜로 많이 아팠다. 머리카락을 빗을 수가 없어서 손으로 물을 적셨다. 머리에 8센티미터 가까이 되는 커다란 딱지가 생겼다. 오전 11시경 계단을 내려가 밖으로 나가서 옷가지를 다시 주우려고 했다. 그런데 다 사라지고 없었다. 이해가 되지 않았다. 늙은 놈팡이가 작은 집 뒷마당에서 모종삽을 들고 여기저기 쑤시는 게 보였다.

"저기요." 내가 늙은이에게 물었다. "여기 주변에 떨어진 옷가지를 못 봤나요?"

"무슨 옷?"

"여자 옷이에요."

"사방천지에 있었어. 내가 구세군에 주려고 모아 뒀지. 구세군에 전화해서 가져가라고 했어."

"내 아내의 옷입니다."

"누가 버린 것 같던데."

"실수였어요."

"그래? 아직 상자에 담아 뒀어."

"그래요? 저기, 그걸 다시 가져갈 수 있을까요?"

"물론이지. 누가 버린 것처럼 보였으니까."

늙은이가 집 안으로 들어가서 상자를 들고 나오더니 울타리 너머로 내게 건네주었다.

"고맙습니다."

"천만에." 그는 몸을 돌려 무릎을 꿇고는 모종삽으로 흙을 쑤셨다.

난 옷을 챙겨서 위층으로 올라갔다.

그날 저녁 그녀가 에디, 더치스와 함께 돌아왔다. 그들은 와인을 가져왔다. 난 모두에게 부어 주었다.

"확실히 여긴 깨끗해 보이네." 에디가 속사정을 안다는 듯이 말했다.

"이봐, 행크, 더는 싸우지 말아요. 싸우는 데 이골이 났어요! 내가 당신을 사랑하는 거 알잖아요. 정말이에요." 메리가 다정하게 말했다.

"그래."

더치스는 얼굴을 머리카락으로 다 가린 채 자리에 앉았다. 그녀의 스타킹은 다 떨어지고 입꼬리에서 침이 살짝 떨어졌다. 난 그녀를 꼬드기기로 마음먹었다. 그녀는 어딘가 아픈 섹시한 모습이 있었다. 난 메리와 에디에게 와인을 더 사 오라고 했다. 그리고 문이 닫히자마자 더치스를 붙잡아 침대로 던졌다. 그녀는 뼈밖에 없었고 아주 극적인 모습이었다. 가엾게도 2주는 굶은 것 같았다. 밀어 넣었다. 나쁘지 않았다. 빨랐다. 두 사람이 돌아왔을 때 우리는 의자에 앉아 있었다.

우리는 한 시간 정도 술을 마셨고 더치스가 머리카락 사이로 고개를 들어 앙상한 손가락을 들더니 날 가리켰다. 대화가 소강상태에 접어들었을 때였다. 그녀가 손가락이 계속 날 가리킨 상태로 입을 열었다. "그가 날 범했어요. 당신들이 와인

240

사러 갔을 때 날 강간했다고요."

"이봐, 에디, 그 말을 믿을 거 아니지?"

"당연히 난 믿을 거야."

"친구를 못 믿겠다면 여기서 나가!"

"더치스는 거짓말을 하지 않아. 더치스가 네가 그랬다고 말
했다면……."

"여기서 나가! 이 빌어먹을 인간아!"

난 벌떡 일어나 와인이 가득 든 잔을 북쪽 벽으로 던져서 깨
뜨렸다.

"나도 나가요?" 메리가 물었다.

"당신도 나가!" 난 그녀를 향해 손가락질했다.

"오, 행크, 난 우리가 다 해결 본 줄 알았는데, 헤어지는 게
너무 지긋지긋해요……."

그들은 차례로 문을 나섰다. 에디가 먼저 더치스가 그다음
메리가 마지막이었다.

더치스는 계속해서 말했다. "그가 날 강간했어요. 그가 날
강간했다고 말하는 거예요. 그가 날 강간했어요. 그가 날 강간
했다고 말하는 거예요……." 그녀는 미쳤다.

그들이 막 문밖에 섰을 때 내가 메리의 손목을 잡았다.

"당신은 이리 들어와!"

난 그녀의 등을 잡아 방 안으로 끌고는 문을 걸어 잠갔다. 그
녀를 꽉 잡고 아주 섹시한 키스를 해 주며 그녀의 엉덩이를 거
칠게 애무했다.

"오, 행크……."

그녀는 좋아했다.

"행크, 행크, 저 뼈다귀랑 한 거 아니죠?"

나는 대답하지 않았다. 그냥 계속 그녀에게 몰두했다. 그녀의 핸드백이 바닥으로 떨어지는 소리가 났다. 그녀의 한 손이 내 불알을 세게 움켜잡았다. 난 점점 안으로 들어갔고 한 시간 정도 쉬고 싶었다.

"당신 옷을 전부 다 창밖으로 던져 버렸어." 내가 고백했다.

"뭐라고요?" 손이 내 불알에서 떨어지고 눈은 휘둥그레졌다.

"하지만 밖으로 나가서 다 주워 왔어. 그 이야기를 해 줄게."

난 걸어가서 와인을 두 잔 더 따랐다. "당신이 날 죽일 뻔한 거 알지?"

"네?"

"기억이 안 난다는 거야?"

난 술을 들고 의자에 앉았다.

그녀가 내게로 와서 머리 꼭대기를 쳐다보았다. "오, 불쌍한 자기, 세상에, 미안해요."

그녀는 몸을 구부리고 피가 묻은 딱지 위로 아주 부드럽게 입을 맞췄다. 난 팔을 뻗어 그녀의 치마 속으로 집어넣었고 우리는 다시 뒤엉켰다. 난 45분이 필요했다. 우리는 방 한가운데, 가난과 부서진 유리 한가운데에서 레슬링을 벌였다. 그날 저녁에는 싸움이 없었고 창녀도 백수도 없었다. 사랑이 모든 것을 뒤덮었다. 그리고 깨끗한 리놀륨 바닥에 우리의 그림자가

드리워졌다.

*

나는 뉴올리언스 프렌치쿼터의 인도에 서서 취객이 벽에 기대고 소리치는 걸 지켜보았다.

지나가던 이탈리아인이 그에게 물었다. "당신 프랑스 사람이야?" 프랑스 남자가 대답했다. "네, 프랑스 사람이에요." 그 말에 이탈리아인이 그의 얼굴을 세게 때려서 고개가 벽에 부딪혔고, 이탈리아인이 다시 물었다. "당신 프랑스 사람이야?" 프랑스인이 그렇다고 말하자 이탈리아인은 또 때렸고, 그 와중에 계속 같은 말을 반복했다. "난 당신 친구야. 난 당신 친구라고. 난 당신을 도와주려는 거야. 그걸 모르겠어?" 프랑스인이 그렇다고 대답하자 이탈리아인이 또 때렸다. 또 다른 이탈리아인이 차에 앉아 플래시 등을 켜서 얼굴을 밝히고 면도했다. 아주 희한한 일이다. 그는 얼굴에 면도크림을 덕지덕지 바르고 긴 면도날로 수염을 깎았다. 소동은 무시하고 가만히 앉아서 면도에 몰두했다. 프랑스인이 벽에서 떨어져 차를 향해 비틀거리며 가기 전까진 괜찮았다. 프랑스인이 차문을 잡고 말했다. "도와주세요!" 그러자 이탈리아인이 다시 그를 때렸다. "난 당신 친구야. 난 당신 친구라고!" 결국 프랑스인이 차로 넘어져 차 전체가 흔들리는 바람에 안에 있던 이탈리아인이 면도날에 베이자 그는 면도크림에 상처가 벌어진 얼굴로 나와서 말했다. "이 빌어먹을 놈!" 그가 프랑스인의 얼굴을 난도질했고 프랑스인이 막으려고 손을 들어 올리자 손도 잘랐다. "이 빌어먹을 놈, 이 더러운 빌어먹을 놈!"

도시에서는 내 두 번째 밤이었고 너무 보기 힘든 장면이라 거기 있던 술집 안으로 들어가 자리에 앉았는데 내 옆에 있던 남자가 몸을 돌리고 물었다. "당신은 프랑스인이야, 아님 이탈리아인이야?" 그래서 이렇게 대답했다. "사실 난 중국에서 태어났어요. 아버지가 선교사였는데 내가 아주 어렸을 때 호랑이한테 물려 돌아가셨어요."

그때 내 뒤에 있던 누군가가 바이올린을 연주해서 난 더 많은 질문을 피할 수 있었고, 조용히 맥주를 마셨다. 바이올린이 멈추자 누군가 내 반대쪽으로 와서 앉았다. "난 선더슨이라고 해요. 당신은 일자리를 구하는 것 같아 보이는데요."

"난 돈이 필요해요. 일은 그리 중요하지 않아요."

"의자에 몇 시간만 더 앉아 있으면 되는 일인데."

"요지가 뭐죠?"

"주급 18달러. 금전등록기에 손대지 않는 조건으로."

"내가 안 그러리라는 걸 어떻게 알고?"

"또 다른 남자에게 주급 18달러를 주고 당신을 감시하라고 할 거니까."

"당신은 프랑스 사람인가요?"

"선더슨이라니까. 스코틀랜드─영국인이야. 윈스턴 처칠의 먼 친척이지."

"난 당신이 어디 문제가 있다고 생각해요."

*

거긴 회사 택시들이 주유하러 오는 장소였다. 난 주유를 하고 돈을 받아서 금전등록기에 집어넣었다. 밤에는 내내 의자에 앉아 있었다. 처음 2~3일은 괜찮았다. 나더러 펑크 난 타이어를 갈아 달라는 택시기사와 살짝 언쟁을 벌였다. 웬 이탈리아 청년이 전화해서 상관에게 내가 아무것도 안 한다고 언성을 높였지만, 난 내가 왜 거기 있는지 안다. 돈을 지키려고. 늙은 상관은 총이 어디 있고 어떻게 쓰는지 보여 주었다. 나는 택시기사들이 가스와 석유를 사용한 만큼 지불하게 하면 되었다. 하지만 난 주급 18달러에 돈을 지키고 싶은 의지가 없었고 거기서 선더슨의 생각이 틀렸다. 내가 돈을 챙길 수도 있었지만 도덕 관념이 다 망쳐 버렸다. 어쩌다 도둑질이 나쁜 거라는 미친 생각이 내 머리에 심어져 그 선입견을 극복하려고 힘든 시간을 보냈다. 그러는 동안 그 생각에 몰두하고 거기에 반대하고 동의하고 뭐 그랬다.

　나흘째 밤 흑인 여자가 문 앞으로 왔다. 그녀는 가만히 서서 날 쳐다보며 웃기만 했다. 우리는 서로를 쳐다보고 한 3분 정도 있었던 것 같다.

　"안녕하세요?" 그녀가 먼저 말했다. "난 엘시예요."

　"별로 안녕하지 못해요. 난 행크예요."

그녀가 안으로 들어와서 낡은 책상 위로 몸을 구부렸다. 그녀는 어린아이의 옷을 입은 것 같았고 어린아이처럼 움직였고 눈 속에 즐거움이 어려 있지만, 깨끗한 갈색 소녀 원피스를 입은 가슴이 고동치고 기적적인 전류가 흐르는 여성이었다.

"음료수 하나 사도 돼요?"

"그러세요."

그녀가 돈을 주었고 난 그녀가 음료수 상자를 열어 진지하게 고르는 모습을 지켜보았다. 그리고 그녀가 작은 스툴에 앉아 음료수를 마시는 걸 구경했다. 전깃불을 통해 탄산 방울이 병 위로 올라오는 게 보였다. 난 그녀의 몸을 쳐다보고 그녀의 다리를 쳐다보았다. 그녀의 따뜻한 갈색 친절이 내 속을 채웠다. 주당 18달러를 받고 밤마다 의자에 앉아 있는 건 외로운 일이다.

그녀가 빈 병을 내밀었다.

"잘 마셨어요."

"네."

"내일 저녁에 여자 친구들을 데리고 와도 될까요?"

"친구들도 자기랑 비슷하다면 다 데리고 와요."

"전부 나랑 같아요."

"다 데리고 와요."

다음 날 저녁 서너 명이 와서 이야기하고 웃고 음료수를 사 마셨다. 세상에, 하나같이 다정하고 어리고 탱탱한 흑인 소녀였으며 모든 것이 재미있고 아름다웠다. 그들이 내가 그렇게 느끼도록 만들었다는 말이다. 다음 날은 여덟 혹은 열 명이 왔고 그다음 날은 열서넛이 왔다. 그들은 진이나 위스키를 가져 와서 음료수에 섞어 마시기 시작했다. 나도 내 술을 가져왔다. 그런데 가장 처음에 왔고 무리 중에서 가장 괜찮은 엘시가 내 무릎에 앉아 있다가 일어나서 소리쳤다. "얘들아, 세상에, 그 낚싯대로 내 고환을 건져서 내 머리 밖으로 꺼낼 참이야!" 그녀는 진짜 화난 듯 행동했고 다른 소녀들이 웃었다. 난 혼란스러워서 가만히 앉아 미소 지었지만 내가 즐겁다는 걸 알았다. 그들은 나에게 과분하지만 보는 건 좋았다. 난 스스로 경계를 살짝 풀었다.

운전사가 경적을 울렸을 때 나는 미심쩍게 일어나 술을 마저 마시고 총을 찾아서 엘시에게 건네며 말했다. "엘시 자기, 나 대신 금전등록기를 지켜 줘. 그리고 저 소녀들 중 어느 누구도 그쪽으로 가려 한다면 나 대신 그것들의 생식기에 구멍을 내 줘, 알겠지?"

난 커다란 루거총을 내려다보는 엘시를 놔두고 자리를 떴다. 두 쪽 모두에게 이상한 조합이다. 어느 쪽을 원하는지에 따라 죽일 수도 살릴 수도 있다. 남자와 여자, 세상의 역사를. 난 주유를 하러 나갔다.

어느 날 밤 이탈리아인 택시기사 피넬리가 음료수를 사러 왔다. 그의 이름은 마음에 들지만 사람이 싫다. 내가 펑크 난 타이어를 안 갈아 준다고 난리를 친 놈이다. 난 이탈리아인에게 악감정이 전혀 없지만 이 도시에 온 뒤로 내 절망의 최전방에는 이탈리아인의 파벌싸움이 있었다. 하지만 인종 문제라기보다는 수학 문제라는 걸 안다. 샌프란시스코에서 이탈리아 노파가 내 인생을 구했다. 하지만 그건 다른 이야기다. 피넬리가 접근했다. 내 말은 걸어왔다는 뜻이다. 여자들이 사방에서 이야기를 하고 웃어 댔다. 그가 걸어 들어와서 음료수통 뚜껑을 들었다.

"젠장, 난 목이 마른데 음료가 다 떨어졌잖아! 누가 음료수를 다 마셨어?"

"내가 그랬어." 내가 나섰다.

아주 조용했다. 여자들이 전부 지켜보았다. 엘시는 내 바로 옆에 서서 그를 쳐다보았다. 피넬리는 너무 오래 혹은 자세히 보지 않으면 잘생겼다. 매부리코, 검은 머리, 프로이센 특유의 거들먹거림, 딱 붙는 바지, 반항기.

"저 여자들이 음료수를 다 마셨어. 그리고 저 여자들은 여기 있어서는 안 돼. 저 음료수는 택시기사 전용이라고!" 그러고는 내게 가까이 다가와 닭처럼 다리를 벌리고 서서 지껄였다. "저 여자들이 누군지 알아, 잘난 인간아?"

"당연하지. 그들은 내 친구야."

"아니, 그들은 창녀야! 길 건너 사창가 세 곳에서 일한다고! 그게 그들이야. 바로 창녀!"

아무 말도 들리지 않았다. 우리는 그 자리에 가만히 앉아서 그 이탈리아인을 쳐다보았다. 오랫동안 쳐다본 것 같다. 그는 몸을 돌려 걸어 나갔다. 남은 저녁은 다를 게 없었고 난 엘시가 걱정되었다. 그녀에게 총이 있으니까. 난 가서 총을 챙겼다.

"저 빌어먹을 놈에게 새 배꼽을 만들어 줄 뻔했어요." 그녀가 거침없이 말했다. "저 녀석 엄마가 창녀예요!"

그리고 모두 가 버렸다. 난 자리에 앉아 오랫동안 술을 마셨다. 그리고 일어나서 금전등록기를 쳐다보았다. 거기 있었다.

새벽 5시쯤 늙은이가 들어왔다.

"부코스키."

"네, 선더슨 씨?"

"자넬 그만 놔줄게." (뭐 대강 비슷한 말을 했다.)

"왜 그러죠?"

"청년들이 그러는데 자네가 이곳을 제대로 운영하지 않는다는군. 창녀들을 가득 불러서 노닥거리고 말이야. 그녀들이 가슴이랑 다 내놓으면 자네가 물고 빨고 핥고 난리라고. 그게 새벽에 여기서 벌어지는 일이야?"

"꼭 그런 건 아닌데요."

"좀 더 진중한 사람을 찾을 때까지 자네 자리를 내가 맡아야겠어. 여기서 무슨 일이 벌어지는지 알아야겠으니까."

"알겠으니까 마음대로 하세요, 선더슨 씨."

그 후 이틀쯤 뒤 술집에서 나오는 길에 그 주유소를 지나가 보기로 했다. 경찰차 두세 대가 서 있었다.

친하게 지내는 택시기사 마티가 보이기에 가까이 다가갔다.

"무슨 일이야, 마티?"

"선더슨을 칼로 찌르고 그의 총으로 택시기사를 쐈어."

"세상에, 영화에서나 볼 법한 일이. 총을 맞은 택시기사가 피넬리였어?"

"맞아. 어떻게 알았어?"

"배에 맞았어?"

"맞아, 맞아. 어떻게 알았어?"

난 술에 취했다. 내 방으로 돌아갔다. 뉴올리언스에 보름달이 떴다. 계속 내 방을 향해 걸었고 이내 눈물이 났다. 달빛 아래에서 눈물이 마구 쏟아졌다. 그러다 눈물이 멈췄고 얼굴에서 눈물이 말라 살이 땅기는 게 느껴졌다. 내 방에 도착해서는 불도 켜지 않은 채 신발과 양말을 벗고 아름다운 흑인 창녀 엘시 없이 홀로 침대에 누워 잠이 들었다. 자면서도 모든 슬픔을 다 겪었다. 일어났을 때는 다음에 살 도시, 다음 직업은 어떨지 궁금했다. 자리에서 일어나 신발과 양말을 신고 와인을 사러 나갔다. 거리는 별로 좋아 보이지 않았고 늘 그랬다. 쥐와 인간이 만든 구조이며 그 속에서 살고 죽어야 한다. 하지만 친구가 이런 말을 했다. "보장되는 건 아무것도 없어. 어떤 계약서에도 사인하지 않은 거야." 난 와인을 사러 상점으로 들어갔다.

빌어먹을 놈이 살짝 몸을 구부려 더러운 동전을 내주길 기다렸다.

*

이틀 동안 술을 마시며 셔츠 마분지에 끼적였다.

사랑이 명령이 되면 증오는 즐거움이 된다.

도박을 하지 않으면 결코 이길 수 없다.

아름다운 생각과 아름다운 여성은 결코 오래가지 않는다.

호랑이를 우리에 가둘 수 있지만 호랑이가 우리를 부수고 나올지는 장담할 수 없다. 인간이 호랑이보다 알기 쉽다.

하느님이 어디 있는지 알고 싶으면 술 취한 사람에게 물어보라.

참호에는 천사가 없다.

고통이 없다는 것은 감각이 사라졌다는 말이다. 우리가 느끼는 기쁨은 전부 악마와 거래한 것이다.

예술과 인생의 차이는 예술이 더 견딜 만하다는 것이다.

죽은 그리스 신을 따르느니 살아 있는 백수의 말을 듣겠다.

진실만큼 지루한 것은 없다.

균형이 제대로 잡힌 사람이란 곧 미치광이다.

거의 모든 사람이 천재로 태어나 멍청이로 죽는다.

용감한 사람은 상상력이 부족하다. 비겁함은 제대로 된
식사를 하지 못해서 생긴다.

섹스란 노래를 부르며 죽음의 엉덩이를 걷어차는 것이다.

인간이 국가를 통치하면 인간은 국가가 필요하지 않다.
우리가 말아먹기 전까지는.

지성인이란 단순한 것을 어렵게 말하는 사람이다. 예술가
란 어려운 것을 단순하게 말하는 사람이다.

장례식장에 갈 때마다 난 헉헉거리며 맥아를 먹은 기분
이 든다.

물이 떨어지는 수도꼭지, 열정의 방귀, 펑크 난 타이어는
모두 죽음보다 슬프다.

누가 친구인지 알고 싶다면 감옥에 들어가 보라.
병원은 이유를 설명해 주지 않고 사람을 죽일 수 있는 곳

이다. 미국 병원의 차갑고 계산적인 잔인함은 혹사당했거나 죽음에 익숙하고 지루해진 의사 탓이 아니다. 해 주는 건 거의 없으면서 돈은 너무 많이 받아먹는 의사, 무지한 자들에게 치료의 마술사로 칭송받는 의사 때문인데, 그들은 자기 똥구멍 털과 셀러리 조각도 제대로 구별하지 못한다.

《메트로폴리탄 데일리》가 사악함을 드러내기 전, 거기에는 자체의 생기가 있었다.

셔츠 마분지를 다 썼다.

*

자, 여기 크리스마스 이야기가 있으니 어린이들은 이리 모이기 바란다.

"아." 내 친구 루가 말했다. "난 알 것 같아."

"그래?"

"그래."

난 와인을 한 잔 더 따랐다.

"우리가 같이 해야 해." 그가 말을 이었다.

"좋아."

"넌 이야기를 잘해. 재미있는 이야기를 많이 하지. 그게 진짜인지 여부는 중요하지 않아."

"다 진짜야."

"내 말은 그건 중요하지 않다는 거야. 자, 들어 봐. 우린 이렇게 하는 거야. 저 아래에 몰리노스라는 옛날 술집이 있는 거 너도 알지. 지금 거기 가서 첫 술을 살 돈만 있으면 돼. 우리가 모으면 충분히 될 거야. 그다음은 자리에 앉아서 술을 마시며 돈 다발을 자랑하는 남자를 찾아봐. 뚱뚱한 놈들이 있어. 그자를 보고 그리로 가는 거야. 구실을 좀 대. 그자 옆에 앉아서 작업을 해 봐. 되지도 않는 말을 해. 그러면 좋아할 거야. 넌 술 취하면 말발이 더 좋아지잖아. 언제는 네가 외과 의사라고 나한테 우긴 적도 있지. 결장간막 수술을 완전히 실감 나게 설명해 줬잖아. 좋아. 그러면 그가 밤새 너한테 술을 사 줄 거고 그도 밤새 마시겠지. 그가 계속 술을 마시게 해. 그리고 술집이 문을 닫을 시간이 되면 그를 서쪽 알바라도거리 근처로 데려가서 골목을 지나. 삼삼한 년을 붙여 준다고 하면서, 그러려면 서쪽으로 가야 한다고 말해. 내가 골목에서 이걸 들고 기다릴 거야."

루가 문 뒤로 팔을 뻗어 야구 배트를 꺼냈다. 아주 커다란 배트였다. 최소 1킬로그램은 넘을 것 같다.

"맙소사, 루, 그를 죽일 거구나!"

"아니, 아니야. 술 취한 사람을 죽일 수 없는 거 너도 알잖아! 술에 취하지 않았다면 죽일지도 모르지만 술에 취했다면 그냥 나가떨어지기만 할 거야. 우리는 그의 지갑을 빼앗아서 반씩 나누는 거야."

"그가 마지막으로 기억하는 건." 내가 말을 이었다. "나랑 같이 걸어가던 거겠지."

"맞아."

"내 말은, 그가 날 기억할 텐데, 배트를 휘두르는 쪽이 더 낫지 않겠냐는 거야."

"배트는 내가 휘둘러. 그래야 우리가 성공할 수 있어. 난 너처럼 헛소리를 지껄이진 못하잖아."

"그건 헛소리가 아니야."

"네가 외과 의사였으니까 내 말은……."

"관둬. 하지만 이건 분명히 해. 난 그런 짓은 못 해. 사람을 유인하는 거. 난 기본적으로 착한 사람이야. 그럴 수는 없어."

"넌 착한 사람이 아니야. 내가 만난 악질 중에서 최고 악질이야. 그래서 내가 널 좋아하는 거지. 지금 한번 붙어 볼래? 너랑 싸우고 싶어. 네가 먼저 때려. 탄광에서 일할 때 곡괭이 든 놈이랑 붙은 적도 있어. 그가 곡괭이를 휘둘러 내 팔을 부러뜨리자 사람들은 그가 이겼다고 생각했지. 난 한 팔로 그를 때려 줬어. 그는 그날 이후 불구가 되었지. 그는 병신이 되어 계속 비뚤어진 입으로 뭐라 되지도 않는 소리를 지껄여. 네가 선방을 날리라니까."

그는 악어 대가리 같은 머리를 나에게 들이밀었다.

"아니, 네가 먼저 덤벼." 내가 도발했다. "계집애, 휘둘러 봐!"

그가 의자 뒤로 날 넘어뜨렸다. 난 일어나 그의 배를 들이받고 싱크대에 부딪혔다. 접시들이 바닥으로 떨어져 깨졌다. 난 빈 와인병을 잡고 그의 머리로 던졌다. 그가 휘청거렸고 병은 문에 맞아 산산조각이 났다. 그리고 문이 열렸다. 우리의 금발 집주인 여자가 젊게 보였다. 너무 혼란스러웠다. 우리는 둘 다 가만히 서서 그녀를 쳐다보았다.

"그 정도로 끝냈으면 좋겠군요." 그녀가 경고했다. 그리고 날 돌아보았다. "어젯밤에 당신을 봤어요."

"어젯밤에 날 못 봤을 텐데요."

"옆집 공터에 있는 걸 봤어요."

"난 거기 없었어요."

"당신은 거기 있었어요. 그냥 기억 못 할 뿐이지. 거기서 술에 취해 있었어요. 달빛에 당신이 보였어요."

"알았어요. 그래서 뭐!"

"당신은 오줌을 누고 있었어요. 당신이 달빛을 받으며 공터 한복판에서 오줌 누는 걸 봤어요."

"내가 아닌 것 같은데."

"당신이었어요. 한 번 더 그러면 당신은 나가야 해요. 우린 그런 사람을 여기 둘 수 없어요."

"자기." 루가 나섰다. "사랑해. 아, 자길 너무 사랑해. 한 번 더 자기랑 침대로 가게 해 줘. 내 양팔을 다 잘라서 줄게. 맹세해!"

"시끄러, 술주정뱅이 얼간이."

그녀가 문을 닫았고 우리는 자리에 앉아 와인을 마셨다.

난 한 놈을 찾았다. 덩치가 크고 뚱뚱한 놈을. 난 평생 그런 뚱보 머저리들에게 일자리를 잃으며 살았다. 가치도 없고 보수도 짠 시시한 일들. 잘될 거다. 난 말을 하기 시작했다. 내가 무엇에 대해 말하는지도 몰랐다. 그저 내 입이 움직이는 걸 감지할 수 있었는데 그는 들었고 웃었고 고개를 끄덕이더니 술을 사 주었다. 그는 손목시계를 찼고 손가락마다 반지를 꼈고 지갑이 빵빵했다. 힘들었지만 술이 일을 수월하게 해 주었다. 난 감옥에 대해, 철도 트랙을 깔던 일에 대해, 사창가에 대해 들려주었다. 그는 사창가 이야기를 좋아했다. 나는 남자가 알몸으로 욕조에 앉아서 한 시간을 기다리는 동안 창녀가 다른 놈팡이를 보고 화장실로 들어와 그에게 똥을 뿌려서 그가 결국 폭발하고 말았다는 이야기를 해 주었다.

"와, 세상에, 진짜!"

"그래, 맞아요, 진짜로."

그리고 2주마다 와서 돈을 후하게 주는 남자 손님 이야기를 들려주었다. 그 남자는 자기 방에 창녀만 넣어 주면 됐다. 둘은 옷을 벗고 카드게임을 하고 대화를 나누었다. 그리고 가만히 앉아 있었다. 그렇게 두 시간이 지나면 남자는 옷을 챙겨 입고 작별 인사를 한 뒤 떠났다. 절대 창녀에게 손을 대지 않았다.

"제기랄." 그가 분개했다.

"맞아요."

난 루의 야구 배트가 이자의 두개골을 박살 내도 상관 안 할 거라고 마음먹었다. 완전 뚱뚱한 타격이다. 동료와 자기 자신의 인생을 빨아먹는 쓸모없는 덩어리. 그는 육중하고 위풍당당하게 아무것도 안 하고 앉아 이 미친 세상에서 수월하게 살아간다.

"젊은 여자 좋아해요?" 내가 물었다.

"아, 그럼, 당연히 좋지!"

"열다섯 살 반 정도?"

"오, 맙소사, 좋아."

"한 명이 시카고에서 1시 30분에 오기로 했어요. 우리 집에 2시 10분쯤 도착할 거예요. 깨끗하고 섹시하고 지적인 아이예요. 지금 난 큰 기회를 얻었으니 당신은 날 믿어야 해요. 선불로 10달러 주고 끝나고 10달러 줘요. 너무 비싼가요?"

"아니야, 괜찮아." 그는 주머니에 손을 넣어 더러운 10달러를 꺼냈다.

"좋아요. 이 술집이 문을 닫으면 나랑 같이 가요."

"그래, 좋아."

"지금 그 애한테 루비가 박힌 은 박차가 있는데 그걸 걸치고 당신 허벅지에 올라가면 불알이 쪼개지는 것처럼 짜릿할 겁니다. 그건 어때요? 추가로 5달러를 더 내야 하긴 하지만."

"아니. 난 박차는 별로야." 그가 거절했다.

마침내 2시가 되어 그와 밖으로 나와 골목을 향해 걸었다. 어쩌면 루가 그 자리에 없을지도 모른다. 어쩌면 와인에 취해 못 나왔거나 도망쳤을 수도 있다. 그렇게 한방 날리면 사람이 죽을 수도 있고 평생 불구가 될 수도 있다. 우리는 달빛 아래에서 비틀거리며 걸었고 주변과 거리에는 아무도 없었다.

일은 수월할 것이다.

우리는 골목으로 건너갔다. 루가 거기 있었다.

하지만 이 뚱보가 그를 보았다. 그는 팔을 뻗어 뒷걸음쳤고 루의 배트는 내 귀 바로 뒤쪽을 강타했다.

난 쥐가 득실거리는 그 골목으로 넘어졌다(순간 이런 생각이 스쳤다. '난 10달러를 받았어. 10달러를 받았어.'). 폐고무, 낡은 신문 쪼가리, 고장 난 세탁기, 못, 성냥개비, 성냥갑, 말라비틀어진 벌레로 가득 찬 골목으로 넘어졌다. 후줄근한 오럴 섹스와 사디스트의 젖은 그림자, 굶주린 고양이, 도둑, 동성애자들의 골목으로 넘어졌고, 그때 행운과 길이 내 편이라는 생각이 들었다.

착한 사람은 이 세상에 계속 남아 있다.

난 뚱보가 도망치는 소리를 듣지 못했고 루가 내 지갑으로 손을 뻗는 걸 느꼈다. 그리고 정신을 잃었다.

*

그는 한증탕을 이용하는 돈 많은 인간이며 지금 고함을 치고 있다. JS 바흐의 모든 음반을 가지고 있지만 그래도 좋지 않았다. 스테인드글라스 창문에 수녀가 오줌을 누는 사진도 있지만 여전히 좋지 않았다. 그는 네바다 사막에서 보름달을 보다 택시기사가 살해당하는 걸 목격했다. 그 장면은 30분도 채 안 되어 사라졌다. 그는 개의 다리를 교차해 묶어 놓고 1달러짜리 시가로 눈을 지졌다. 낡은 수법이다. 그는 어리고 다리가 매끈한 여자들과 무수히 잠자리를 가졌지만 더는 좋지 않았다.

아무것도.

그는 목욕을 하는 동안 이국적인 양치식물을 태우고 집사의 얼굴에 술을 끼얹었다.

그는 돈 많은 얼간이, 교활한 놈팡이다. 진짜 소름 끼치는 늙은이. 장미꽃에 침을 뱉는 인간.

내가 그의 1달러짜리 시가를 피우는데 그가 테이블에서 계속 소리 질렀다.

"도와줘. 오, 세상에, 날 도와줘!"

그럴 시간이 되었다.

"잠시만 기다려요." 내가 대답했다.

래커로 가서 벨트를 꺼내 왔다. 그가 테이블에 몸을 구부렸고, 허여멀건 몸뚱이와 털이 지저분하게 돋은 엉덩이가 보였다. 난 벨트를 세게 휘두르고 또 휘둘렀다.

찰싹! 찰싹!

찰싹! 찰싹! 찰싹!

그는 바다를 찾아가는 게처럼 테이블로 나가떨어졌다. 그는 바닥을 기었고 난 벨트를 들고 그를 따라갔다.

찰싹!

찰싹!

찰싹!

그가 두세 차례 더 비명을 질렀고 난 몸을 구부려서 시가로 그를 지졌다.

마침내 그가 미소를 지으며 푹 퍼졌다.

난 그의 변호사가 커피를 마시는 주방으로 걸어갔다.

"끝났나요?"

"네."

그가 10달러짜리 지폐 다섯 장을 꺼내 테이블로 던졌다. 난 커피를 한 잔 따르고 앉았다. 여전히 손에 시가가 들려 있는 걸 보고 싱크대로 던져 버렸다.

"세상에." 내가 입을 열었다. "세상에, 이럴 수가."

"맞아요." 변호사가 말을 받았다. "마지막에 들어온 사람은 한 달밖에 못 버텼어요."

우리는 가만히 앉아서 커피를 홀짝였다. 주방이 참 멋졌다.

"다음 주 수요일에 와요." 그가 지시했다.

"나한테 해 주는 건 어때요?" 내가 물었다.

"나요? 난 너무 예민해서 안 돼요!"

우리는 둘 다 웃음을 터뜨렸고 난 각설탕 두 개를 커피잔에 떨구었다.

*

그는 세탁물 통로로 나왔고 그가 나오자마자 맥스필드가 도끼 손잡이로 그를 후려쳐 목을 부러뜨렸다. 우리는 그의 주머니를 뒤졌다. 상대를 잘못 골랐다.

"아, 젠장." 맥스필드가 투덜거렸다.

"아, 젠장." 나도 똑같이 투덜거렸다.

난 위층으로 올라가 전화를 걸었다.

"토끼가 들이받아 뻗어 버렸어. 아주 세게." 내가 보고했다.

"빌어먹을 절름발이를 쏴 버려." 스테인펠트가 명령을 내렸다.

"무시무시한 인간이 부드러워졌네."

"엿이나 먹어." 스테인펠트는 전화를 끊었다.

내가 걸어 들어가니 맥스필드가 시신 위에서 내려오고 있었다.

"항상 네가 의심스러웠어." 내가 넘겨짚었다.

"빌어먹을 놈이 다시 나타났군." 그가 입을 들어 말했다.

"시체로 대체 뭘 하게?" 내가 물었다.

"섹스." 그가 대답했다.

난 작동하지 않는 세탁기에 걸터앉았다. "이봐, 우리가 더 나은 세상을 얻으려면." 내가 가르치듯이 말했다. "거리에서 싸우지 않는 것뿐만 아니라 우리의 마음과도 싸워야 하는 거야. 그리고 여자들이 발톱을 깨끗이 다듬지 못하면 그들의 성기도 깨끗하지 못한 게 분명해. 여자 엉덩이를 꼬집기 전에 부츠부터 벗으라고 말해 봐."

"섹스." 그는 만족한 듯 자리에서 일어나 시신의 눈알을 꺼냈다. 가지고 있던 잭나이프로. 손잡이에 만(卍) 자 표시가 있었다. 그는 최고로 잘 쳐 줘야 셀린 정도다. 그가 눈알을 삼켰다.

우리 둘 다 가만히 앉아 있었다.

《르네상스, 반역 그리고 죽음》을 읽어 봤어?"

"불행히도 그래."

"가장 큰 위험이 가장 큰 희망을 부른다잖아."

"담배 있어?" 내가 물었다.

"응."

나는 담배를 받아 불을 붙이고 팔을 뻗어서 그의 털북숭이 손목 끝에 붉은 재를 눌렀다.

"아, 제기랄." 그가 저항했다. "아, 그러지 마!"

"털이 덥수룩한 네 엉덩이에 안 해 준 걸 행운으로 알아."

"난 그렇게 운이 좋아야 해."

"벗어."

그는 내 말을 들었다.

"네 엉덩이를 벌리라고."

"충성을 맹세할게." 그는 말을 잇지 못했다. "바로⋯⋯."

림스키코르사코프의 〈셰에라자드〉가 머리 위에 울렸고 난, 아니 내가 붉은 담배 끄트머리를 안으로 밀어 넣었다.

"맙소사." 그가 놀라서 말했다.

난 계속 그렇게 있었다. "그들은 왜 홀라발루를 급습했을까?"

"맙소사."

"내가 물었잖아! 그들이 왜 그랬을까?"

"그들이 그랬지." 그가 대답했다. "그들이 그런 건 그들이 그랬으니까. 난 어려서 몰랐어!"

"이걸 끝까지 해 볼까?" 내가 제안하면서 타오르는 담배 끄트머리를 더 밀어 넣었다.

칵테일

"맙소사." 그가 감탄했다. "아, 다정한 주여!"

"거의 모든 남자가 자신의 멍청함을 정확히 알지만 페니스의 단말마 같은 황홀함에 누가 살 수 있을까?"

"오로지 당신뿐이지, 찰스 부코스키!"

"넌 똑똑한 인간이야, 맥스필드." 난 담배를 빼내 냄새를 맡고, 아니 확인한 다음 던져 버렸다. "고양이의 엉덩이에 했다면 식은 죽 먹기였을 거야." 그리고 명령했다. "앉아."

"진짜로." 그가 말했다.

나는 앉아서 그에게 말했다. "자, 솔직히 날 따라오면 카뮈를 이해하기 쉬울 거야. 브루크, 뱅코, 세스티나 비크 같은 굉장한 작가들 말이지. 하지만 카뮈는 완전 빨려 들어갔어."

"비크고 자시고 무슨 말을 하는 거야?" 그가 물었다.

"전장으로 보낸 편지들 말이야. 라미티 프랑세즈의 연설 말이야. 1948년 라투르모버그의 도미니카수도원에서 있었던 성명 말이야. 가브리엘 마르셀에게 보낸 회신 말이야. 1958년 5월 10일 그가 생테티엔의 공공 직업소개소에서 했던 연설 말이야. 1955년 12월 7일 에두아르도 산토스 대통령 기념 연회에서 《티엠포》의 편집자가 독재에서 벗어난 콜롬비아에 대해 연설한 것 말이야. M. 아지즈 케소스에게 보낸 편지 말이야.

1957년 10월 24~30일자《드망》에 실린 인터뷰 말이야. 내 말은 지위를 받고 뱉어내는 거 말이야. 자위 말이야. 그는 더 이상 운전하지 못하고 차 안에서 죽었어. 착한 사람이 되어 인간애정사에 발을 들인 건 아주 좋아. 너 같은 머저리가 죽은 사람을 안고 애정행각을 벌이는 걸 지켜보는 건 별개지만. 작은 사람에게 큰 건 큰 목표가 되고 작은 사람은 권총, 타자기, 문 밑의 서명하지 않은 쪽지, 배지, 곤봉, 개 뭐 이런 것들이 작은 사람을 살아 나가게 해 주는 거야." 이어서 그에게 물었다. "그냥 혼자 즐기지 그래?"

"사소한 계집 같은 사소한 분노는 10월의 햇살 속으로 사라질 거야." 그가 대답했다.

"좋은 말이네. 다른 건 어떻고?"

"마찬가지야."

"세상에." 나는 할 말을 잃었다. "세상에!"

"진심으로." 그는 내 무릎에 고개를 떨궜다. "난 정말로 그들이 왜 훌라발루를 급습했는지 말할 수 없어."

"카뮈는 알까?" 내가 물었다.

"뭘?"

"훌라발루를 급습한 거."

"세상에, 아니야!"

"그에게 선택의 여지가 있었을까?" 내가 다시 물었다.

"세상에, 맞아!"

우리 둘 다 오랫동안 잠자코 있었다.

"이 시체를 어쩌지?" 내가 물었다.

"난 이미 끝냈어." 맥스필드가 대답했다.

"내 말은 지금 말이야."

"지금이 네 차례야."

"집어치워."

우리 둘 다 아무 말 없이 앉아 시신을 쳐다보았다.

"스테인펠트에게 전화하지 그래?" 맥스필드가 물었다.

"'하지 그래'라니?"

"그래, '하지 그래'?"

"넌 확실히 사람을 짜증 나게 만드는 재주가 있어."

난 위층으로 올라가 고리에서 수화기를 들었다. 미국의 모든 전화기가 받침대로 교체되어 더는 고리를 쓰지 않는데 여기는 그 빌어먹을 것이 시커먼 똥 같은 커다란 고리에 매달려 있다. 난 고리에서 수화기를 꺼내 손에 들었다. 당연히 땀이 묻었고 말라비틀어진 스파게티 뭐 그런 거 혹은 마지막 종족을 잃어버린 마른 곤충 같은 것이 붙어 있었다.

"스테인펠트." 내가 말문을 열었다.

"9회차는 누가 이겼지?" 그가 물었다. "하네스야, 델마야?"

"하네스. 존보이 스타가 다섯 번째로 출발했어. 스포케인과 아사퍼와 6위를 다투고, 8위에 있다가 6/2와 1/2가 됐지. 2위로 올라갔다가 잭 윌리엄스와 자리를 바꿨어. 우승마 예상 목록 4위였고. 7위에서 시작해 2위에 올랐어. 마지막에 2위에서 1위로 들어온 거야. 쉽게 이겼지."

"넌 어디에 걸었는데?"

"스모크 콘서트."

"그래서 왜 전화했는데?" 그가 물었다.

"토끼가 들이받아 뻗었어. 아주 세게."

"빌어먹을 절름발이를 쏴 버려." 스테인펠트가 지시했다.

"무시무시한 인간이 부드러워졌네. 아주 부드러워졌어." 내가 놀리듯이 말했다.

"엿 두 번 먹어." 스테인펠트는 전화를 끊어 버렸다.

난, 난 다시 그리로 걸어갔다. 나는, 난, 난 그랬다. 뱅코, 세스티나 비크도 그랬을까. 코플랜드의 일반인을 위한 팡파르가 머리 위로 흘러나왔다. 맥스필드는 불룩한 시신 위에서 다시 내려왔다.

난 그를 지켜보았다. 한동안 지켜보았다.

"이봐." 난 진지하게 말했다. "우리가 하는 일은 쉽지 않고 우리의 운명은 미완성이야. 아프리카, 베트남, 워싱턴, 디트로이트를 생각해 봐. 보스턴 레드삭스와 로스앤젤레스 시골 박물관, 아니 시립 박물관도 생각해 봐. 뭐든 생각해 보라고. 인생이라는 거울 속에서 네가 얼마나 나쁘게 비춰질지 생각해 보란 말이야."

"어쩌고저쩌고." 맥스필드가 비아냥거렸다.

서구의 쇠퇴와 몰락이 내 앞에 펼쳐졌다. 나에게 10년만, 딱 10년만 더 주길. 친애하는 슈펭글러. 오스발트? 오스발트???? 오스발트 슈펭글러.

난 걸음을 옮겨 세탁기에 앉아서 기다렸다.

*

앉아, 스티르코프.

　감사합니다.

　다리를 뻗어.

　친절하군요.

　스티르코프, 자넨 정의와 평등에 관한 기사를 쭉 써 온 걸로 아네. 기쁨과 생존의 권리에 관해서도. 맞나?

　그렇습니다만?

　세상에 압도적이며 합당한 정의가 세워질 거라고 생각하나?

　솔직히 아닙니다.

　그럼 왜 그런 엉터리 글을 쓰는 거지? 어디가 아픈가?

　최근 좀 이상하다고 느끼는 중입니다. 내가 미쳐 가는 것처럼요.

　술을 많이 마시나, 스티르코프?

　당연히 그렇습니다.

　스스로 유희도 하고?

　꾸준히 합니다.

　어떻게?

　말뜻을 이해하지 못했습니다.

　내 말은 어떻게 하냐고?

날달걀 네댓 개와 햄버거용 고기 1파운드를 주둥이가 얇은 꽃병에 넣고 본윌리엄스나 다리우스 미요를 듣습니다.

유리로?

아니, 여자입니다.

내 말은, 꽃병 말이야, 유리로 만들었어?

당연히 아닙니다.

결혼한 적이 있나?

여러 번 했습니다.

뭐가 문제였지?

전부 답니다.

가장 괜찮은 여자는 누구였어?

날달걀 네댓 개와 햄버거용 고기 1파운드를…….

알았어, 알았다고!

네, 알겠습니다.

정의와 더 나은 세상을 위한 자네의 갈망이 자네 안에 있는 부패와 수치, 실패를 감추기 위한 수단이라는 걸 깨달았나?

네.

악마 같은 아버지가 있었나?

모릅니다.

모른다니, 무슨 뜻이지?

그러니까 비교할 수가 없습니다. 알다시피 아버지가 한 분이었습니다.

나랑 말장난하자는 거야, 스티르코프?

아, 아닙니다. 말했다시피 정의는 불가능합니다.

아버지가 자네를 때렸나?

그분들이 돌아가면서 했습니다.

아버지가 한 분이라고 한 줄 알았는데.

모든 사람이 그렇습니다. 그러니까 어머니는 어머니의 아버지가 있었습니다.

어머니가 자네를 사랑했나?

자신의 연장선상으로서만 그랬습니다.

그것 말고 사랑이 또 뭐가 있겠어?

아주 좋은 무언가를 아주 조심스럽게 보살피는 것입니다. 꼭 혈연관계일 필요가 없습니다. 빨간색 비치볼이나 버터 바른 토스트도 될 수 있습니다.

자네 말은 버터 바른 토스트도 사랑할 수 있다는 뜻인가?

일부는 그렇습니다. 어떤 날 아침에, 어떤 햇살이 들어올 때 말입니다. 사랑이 찾아오고 말없이 떠납니다.

인간을 사랑할 수는 없나?

물론 있습니다. 그 사람을 잘 모른다면 말입니다. 난 창문 너머로 길 걷는 사람들을 보는 걸 좋아합니다.

스티르코프, 자넨 겁쟁이야.

맞습니다.

자네가 생각하는 겁쟁이의 정의가 무엇인가?

맨손으로 사자와 싸우기 전에 두 번 생각하는 사람입니다.

그러면 자네가 생각하는 용감한 사람의 정의는 무엇인가?

사자가 무엇인지 모르는 사람입니다.

모든 사람이 사자가 무엇인지 알고 있어.

모든 사람이 그럴 거라고 생각합니다.

그렇다면 자네가 생각하는 바보의 정의는 무엇인가?

시간, 구조, 살점이 가장 많이 낭비되고 있다는 것을 모르는 사람입니다.

그렇다면 현명한 사람의 정의는?

현명한 사람은 존재하지 않습니다.

그럼 바보도 없겠지. 밤이 없으면 낮도 없으니까. 백이 없다면 흑도 없는 거야.

죄송합니다만 난 모든 게 그 자체로 의미가 있지 다른 것에 의존한다고 생각하지 않습니다.

자넨 페니스를 너무 많은 꽃병에 집어넣었군. 모든 것이 올바르다면 아무것도 잘못되지 않는다는 걸 모르겠어?

압니다. 하지만 일어난 건 일어난 것입니다.

내가 자네 머리를 잘라 버린다면 뭐라고 할 건가?

난 아무 말도 할 수 없을 겁니다.

내가 자네 머리를 자른다면 내 의지는 남지만 자네는 무가 되는 거야.

난 다른 무언가가 될 겁니다.

그건 내 선택에 달렸지.

우리 두 사람 모두의 선택입니다.

진정해! 진정하라고! 다리를 쭉 뻗어!

친절하십니다.

아니, 우리 둘 다를 위한 친절이야.

당연합니다.

자주 이런 광기를 느낀다고 했지. 그런 생각이 들 때면 어떻게 하나?

시를 씁니다.

그건 시의 광기인가?

시를 쓰지 않는 것이 광기입니다.

광기란 뭐지?

광기란 추악함입니다.

추악함이 뭔데?

사람에 따라 다릅니다.

추악함은 제자리에 있나?

거기 있습니다.

어디에 속하나?

모르겠습니다.

자넨 지식이 있는 척하는군. 지식이란 무엇인가?

최대한 적게 아는 것입니다.

어째서지?

모르겠습니다.

자넨 다리를 놓을 수 있나?

못합니다.

총을 만들 수 있어?

못합니다.

그런 것들이 지식의 산물이라네.

그런 것들은 다리와 총입니다.

자네 머리를 잘라 버릴 거야.

고맙습니다.

왜 고맙지?

내가 가진 것이 거의 없을 때 내 동기가 되어 주니까요.

난 정의야.

그럴지도 모릅니다.

난 승리자야. 내가 자네를 고문하고 고통에 비명을 지르게 해 줄 거야. 죽었으면 좋겠다고 생각하게 만들 거야.

당연합니다.

내가 자네 스승인 걸 모르겠어?

당신은 날 조작하고 있습니다. 그렇지만 당신이 할 수 없는 걸 내게 어쩌지는 못합니다.

자넨 똑똑하게 말한다고 여기겠지만 비명을 지르면 그런 똑똑한 소리는 아무것도 못 할 거야.

그건 의심스럽습니다.

그건 그렇고, 본윌리엄스와 다리우스 미요는 어떻게 듣기 시작했지? 비틀스는 들어 봤나?

아, 모두가 비틀스를 듣습니다.

그들을 좋아하지 않나?

싫어하지는 않습니다.

싫어하는 가수가 있나?

가수는 싫어할 수 없습니다.

그럼 따라 부르고 싶은 사람은?

프랭크 시나트라입니다.

왜지?

그는 잘못된 사회에서 잘못된 사회를 일깨웁니다.

신문은 읽나?

하나만 읽습니다.

어느 거지?

《오픈 시티》입니다.

간수! 이자를 당장 고문실로 데려가서 고문을 진행해!

저, 마지막으로 부탁 하나 해도 되겠습니까?

해 봐.

내 꽃병을 가져가도 될까요?

아니. 내가 쓸 거야!

네?

내 말은 압수한다는 뜻이야. 자, 간수, 이 멍청이를 끌고 가! 그리고 간수가 돌아올 때, 돌아올 때…….

네?

날달걀 여섯 개와 갈아 놓은 설로인 고기 한두 파운드를 가져와…….

간수와 죄수가 나갔다. 왕은 몸을 앞으로 숙이며 사악하게 웃었고 본윌리엄스가 머리 위 인터콤에서 흘러나왔다. 밖에서 세상은 이가 득실거리는 개가 햇살을 받아 반짝이는 아름다운 레몬나무에 오줌을 누는 듯 흘러가고 있다.

*

나는 미리엄하고 시내 중심가 작은 움막에 살았는데 나쁘진 않아서 정문에 스위트피를 키웠고 주변에서는 튤립이 자랐다. 월세는 없는 거나 다름없고 아무도 술 취한 사람을 건드리지 않았다. 집주인을 찾아가서 월세를 내야 하는데 한두 주 늦더라도 "괜찮아요."라며 넘어갔다. 그는 자동차 판매점과 옷수선집을 해서 돈은 충분했다. 다만 한 가지 조건을 덧붙였다. "대신 월세를 내 아내에게 주지 말아요. 아내는 술주정뱅이라 내가 술을 덜 마시게 하려고 노력 중이거든요." 편안한 시절이었다. 미리엄은 일을 했다. 그녀는 큰 가구업체에서 타자를 쳤다. 아침에는 술이 덜 깨서 그녀가 버스에 타는 걸 배웅할 수 없었지만 퇴근할 무렵이면 개와 함께 항상 버스 정류장에서 기다렸다. 우리는 차가 있었지만 그녀는 쓰지 않았고, 나는 그래서 좋았다. 난 10시 30분쯤 일어나서 아주 느긋하게 채비하고 꽃들을 살피고 커피를 마시고 맥주를 마신 뒤 밖으로 나가 햇살 아래 서서 배를 문지른 다음 나보다 큰 짐승 같은 개와 놀아 주다 지치면 집 안으로 들어온다. 천천히 집 안을 좀 정리하고 침대를 정돈하고 빈 병을 치우고 설거지를 한다. 또 맥주를 마시고 그녀가 먹을 저녁거리가 있는지 냉장고를 살핀다. 그러고 나면 차를 타고 경마장에 갔다가 버스 정류장에서 그녀를 마중할 시간에 맞춰 돌아온다. 그래, 점점 좋아지고 있고 여자를 내조하면서 살아 본 적이 없기에 계속해도 괜찮았고 몬테카를로와 완전 똑같지는 않지만 애인으로서 설거지와 다른 하찮은 일도 해야 했다.

오래 지속될 것 같진 않았으나 한편으로는 기분이 나아지고, 겉모습도 나아지고, 말도 더 잘하게 되고 더 잘 걷고 더 잘 앉고 더 잘 자고 전보다 섹스도 더 잘하게 되었다. 그건 좋았다. 진짜로 좋았다.

그러다 맞은편 큰 집에 사는 여자를 알았다. 계단에 앉아 맥주를 마시며 개한테 공을 던져 주는데 그녀가 문밖으로 나와 잔디에 담요를 깔고 누워서 일광욕을 했다. 얇은 천에 끈 쪼가리가 달린 비키니 차림이었다. "안녕하세요." 내가 먼저 인사했다. "안녕하세요." 그녀도 대답했다. 그런 식으로 아침에 몇 차례 마주쳤다. 대화는 별로 없었다. 난 조심해야 했다. 사방에 이웃이 있고 미리엄은 모두를 다 알았다. 하지만 이 여성은 몸이 있고 간간이 자연 혹은 신 혹은 무언가가 하나의 몸으로 합치라고, 변화를 위해 하나가 되라고 정해 준다. 그래서 몸들을 살피지만 다리가 너무 짧거나 길거나, 혹은 팔이 그렇고, 혹은 목이 너무 두껍거나 얇거나, 혹은 엉덩이가 너무 올라붙었거나 처졌거나 그런데 무엇보다 중요한 것은 엉덩이다. 엉덩이는 거의 찾기 힘들다고 보면 되고 대부분이 실망스럽다. 너무 크거나 너무 평퍼짐하거나 너무 둥글거나 안 둥글거나 별개의 부속처럼 매달려 있거나 뭔가가 박혀 있어 손쓰긴 너무 늦었거나.

엉덩이는 섹스라는 영혼의 얼굴과도 같다.

이 여성은 몸과 아주 잘 어울리는 엉덩이를 가졌다. 차츰 그녀의 이름은 레니고 웨스턴애버뉴의 작은 클럽에서 스트리퍼로 일한다는 사실을 알게 되었다. 하지만 그녀는 로스앤젤레스 특유의, 세상 특유의 단호한 얼굴을 가졌다. 좀 더 어렸을 때 돈 많은 남자들에게 몇 차례 이용당한 듯 보이고 지금은 경계심이 커져서 남자를 싫어하는데, 난 내 것을 찾을 생각이다.

어느 날 아침 그녀가 말했다. "지금부터 뒷마당에서 일광욕을 할 거예요. 전에 누워 있는데 옆집 늙은 놈이 찾아와서 날 붙잡고 젖가슴을 만졌어요!"

"그랬어요?"

"네. 그 늙은 놈팡이가요. 분명 일흔은 됐을 텐데 날 주물럭거렸다니까요. 그는 돈이 있고 계속 들어와요. 그런데 날마다 자기 아내를 데려오는 남자가 있어요. 그가 늙은이한테 아내를 주고 돌아가면 둘은 누워서 술을 마시고 섹스를 하죠. 저녁 무렵에야 남편이 와서 아내를 데려가요. 그들은 노인이 얼마 못 가 죽고 그녀에게 돈을 남길 거라 생각해요. 그런 사람들을 보면 진짜 거북해요. 지금 내가 일하는 곳 사장은 덩치 큰 뚱보 그리게리오인데 그가 이렇게 말했어요. '자기, 자긴 날 위해 일하는 거야. 그걸 늘 명심해야 해. 무대에서도 무대 아래에서도.' 그래서 단호하게 말했어요. '이봐요, 조지, 난 예술가예요. 내가 보여 주는 방식이 마음에 안 들면 그만두겠어요!' 그리고 전화로 친구를 불러서 짐을 챙겨 나왔는데 집에 도착하기도 전에 전화벨이 울리기 시작했어요. 그리게리오였어요. '저기, 자기, 돌아와! 여기가 예전 같지 않아. 분위기가 죽었어. 모두 다 자기를 찾아. 부탁이니 돌아와 줘. 자길 예술가이자 숙녀로 존중할게. 자긴 훌륭한 숙녀야!'"

"맥주 마실래요?" 내가 물었다.

"좋아요."

난 안으로 들어가서 맥주를 한두 병 챙겼고, 레니가 현관 계단으로 와서 우리는 술을 마셨다.

"무슨 일을 해요?" 그녀가 물었다.

"지금은 쉬고 있어요."

"착한 여자친구를 뒀군요."

"괜찮은 여자예요."

"쉬기 전에는 무슨 일을 했어요?"

"온갖 안 좋은 일을 했어요. 말할 건더기도 없는."

"미리엄이랑 이야기한 적이 있어요. 당신이 그림을 그리고 글을 쓴다고, 예술가라고 했어요."

"아주 가끔 예술가이긴 해요. 보통은 아무도 아니고."

"당신이 내 공연을 봐 줬으면 좋겠어요."

"난 클럽은 좋아하지 않아서."

"내 침실에 무대가 있어요."

"네?"

"어서요, 보여 줄게요."

278

우리는 뒷문으로 들어갔고 그녀가 날 침실에 앉혔다. 확실히 둥글게 솟은 무대가 있었다. 침실의 대부분을 차지했다. 무대 바로 뒤로 커튼을 쳐 놓았다. 그녀가 내게 위스키와 물을 가져다준 다음 무대로 올라갔다. 그리고 커튼 뒤로 들어갔다. 난 앉아서 술을 들이켰다. 드디어 음악이 울렸다. 〈슬로터 온 텐스애버뉴〉다. 커튼이 열렸다. 그녀가 살금살금 움직이며 미끄러지고 또 미끄러졌다.

난 술을 다 마시고 오늘은 경마장에 가지 않기로 마음먹었다.

옷이 하나둘 벗겨지고 그녀가 흔들고 돌리기 시작했다. 그녀가 내 옆에 위스키를 놔두었다. 난 팔을 뻗어 조금 더 따랐고 그녀에게는 구슬이 달린 작은 끈옷만 남았다. 그녀가 구슬을 벗어 버리면 마법의 상자를 보게 된다. 그녀가 더 몸을 돌리며 마지막을 향해 달렸다. 그녀는 멋졌다.

"브라보! 브라보!" 난 박수갈채를 보냈다.

그녀가 무대에서 내려와 담뱃불을 붙였다.

"진짜 마음에 들어요?"

"물론이죠. 당신은 품위가 있다는 그리게리오의 말을 이해할 것 같아요."

"알았어요. 그게 무슨 의미죠?"

"술 한잔 더 마실게요."

"그러세요. 나도 마실래요."

"그러니까 품위란 말로 정의하기보다는 보고 느끼는 거예요. 남자에게서도 동물에게서도 볼 수 있어요. 공중그네를 타는 예술가들이 그녀 앞에 섰을 때도 볼 수 있어요. 걸음걸이 그 태도에서요. 안과 밖에 가지고 있지만 대부분 안에 있고 그게 밖으로 드러나는 거예요. 당신이 춤출 때 그래요. 안에 있는 것이 밖으로 드러나니까."

"네. 나도 그렇게 느껴요. 단순히 섹시하게 돌리는 게 아니라 감정이에요. 난 춤출 때 노래도 하고 말도 해요."

"당연히 그렇겠죠. 나도 알았어요."

"하지만 당신이 평가해 줬으면 좋겠어요. 제안을 받아들여서 좀 더 나아질 수 있게요. 그래서 이 무대가 있고 연습을 하는 거예요. 춤출 때 말을 해 줘요. 부담 갖지 말고요."

"알았어요. 몇 잔 더 마시고 긴장을 좀 풀게요."

"마음껏 드세요."

그녀는 다시 무대로 올라가 커튼 뒤로 사라졌다. 그리고 다른 의상을 입고 나왔다.

"뉴욕의 자기가 잘 자, 라고 했을 때

이미 아침이었지

잘 자, 자기."

난 음악 소리보다 더 크게 말해야 했다. 비정상적인 할리우드식 사고방식을 지닌 유명 영화감독이 된 기분이었다.

"등장할 때 웃지 말아요. 천박해 보이니까. 당신은 숙녀예요. 사람들이 여기 와서 쉴 수 있게 해 줘야 해요. 하느님이 여자라면 당신이 하느님이고 조금 더 친절하죠. 당신은 성스럽고 품위가 있으니 그걸 그들이 알게 해요!"

난 위스키를 마셨고 침대에서 담배를 찾아 연달아 피웠다.

"됐어, 됐어요. 당신은 여기 혼자 있어요! 관객이 없어요. 섹스를 통해 사랑을 갈망해요. 고통을 통한 사랑을!"

그녀의 옷이 하나둘씩 떨어지기 시작했다.

"자, 자, 갑자기 뭐라고 말해요! 무대 앞에서 멀어져 가며 말해요. 헐떡이고 어깨너머로 거칠게 머릿속에 떠오르는 거 아무거나 말해요. '감자가 한밤중에 양파를 던져!' 같은 말."

"감자가 한밤중에 양파를 던져!" 그녀가 거칠게 말했다.

"아니, 아니! 당신만의 말을 하라고!"

"창녀, 창녀 불알이나 빨아!" 그녀가 씩씩거렸다.

난 거의 흥분할 뻔했다. 위스키를 더 마셨다.

"이제 시작해요. 시작하라고! 그 빌어먹을 끈옷을 벗어 버려요! 내게 영원의 얼굴을 보여 달라고!"

그녀는 내가 요구하는 대로 움직였다. 침실 전체가 화끈 달아올랐다.

"이제 더 빨리해요. 정신이 나간 것처럼. 모든 걸 버려요!"

그녀는 계속 시키는 대로 했다. 나는 잠시 동안 할 말을 잃었다. 담배가 손가락 위에서 타 들어갔다.

"수줍게!" 내가 소리쳤다.

그녀는 수줍어했다.

"자, 천천히, 천천히, 천천히, 앞으로 걸어서 내 쪽으로 와요! 천천히, 천천히, 천천히, 당신 앞에 터키 군부대가 있어요! 나에게 천천히 걸어오라고. 아, 맙소사!"

내가 무대 위로 뛰어오르려는데 그녀가 거친 목소리로 말했다. "창녀, 창녀 불알이나 빨아."

어느새 시간이 너무 늦어 버렸다.

난 술을 한 잔 더 하고 그녀에게 작별 인사를 한 뒤 우리 집으로 와서 목욕을 하고 면도를 하고 설거지를 하고 개를 챙기고 시간에 딱 맞춰 버스 정류장에 갔다.

미리엄은 지쳐 보였다.

"힘든 하루였어요." 그녀가 하소연을 했다. "멍청한 여자애가 와서 돌아다니며 타자기마다 기름을 묻혔어요. 그래서 다 고장 났고 수리공을 불러야 했어요. '대체 누가 타자기에 기름을 발랐어요?' 수리공이 우리에게 소리치더군요. 그리고 시간을 만회하려고 코너스가 우리 쪽에 와서 계산서들을 쭉 꺼냈어요. 난 바보 같은 키보드를 누르느라 손가락에 감각이 없어요."

"당신은 여전히 괜찮아 보여, 자기. 집에 가서 따뜻한 물에 목욕하고 술을 몇 잔 마시면 괜찮아질 거야. 오븐에 프렌치프라이를 넣어놨고 큐브 스테이크랑 토마토, 마늘을 바른 따뜻한 프랑스빵도 있어."

"난 진짜 피곤해요!"

그녀는 의자에 앉아서 발을 걷어차며 신발을 벗었고 난 그녀에게 술을 가져다주었다.

그녀가 한숨을 쉬고는 정면을 바라보며 말했다. "저 스위트피 덩굴은 해가 저렇게 비출 때 아름다워요."

그녀는 뉴멕시코 출신의 착한 여자다.

그 후로도 레니를 몇 차례 더 만났지만 처음 같지 않았고 우리는 한 번도 섹스를 하지 않았다. 우선은 미리엄 때문에 조심했고 다음은 레니가 예술가이자 숙녀라는 생각을 가져서 우리 둘 다 스스로를 그렇게 믿었다. 성적 행위가 생기면 예술가와 비평가의 완전한 관계에 금이 갈 것이고 소유 혹은 무소유의 귀찮은 상황으로 바뀔 터였다. 실제로 그렇게 하는 쪽이 훨씬 더 재미있고 비정상이었다. 그러다 날 받아준 건 레니가 아니었다. 바로 뒷집에 사는 자동차 수리공의 작고 땅딸막한 아내였다. 어느 날 오전 10시쯤 그녀가 커피 혹은 설탕 혹은 뭔가를 빌리러 왔다. 그녀는 헐렁한 가운 차림이었고 몸을 구부려 커피인지 뭔지를 낮은 선반에서 꺼내다 가슴이 밖으로 훌렁 나왔다.

더러웠다. 그녀는 얼굴을 붉히더니 자리에서 일어났다. 난 사방에서 열기를 느꼈다. 자기 마음대로 움직이는 수많은 에너지 속에 갇힌 기분이었다. 그녀의 남편이 작은 코스터에 누운 채 자동차 밑으로 들어가서 기름이 덕지덕지 묻은 렌치를 돌리며 욕을 퍼붓는 동안 우리는 서로 포옹했다. 그녀는 뚱뚱하고 작달막한 버터 인형 같았다. 우리는 침실로 갔고 섹스는 좋았다. 미리엄이 항상 쓰는 욕실로 걸어가는 그녀를 보는 것이 낯설었다. 그리고 그녀는 떠났다. 우리 둘 다 그녀가 무언가 빌리고 싶은 것을 빌리러 온 뒤로 아무 말도 하지 않았다. 어쩌면 그녀는 날 빌리고 싶었나 보다.

그리고 사흘 뒤쯤 미리엄이 술을 마시며 말했다. "당신이 뚱땡이랑 뒤치기를 했다는 소리를 들었어요."

"그녀는 뚱뚱하지 않아." 나는 그냥 넘기지 않았다.

"뭐, 알았어요. 하지만 난 용납할 수 없어요, 노력은 했지만. 우린 끝이에요."

"오늘 밤은 그냥 있으면 안 될까?"

"안 돼요."

"그렇지만 나더러 어디로 가라고?"

"지옥으로 꺼져요!"

"함께 한 그 모든 시간 뒤에?"

"함께 한 그 모든 시간 뒤에."

그녀와 풀려고 애썼지만 소용이 없었다. 그녀는 더 나빠졌다.

짐을 싸는 건 쉬웠다. 내가 가진 거라고는 종이 여행가방 절반 정도 차는 쓰레기뿐이니까. 운 좋게도 수중에 돈이 조금 있어서 아주 괜찮은 가격으로 킹슬리드라이브에 아파트를 찾았다. 그렇지만 미리엄이 버터뚱보와의 일을 어떻게 알았는지는 레니를 의심하지 않고서는 이해할 수 없었다. 그래서 차분하게 조합해 보았다. 그들은 다 친구고 함께 이야기를 나누었다. 직접적으로 혹은 마음속으로 혹은 남자들은 이해할 수 없는 여자들만의 방식으로. 여기에 살짝 외부 정보가 더해져 불쌍한 남자가 끝장이 난 것이다.

가끔 서쪽으로 차를 몰 때면 클럽 빌보드를 살핀다. 거기 있다. 레니 폭스. 다만 그녀는 헤드라인에 있지 않다. 메인 스트리퍼는 두꺼운 형광색으로 이름이 적혀 있고 그 아래로 레니와 한두 명이 더 보였다. 난 절대 그곳에 들어가지 않았다.

스리프티 드러그 스토어 밖에서 미리엄을 한 번 더 보았다. 그녀는 개를 데리고 왔다. 개가 내게 튀어 올랐고 난 개를 쓰다듬으며 토닥여 주었다.

　"어쨌건." 내가 냉소적으로 말했다. "개는 날 보고 싶어 하네."

　"개가 당신을 보고 싶어 하는 걸 알고 있었어요. 그래서 어느 날 밤 당신에게 보여 주려고 데려왔는데 벨을 누르기도 전에 여자애 웃음소리가 들리더군요. 방해하고 싶지 않아서 우린 자리를 떴어요."

　"당신은 완전히 착각한 거야. 난 아무도 안 만나."

　"난 아무것도 착각하지 않았어요."

　"저기, 내가 언제 들를게."

　"아니, 그러지 말아요. 난 괜찮은 남자친구가 있어요. 그 사람은 직업도 좋아요. 그는 일해요! 그는 일하는 걸 두려워하지 않아요!"

　그렇게 여자와 개는 몸을 돌려 나와 내 인생, 내 두려움에서 멀어져 가며 날 향해 엉덩이를 씰룩거렸다. 난 가만히 서서 근처에 사람이 있는지 살폈다. 아무도 없었다. 난 모퉁이에 있었다. 신호가 빨강으로 바뀌었다. 난 지켜보았다. 신호가 초록으로 바뀌자 냉혹한 거리를 건넜다.

*

　내 절친(적어도 난 그를 친구라고 생각한다)이자 이 시대 최고의 시인인 그가 그것으로 고통받으며 지금 런던에 있고, 그리스인과 고대인은 그것을 알았고 그것은 어느 나이대에서든 일어날 수 있지만, 가장 좋은 나이는 50을 향해 가는 40대 후반이고 난 그것을 부동성이라고 생각한다. 움직임이 약해지고 세심함과 궁금증이 줄어드는 시기. 그것을 냉동인간 상태라고 생각하지만, 비록 그걸 상태라고 부를 수는 없지만, 덕분에 우리는 시신을 약간의 유머를 가지고 볼 수 있다. 안 그러면 암흑이 너무 짙을 것이다. 모든 사람이 가끔 고통을 받고 냉동인간 상태가 되는데 그 상태는 아주 평이한 문장으로 가장 잘 드러난다. "난 그냥 할 수 없어." 아니면 "될 대로 되라지." 혹은 "브로드웨이에 내 안부를 전해 줘." 그러나 보통은 재빨리 회복하고 계속 아내를 패고 시간기록계를 부순다.

　하지만 내 친구에게 냉동인간 상태는 어린아이의 장난감이 소파 밑으로 던져진 상황이 아니었다. 그런 거라면 얼마나 좋을까! 그는 스위스, 프랑스, 독일, 이탈리아, 그리스, 스페인, 영국의 의사들을 찾아갔고, 그들은 아무것도 해 주지 못했다. 한 의사는 벌레 치료를 했다. 또 다른 의사는 작은 바늘을 손과 목, 등에 수천 개나 꽂았다. "그런 것 같아." 그가 내게 보낸 편지에 이렇게 썼다. "바늘은 아주 제대로 속여 주고 있어." 다음 편지에서는 그가 괴상한 부두교 행위를 할 거라는 이야기를 들었다. 다음번에는 아무것도 하지 않았다. 최후의 냉동인간. 이 시대 최고의 시인이 작고 더러운 런던의 작은 방 침대에 틀어박혀 굶주리고 보조금으로 근근이 살아가다니. 천장만 쳐다보며 글을 쓰거나 말을 내뱉을 수도 없고 결국 그가 원하든 원하지 않든 신경을 쓸 수도 없다. 그의 이름은 세계적으로 알려져 있다.

이 위대한 시인이 똥통에 주저앉은 걸 잘 이해할 수 있지만 이상하게도 기억을 떠올려 보면 난 냉동인간 상태로 태어났다. 또 하나 기억나는 일은 우리 아버지, 비겁하게 사악하고 잔인한 인간이 욕실에서 긴 가죽끈, 채찍 뭐 그런 걸로 날 때린 것이다. 그는 꽤 정기적으로 날 때렸다. 난 사생아로 태어났고 아버지는 자신의 문제를 다 내 탓으로 돌린 것 같다. 아버지는 이런 노래를 부르며 걷곤 했다. "내가 싱글일 때 내 주머니는 두둑했지!" 하지만 아버지는 노래를 자주 부르지 않았다. 날 때리느라 너무 바빴으니까. 내가 일곱 혹은 여덟 살이 되기도 전에 그는 이런 죄책감을 나에게 거의 다 씌웠다. 난 아버지가 왜 날 때리는지 이해할 수 없었다. 아버지는 아주 열심히 이유를 찾았다. 난 일주일에 한 번 아버지의 잔디를 깎았는데 한 번은 가로로 한 번은 세로로 맞추어 깎은 다음 가장자리를 다듬었고 앞이나 뒤나 잔디 한 올이라도 빠뜨리면 아버지는 미친 듯이 날 두들겨 팼다. 맞은 다음엔 밖으로 나가서 잔디에 물을 줘야 했다. 그러는 동안 다른 아이들은 야구나 축구를 하고 놀면서 평범한 인간으로 자랐다. 가장 큰 고비는 항상 늙은이가 잔디 하나를 뽑아 자기 눈높이에 맞출 때 찾아온다. 아버지는 항상 하나를 찾아냈다. "저기, 보이네! 네가 하나를 빠뜨렸어! 하나를 빠뜨렸다고!" 그러고는 괜찮은 독일 여성인 어머니가 이 시간쯤이면 항상 서 있는 욕실 창문을 향해 소리쳤다. "이 애가 하나를 빠뜨렸어! 내가 봤어! 내가 봤다고!" 그리고 어머니의 목소리가 들렸다. "아, 하나를 빠뜨렸어요? 어머, 어쩌나, 이를 어째!" 난 어머니 역시 자기 문제를 내 탓으로 돌린다고 생각했다. "욕실로 와!" 아버지가 소리쳤다. "욕실로 와!" 그래서 난 욕실로 갔고 가죽끈이 나오고 매질이 시작됐다. 고통은 끔찍했지만 나는 꽤 벗어났다고 느꼈다. 그러니까 정말로 관심이 없었다. 때리는 건 내게 아무 의미도 아니었다. 부모님에게 어떤 애착도 없어서 사랑이나 신뢰나 따뜻함을 배신당했다는 기분이 전혀 들지 않았다. 가장 힘든 부분은 우는 거였다. 난 울고 싶지 않았다. 잔디를 깎는 것처럼 우는 건 더러운 일이다. 부모님이 내게 매질한 뒤 난 잔디에 물을 주었고 그다음에 베개를 쿠션 삼아 앉으라고 건넸을 때 난 베개가 필요하지 않았고 울고 싶지도 않아서 어느 날 그러지 않기로 했다. 가죽끈이 내 헐벗은 엉덩이를 때리는 소리밖에 들리지 않았다. 침묵 속에서 신기하고 고기 같고 섬뜩한 소리가 났고 난 욕실 타일만 뚫어져라 쳐다보았다. 눈물이 흘렀지만 소리 내지 않았다. 아버지가 때리는 것을 멈췄다. 보통 아버지는 열다섯 번 혹은 스무 번 정도 때렸다. 그런데 일곱 번 혹은 여덟 번 만에 멈췄다. 그리고 욕실을 나갔다. "여보, 여보, 이 아이가 미친 것 같아. 내가 매질을 하는데도 울지 않아!" "그 애가 미친 것 같아요?" "맞아, 여보." "아, 참 안타깝네요!"

그것이 냉동소년을 처음 알아볼 수 있는 상태였다. 내가 어딘가 잘못되었다는 것을 알았지만 나 스스로를 미쳤다고 생각하지 않았다. 그저 다른 사람들이 왜 그렇게 쉽게 화를 내는지, 그랬다가 어떻게 그렇듯 쉽게 화를 잊어버리고 즐거워지는지, 모든 것이 너무 지루한데 어떻게 그 모든 것에 흥미를 보일 수 있는지 이해되지 않을 뿐이었다.

난 운동이나 또래와 어울리는 것도 잘하지 못했는데 연습이 매우 부족했기 때문이다. 난 진짜 겁쟁이가 아니었다. 두려움도, 신체적 연약함도 없고 항상 누구보다 뭐든 더 잘했다. 하지만 그런 분발이 내게 문제가 되지 않았다. 친구와 주먹다짐을 할 때도 화가 나지 않았다. 당연한 결과였기에 싸울 뿐이었다. 다른 이유는 없었다. 난 얼어 버렸다. 상대의 화나 분노를 이해할 수 없었다. 그의 얼굴과 태도를 살피고 그를 때리고 싶다는 생각보다는 혼란스러웠다. 간간이 내가 알 수 있는 좋은 상대가 나타나기도 했지만 이내 무기력으로 되돌아갔다.

그리고 항상 아버지가 집 밖으로 뛰쳐나왔다. "됐어! 싸움은 끝났어. 끝이라고. 끝이야! 끝났다고!"

남자애들은 우리 아버지를 무서워했다. 모두가 도망쳤다.

"넌 남자가 아니야, 헨리. 다시 맞아야겠어!"

난 대답하지 않았다.

"여보, 우리 아이가 척 슬로안이 때리는데 가만히 맞고 있었어!"

"우리 아들이요?"

"그래, 우리 아들이."

"안타깝군요!"

난 아버지가 마침내 내 속의 냉동인간을 알아차렸다고 생각했지만 아버지는 그 상황을 완전히 자신을 위해 이용했다. "아이는 눈에 보여야 하지만 어른이 하는 말을 엿들어서는 안 된다." 아버지는 이렇게 주장했다. 그래도 상관없었다. 난 할 말이 아무것도 없었으니까. 관심이 없었다. 난 얼어 버렸다. 처음에도 나중에도 영원히.

난 열일곱쯤에 술을 마시기 시작했고 거리를 떠돌아다니고 주유소와 주류 상점을 터는 형들과 어울렸다. 그들은 내가 모든 것을 싫어하는 게 두려움이 없어서라고 생각했으며, 내가 불평하지 않는 건 영혼 가득 담긴 허세라고 여겼다. 난 인기가 많았는데 신경도 안 썼다. 난 얼어 버렸다. 형들이 내 앞에 위스키와 맥주, 와인을 한가득 가져다 놓았다. 난 그것들을 마셨다. 아무것도 날 제대로 완전히 취하게 할 수 없었다. 다른 애들은 바닥에 넘어지고 싸우고 노래를 부르고 비틀거렸지만 난 조용히 테이블 앞에 앉아 잔을 홀짝였다. 점차 감각이 무뎌지며 상실감이 찾아왔지만 고통스럽지는 않았다. 그냥 전깃불과 소리, 몸들과 다른 게 조금 더 있을 뿐.

그런데 난 여전히 부모님과 살았고, 1937년은 우울한 시기였지만 열일곱이 일자리를 얻기란 불가능했다. 난 현실을 벗어나려고 습관처럼 거리로 나섰다. 그리고 문을 두드렸다.

어느 날 밤 어머니가 문에 난 작은 창을 열고 소리쳤다. "저 애가 술에 취했어요! 또 술을 마셨어요!"

그리고 방 뒤쪽에서 큰 목소리가 들렸다. "그 애가 또 술을 마셨다고?"

아버지가 작은 창문으로 다가왔다. "널 들여보낼 수 없어. 넌 네 엄마와 조국의 수치야."

"밖은 추워요. 문을 열어 주세요. 안 그럼 부술 거예요. 집 안에 들어가려고 여기까지 걸어왔어요. 그거 말고는 바라는 게 없어요."

"아니, 아들아, 넌 내 집에 들어올 자격이 없어. 넌 네 엄마와 조국의 수치……."

난 다시 현관으로 돌아가 어깨를 낮추고 몸을 숙였다. 내 행동이나 움직임에는 어떤 화도 없었고 다만 특정한 모습을 유지한 채 집에 도착해야 한다는 수학적 계산만 있었다. 난 문을 부쉈다. 열리지 않았지만 커다란 금이 갔고 자물쇠가 반쯤 부러졌다. 난 현관 끄트머리로 가서 다시 어깨를 낮췄다.

"좋아, 들어와." 아버지가 허락했다.

난 안으로 들어갔지만 그들의 얼굴, 아무것도 없는 텅 비고 추악한 악몽 같은 마분지 얼굴을 보니 속에서 마신 술이 올라와 메스꺼웠다. 생명의 나무로 장식된 그들의 멋진 러그 위로 토사물을 쏟아 냈다. 아주 많이 토했다.

"러그에 똥 싼 개를 우리가 어떻게 하는지 아니?" 아버지가 물었다.

"아뇨."

"우린 그 코를 똥에 박아 버려! 그래야 다시는 안 그러지!"

난 대답하지 않았다.

아버지가 다가와 내 목덜미를 잡았다. "넌 개야."

난 대답하지 않았다.

"우리가 개한테 어떻게 하는지 알지?"

아버지는 계속 내 머리를 생명의 나무 위에 내가 흘린 토사물 쪽으로 눌렀다.

"우린 그 코를 똥에 박아 버려서 다시는 못 그러게 해."

훌륭한 독일 부인인 어머니가 잠옷 차림으로 서서 조용히 지켜보았다. 난 항상 어머니가 내 편을 들고 싶어 한다고 생각했지만 어머니의 젖을 한 번 빨고 난 뒤부터 완전히 틀린 생각이라는 것을 알았다. 내 편은 없었다.

"저기, 아버지." 내가 단호하게 말했다. "그만두세요."

"아니, 아니, 우리가 개한테 어떻게 하는지 알지!"

"그만두라니까요."

아버지는 계속 내 머리를 누르고, 누르고, 또 눌렀다. 내 코가 거의 토사물에 닿았다. 난 냉동인간이지만 냉동인간은 또한 얼어 있고 녹지 않는다는 뜻이기도 하다. 내 코를 토사물 속에 밀어 넣어야 하는 하등의 이유를 찾을 수 없었다. 이유가 있다면 내가 직접 코를 박았을 것이다. 보살핌이라거나 명예라거나 화 같은 문제가 아니라 내 특별한 수학식에서 벗어나는 행동이었다. 내가 가장 좋아하는 말을 쓰자면 난 역겨웠다.

"그만두세요." 내가 다시 말했다. "마지막으로 말하는데 그만두라고요!"

아버지는 내 코를 거의 토사물까지 밀었다.

난 발꿈치를 돌리고 몸을 숙이고 힘을 실어 세게 어퍼컷을 날렸다. 아주 세게 그리고 정확하게 턱을 가격했고 아버지는 심하게 비틀거리며 뒤로 넘어졌다. 마침내 잔인한 왕국이 무너졌고 아버지는 소파로 나가떨어져 팔을 벌린 채 마약을 한 동물처럼 눈이 흐리멍덩해졌다. 동물? 개의 차례가 되었고 난 소파로 걸어가 아버지가 일어나길 기다렸다. 아버지는 일어나지 않았다. 그냥 가만히 날 쳐다보았다. 아버지는 일어나지 않을 터였다. 모든 분노를 가진 아버지는 겁쟁이였으니까. 놀랍지 않았다. 그리고 난 생각했다. 아버지가 겁쟁이니까 나도 겁쟁이일지 모른다고. 하지만 냉동인간으로서 그 사실에 아무런 고통도 없었다. 상관없었다. 어머니가 손톱으로 내 얼굴을 긁으며 계속 소리쳐도 말이다. "네가 네 아버지를 때렸어! 네가 네 아버지를 때렸어! 네가 네 아버지를 때렸다고!"

상관없었다. 마침내 난 어머니를 향해 완전히 얼굴을 돌려서 어머니가 할퀴고 소리치고 손톱으로 난도질하고 내 얼굴을 뜯게 내버려 두었다. 빌어먹을 핏방울이 떨어져 내 목을 타고 셔츠로 흐르고 망할 생명의 나무에 떨어져 얼룩과 덩어리 자국을 남겼다. 난 더 이상 흥미가 없어서 기다렸다. "네가 네 아버지를 때렸어!" 그리고 난도질이 잦아들었다. 난 기다렸다. 그들은 멈췄다. 그리고 다시 한두 차례 시작되었다. "네가…… 네…… 아버지를…… 때렸어……. 네 아버지를…….."

"다 끝났나요?" 내가 물었다. '네'와 '아니오' 이후 어머니에게 10년 만에 꺼낸 말이었다.

"그래." 어머니가 대답했다.

"네 방으로 올라가." 아버지가 소파에 앉아서 말했다. "아침에 보자. 아침에 너랑 이야기해야겠어!"

그런데 다음 날 아침 그는 냉동인간이었고, 자신이 선택한 건 아니라고 생각했다.

*

우리 어머니가 그랬듯 내연녀와 창녀들이 내 얼굴을 긁어도 종종 내버려 두었는데 이것이 가장 나쁜 습관이다. 냉동되었다고 자칼에게 자리를 내주는 것은 아니고 아이들과 늙은 여자들, 일부 강인한 남자들도 지금 내 얼굴을 보면 흠칫 놀라기 때문이다. 아무튼 말을 계속하자면 이 냉동인간 이야기가 평범한 이야기보다 내게 흥미를 보일 테니(흥미: 수학적 분석) 줄여서 핵심만 말해 보겠다. 제기랄. 아주 웃긴 유머(유머: 수학적 분석이고 난 이런 것들에 아주 진지하다)는 로스앤젤레스고등학교 시절, 아마 1938년? 1937년? 그쯤? 1936년인가? 군대에서 하는 일에 전혀 관심이 없는 상태로 ROTC에 참가했다. 난 그레이프프루트처럼 누렇고 큰 종기가 온몸에 엄청나게 퍼졌고, 그래서 두 가지 선택의 기로에 섰다. ROTC에 들어가거나 헬스클럽에 운동하러 가거나. 사실 진짜 괜찮은 남자는 다 헬스클럽에 있었다. 냉동인간인 나처럼 머저리에 얼간이에 미치광이들이 ROTC로 갔다. 전쟁은 아직 인도적이지 않았다. 히틀러는 RKO의 파테 뉴스에서 횡설수설하는 찰리 채플린 같은 우스꽝스러운 멍청이였다.

군복이 내 종기를 가려 주었기에 ROTC로 갔다. 운동복을 입으면 다 드러났다. 지금 와서 생각해 보니 종기가 신경 쓰인 건 내가 아니라 사람들 눈이었다. 종기는 그들의 분비선을 화나게 할 수도 있었다. 동굴에 사는 남자인 나 같은 냉동인간에게 종기는 고민거리가 아니었지만 그걸 문제로 만드는 것은 평범한 사람들처럼 내가 생각지 못한 부분들이었다. 얼었다고 해서 비현실적이라는 의미는 아니다. 냉동은 언 상태로 남아 있는 것이고 그 밖의 다른 부분은 다 미쳤다.

최대한 망가지지 않으면 어디로든 흘러가는 법이다. 난잡한 내 종기를 사람들 눈길에 드러내는 짓을 하고 싶지 않았다. 그래서 스스로 군복을 입고 그런 눈길들을 피했다. 그러나 ROTC가 되고 싶지는 않았다. 난 냉동인간이니까.

자, 어느 날 빌어먹을 전투 혹은 뭐라고 부르든 간에 난 여전히 일병이었고 학교 전체가 무슨 총기 조작법 경연 대회가 되어 그랜드스탠드는 멍청이들로 발 디딜 틈이 없었다. 우리는 거기 서서 동작을 보여 주었고 날은 덥고, 난 냉동인간이라 뭐 신경 안 쓰지만, 우리는 규칙을 따랐고 이내 우리 중 50퍼센트만 남았고 이내 25퍼센트로 줄었고 곧 10퍼센트가 되었지만 난 여전히 거기 서 있었다. 얼굴은 유니폼으로 덮을 수 없어서 이 크고 빨갛고 추악한 종기가 드러났고 날은 너무 더웠고 난 마음속으로 생각하려고 애썼다. 실수해, 실수해, 실수하라고. 그렇지만 나는 자동적으로 숙련되었고 내가 상관하지 않았지만 잘못할 수가 없었고 억지로 실수를 만들 수 없었는데, 그건 내가 너무 냉동인간이라서 그렇다! 그렇게 겨우 두 사람, 나와 내 친구 지미만 남았다.

지미는 병신이고 그는 이 일이 필요했고 그가 우승하면 좋을 것이다. 난 실제로 이렇게 생각했다. 하지만 지미는 망쳤다. 명령이 '세워 총!' 아니 '세워……' 그러고 나서 좀 있다가…… '총!'이었다. 난 형편없는 군인이라 지금은 정확한 구령이 기억나지 않는다. 볼트를 약실에 집어넣는 뭐 그런 거였다. 그런데 많은 사람이 신경 써 주고 사랑받는, 혹은 적어도 예쁨을 받는 지미가 볼트를 잘못 썼다. 그래서 난 홀로 그 자리에 섰다. 종기들이 내 가려운 올리브색 울 칼라 밖으로 튀어나오고, 내 머리 사방으로 나고, 심지어 머리 꼭대기에도 난 상태로 더운 햇살 아래 그 자리에 행복하지도 슬프지도 않고 흥미도 없는 아무렇지도 않은 기분으로 서 있었다. 스탠드의 아름다운 소녀들이 불쌍한 지미를 보고 한숨을 쉬었다. 그의 어머니와 아버지는 왜 이런 일이 벌어졌는지 이해하지 못해서 고개를 숙였다. 나도 생각하려고 애썼다. 불쌍한 지미. 하지만 그게 내가 생각할 수 있는 전부였다.

ROTC를 운영하는 늙은 남자는 평생을 군대에서 보낸 무제트 대령이었다. 그가 내 가려운 셔츠 위로 메달을 걸어 주었는데 그 얼굴이 아주 많이 슬퍼 보였다. 그는 날 머리가 텅 빈 청년 정도로 생각했고 난 그를 미치광이라고 생각했다. 그는 내게 메달을 달아 주고 악수를 건넸다. 난 그의 손을 잡고 미소를 지었다. 훌륭한 군인은 결코 미소를 짓지 않는다. 그 미소가 일이 잘못되었다는 것을 알지만 그건 이미 내 손을 떠났다는 의미를 그에게 전해 주었다. 그리고 동료, 부대원, 소대 내 빌어먹을 지옥으로 행군해 돌아왔다. 그러자 중위가 모두에게 주목하라고 명령했다. 지미의 성은 해드퍼드 뭐 그런 거였다. 믿지 못하겠지만 이 일이 실제로 일어났다.

중위가 사람들에게 말했다. "해드퍼드 일병이 총기 조작법 경연 대회에서 우승에 아주 근접했다는 점을 축하하는 바이다."

그러고 나서 "쉬어!" 그리고 "헤쳐!" 혹은 "해산!" 뭐 그런 빌어먹을 말을 했다.

난 다른 사람들이 지미와 이야기하는 것을 보았다. 아무도 내게 어떤 말도 하지 않았다. 지미의 어머니와 아버지가 스탠드에서 나와 그에게 팔을 둘러 포옹했다. 우리 부모님은 거기 없었다. 난 운동장을 걸어 나와 거리로 갔다. 메달을 벗어 손에 들고 걸었다. 유감, 두려움, 기쁨, 분노 혹은 직접적인 이유가 없는 상태에서 메달을 약국 밖에 있는 하수관으로 던져 버렸다. 지미는 몇 년 뒤 영국해협에서 격추되었다. 그의 폭격기가 큰 타격을 입었고, 그는 수하들에게 탈출하라고 지시한 뒤 비행기를 영국 쪽으로 돌리려고 애썼다. 하지만 성공하지 못했다. 그 무렵 나는 필라델피아에서 불합격자로 살았다. 거대한 돼지처럼 생긴 136킬로그램짜리 창녀와 잠자리를 하고 그녀가 내 침대 다리 네 개를 다 부수고 섹스하는 동안 몸을 튕기고 땀을 흘리고 방귀를 뀌었다.

난 냉동인간의 맥락에서 계속 살아가며 사건을 일으킬지도 모른다. 내가 절대 신경 쓰지 않는다거나 절대 화를 내지 않는다거나 절대 증오하지 않는다거나 절대 희망을 갖지 않는다거나 절대 즐거워하지 않는다는 건 사실이 아니다. 내가 완전히 열정이나 감정이나 뭐 그런 것들이 없다고 말하는 것이 아니다. 내 감정, 내 생각, 내 방식이 아주 이상하게 달랐고 내 또래들과 반대라는 점이 낯설 뿐이다. 난 결코 그들과 어울리지 못한 것 같고, 그래서 그들의 선택과 내 방식 모두를 통해 얼어 버렸다. 런던에 사는 시인 친구가 냉동인간의 경험을 적어 보낸 편지로 이 이야기를 마무리하려 하니 부디 졸지 말고 들어 주기 바란다.

난 이 어항에 있어. 너도 알겠지만 커다란 수족관이고 내 지느러미는 이 커다란 바닷속을 헤엄칠 만큼 강하지 못해. 내가 할 수 있는 것을 하지만 확실히 마법은 사라졌어. 갑자기 찾아온 신체적 불쾌함에서 벗어나려고 나 자신을 추스르거나 '영감'을 받으려고 노력하지 못하겠어. 글도 못 쓰고 섹스도 못 하고 빌어먹을 아무것도 못 하고 있어. 술도 못 마시고 음식도 못 먹고 발기도 되지 않아. 그냥 식은 칠면조처럼 불쾌할 뿐이야. 게다가 우울하고 지금은 아무것도 되지 않는 것 같아. 긴 동면기, 길고 어두운 밤이 이어질 것 같아. 난 햇살을 좋아했고 지중해의 밝음과 눈부심, 화산의 끝자락에 살았지. 그리스에 있을 때는 적어도 빛이 있고 사람들이 있고 심지어 사랑이라고 부르는 것도 있었어.

그런데 지금은 아무것도 없어. 중년의 얼굴들. 아무 의미 없는 젊은 얼굴이 지나치며 미소를 짓고 인사를 건네지. 아, 차가운 잿빛 어둠이 있어. 옛 시는 시골에 처박혀 있어. 저승으로 가는 스틱스강에. 구린 냄새가 나. 의사부터 병원까지 변을 채취하고 오줌을 채취하고 늘 같은 얘기야. 간 검사와 췌장 검사 결과가 비정상이라고. 하지만 아무도 어떻게 해야 할지 모르고 오로지 나만 알아. 이 정글에서 벗어나 신비로운 젊은 여성을 만나는 것이 유일한 길이야. 날 돌봐 주고 요구 사항이 별로 없고 따뜻하고 조용하고 말이 많지 않은 다정한 시골 아가씨. 그녀는 어디에 있지? 빌어먹을, 나는 그녀가 원하는 걸 줄 수 없는데. 아닌가??? 물론 이것이 내게 필요한 전부일 수도 있어. 그렇지만 어디서 어떻게 찾아야 할까? 내가 거친 사람이면 좋았을 텐데. 그러면 자리에 앉아 처음부터 다시 시작할 수 있을 텐데. 종이에 더 강하고 분명하고 날카롭게 쓸 수 있을 텐데. 그런데 지금은 내게서 뭔가가 빠졌고 난 시간을 죽이며 타협하고 있어.

하늘은 검고 분홍색이고 오후 4시 40분에 노을이 졌어. 밖에서 도시가 포효해. 늑대들이 동물원에서 서성거리고 있

어. 타란툴라는 전갈 옆에 웅크리고 있지. 수벌들이 여왕
벌을 모시고 있고. 개코원숭이가 흉악하게 으르렁거리며
가랑이에 둔 더러운 바나나와 사과를 자신을 놀리는 미친
아이들에게 던져. 내가 죽어 가고 있다면 캘리포니아로 가
서 로스앤젤레스에서 먼 해안을 따라 아래로 내려가 멕시
코 근처 어디 해변에 있고 싶어. 하지만 그건 꿈이지. 아무
튼 그렇게 하고 싶어. 하지만 미국에서 받는 모든 편지는
여기 있었던 시인과 작가들이 보낸 것이고, 그들은 대서양
의 그곳에서 미국이 지금 얼마나 엉망인지, 얼마나 형편없
는 사건들이 벌어지는지 들려주곤 해. 모르겠어. 난 한 번
도 금전적으로 흔들려 본 적이 없어서. 내 후원자들이 여
기 있는데 내가 돌아가면 그들이 후원을 중단하겠지. 그들
은 나와 가까이 있고 싶어 하니까. 그래, 전력을 다해야지.
아, 잠시만, 이 끔찍하게 지루한 편지를 용서해 줘. 난 영감
을 얻지 못하고 제대로 글을 쓰지 못하겠어. 그냥 의사의
진료청구서와 다른 고지서들과 검은 하늘과 검은 태양을
볼 뿐이야. 어쩌면 뭔가가 바뀌겠지. 얼마 안 가서……. 이
치가 그래. 트라랄라, 눈물 없이 맞이하자고. 힘내자, 친구.
　　　　　　　　　　　'X'(유명한 시인, 편집자)로부터

*

런던에 사는 친구가 훨씬 말을 잘하지만 그가 하는 말이 무슨

소리인지 내가 어떻게 잘 알아들을 수 있을까. 세상에 많은 생기 넘치는 매춘부들과 그들의 흐트러져 엉망인 마음가짐이 우리를 나태하다거나 수치스러운 게으름 혹은 자기 연민으로 규탄하게 만든다. 하지만 그건 이런 것들과는 다르다. 우리에 갇혀 얼어 버린 사람만이 알 수 있다. 그러나 제길, 우리는 우리만의 방식으로 헤쳐 나가 기다려야 한다. 무엇을 기다리느냐고? 그러니까 기운을 내야 한다. 심지어 난쟁이도 발기가 되는데 난 마테오 플라치이자 동시에 니콜라스 콤바츠고 오직 마리나, 내 어린 딸만이 태양이 말하지 않을 때 정오에 빛을 가져다줄 수 있다. 터미널 별관과 합동역 사이 광장에 늙은이가 원 안에 앉아서 비둘기를 지켜보는데 원 안에 몇 시간 동안 앉아서 비둘기를 지켜보며 멍하게 있다. 난 얼어 버렸지만 울 수 있다. 저녁이 되면 우리는 무감각한 꿈을 꾸며 땀을 흘릴 것이다. 갈 곳은 한 곳밖에 없다. 트라 라라라. 라라. 라.

*

서점에서 그녀를 만났다. 그녀는 딱 붙는 미니스커트에 엄청나게 높은 하이힐을 신었고 헐렁한 파란 스웨터 차림인데도 가슴이 꽤 두드러졌다. 얼굴은 아주 뾰족하고 수수한데 화장하지 않았고 아랫입술이 좀 벌어졌다. 하지만 그런 몸매라면 몇 가지 거슬리는 건 눈감아 줄 수 있다. 그런 그녀를 보호하는 수컷이 없는 게 참 이상했다. 그러다 그녀의 눈을 보았는데 세상에, 동공이 없는 것 같았고 그저 깊고 깊은 어둠만 보였다. 난 그 자리에 가만히 서서 그녀가 몸을 구부리고 또 구부리는 것을 지켜보았다. 책을 찾으려고 몸을 숙이거나, 혹은 쭉 뻗었다. 미니스커트가 들리며 내게 지방과 마법 같은 허벅지를 드러냈다. 그녀는 신비주의 분야에서 책을 찾아 돌아다녔다. 난 《말을 이기는 법》을 내려놓고 그녀에게 걸어갔다.

"실례합니다." 내가 말을 걸었다. "마치 자석처럼 이끌려 왔어요. 당신 눈에요." 거짓말을 했다.

"운명은 곧 신이죠." 그녀가 말을 받았다.

"당신이 신이에요. 당신이 내 운명입니다." 내가 대답했다. "내가 술 한잔 사도 될까요?"

"좋아요."

우리는 바로 옆 건물의 술집으로 갔고 영업 시간이 끝날 때까지 거기 있었다. 난 그녀와 대화 같은 것을 나누었고 그게 유일한 방법임을 파악했다. 그랬다. 그녀를 내 집으로 데려왔고, 그녀는 아름다운 섹스 파트너였다. 우리는 3주를 만났다. 그녀에게 청혼하자 그녀는 오랫동안 날 가만히 쳐다보았다. 그녀가 너무 오래 쳐다보는 바람에 그녀가 내가 한 말을 까먹었다고 생각했다.

마침내 그녀가 입을 열었다. "뭐, 좋아요. 하지만 난 당신을 사랑하지 않아요. 그저 이렇게 느낄 뿐이에요. 내가 반드시…… 당신이랑 결혼해야 한다고. 사랑뿐이었다면 그 유일한 사랑을 난 거절했을 거예요. 당신이 보다시피…… 그건……

잘 안 될 거니까요. 뭐, 해야 하는 건 해야 하니까."

"알았어, 자기."

우리가 결혼한 뒤로 미니스커트와 하이힐은 다 사라지고 그녀는 발목까지 내려오는 빨간색 코듀로이 롱 가운을 걸쳤다. 그 가운은 별로 깨끗하지 않았다. 게다가 그녀는 닳아 빠진 파란색 슬리퍼를 신었다. 그 차림으로 거리에 나가고 극장에 가고 사방을 돌아다녔다. 특히 아침 먹을 때 가운 소맷자락이 버터 바른 토스트에 닿는 걸 좋아했다.

"이봐!" 내가 지적했다. "사방에 버터를 묻히잖아!"

그녀는 대답하지 않고 창밖을 쳐다보며 말했다. "우와아아아아! 새예요! 나무에 새가 있어요! 새가 보여요?"

"그래."

아니면 이렇게 말했다. "우와아아아아아! 거미예요! 하느님의 창조물을 봐요! 난 거미를 좋아해요! 왜 사람들이 거미를 싫어하는지 모르겠어요! 당신도 거미가 싫은가요, 행크?"

"난 거미 같은 걸 별로 생각해 본 적이 없어."

집 안이 거미, 벌레, 파리, 바퀴벌레 천지였다. 하느님의 창조물들. 그녀는 끔찍한 가정주부였다. 그녀는 살림 같은 건 별로 상관 안 한다고 말했다. 난 그녀가 그저 게으르다고 생각했다. 그리고 좀 모자란다는 생각이 들기 시작했다. 그래서 전일제 가정부 펠리카를 고용했다. 아내의 이름은 예본나다.

어느 날 밤 집에 와 보니 둘이서 거울 뒷면에 뭔 연고 같은 걸 바르고 손으로 문지르며 이상한 말을 하고 있었다. 둘 다 거울을 들고 깜짝 놀라더니 비명을 지르고 도망치며 숨었다.

"세상에, 맙소사." 내가 놀라서 물었다. "지금 무슨 짓을 하는 거야?"

"본인이 아닌 사람이 마법의 거울을 들여다보면 안 돼요." 내 아내 예본나가 말했다.

"맞아요." 가정부 펠리카가 맞장구를 쳤다. 그런데 펠리카는 집 치우는 걸 그만두었다. 그녀는 청소 따윈 관심 없다고 잘라 말했다. 그렇지만 난 그녀를 계속 고용했다. 예본나처럼 침대에서 좋고 요리를 잘해서였지만 그녀의 요리가 정확히 어떤 건지 확신이 든 적은 없었다.

예본나는 우리의 첫아이를 임신한 동안 평상시보다 더 이상하게 행동했다. 계속 이상한 꿈을 꾸고 나에게 악마가 이 집을 점령하려 한다고 말했다. 그녀의 몸속까지도. 그 모체가 어떻게 생겼는지도 말해 주었다. 고양이가 두 가지 형상으로 나타났다. 한쪽은 나와 아주 비슷하게 생긴 남자이고, 다른 쪽은 사람의 얼굴에 고양이 몸에 독수리의 다리와 발톱, 박쥐의 날개를 가진 형상이라고 했다. 그 형상은 그녀에게 결코 말을 걸지 않았지만 그걸 쳐다보기만 해도 이상한 생각이 들었다고 했다. 그녀가 든 이상한 생각이란 내가 그녀의 절망의 원인이며 그녀에게 파괴하고 싶은 엄청난 충동을 일으킨다는 것이다. 그 대상은 바퀴벌레나 파리나 거미나 모퉁이에 몰려 있는 더러운 것들이 아니라 돈이 나가는 것들이었다. 그녀는 가구를 부수고 차양을 벗기고 커튼과 소파를 불태우고 화장실 두

루마리 휴지를 방으로 집어 던지고 온 집이 물바다가 될 때까지 욕조에 물을 틀어 두고 잘 알지도 못하는 사람들에게 엄청나게 장거리 전화를 해댔다. 그녀가 그럴 때면 내가 할 수 있는 건 펠리카와 침대로 가는 것뿐이었다. 잊고 싶어서 책에 나오는 모든 테크닉을 활용해 서너 차례 잠자리를 가졌다.

마침내 예본나를 정신과 의사에게 데려갔다.

그녀가 확신을 가지고 말했다. "확실히, 아주 분명하지만 그건 터무니없는 생각이에요. 당신 머릿속에 들어 있는 거죠. 당신은 악마이고 당신은 미쳤어요!"

"알았어, 자기. 그치만 가서 의사를 만나 보자, 응?"

"차에 가서 기다려요. 내 발로 나갈 테니까."

그녀는 미니스커트에 하이힐에 새 스타킹을 신고 화장도 했다. 결혼한 이후 처음으로 머리도 빗었다.

"키스해 줘, 자기." 내가 웃으며 말했다. "아래가 단단해졌어."

"싫어요. 가서 의사를 만나요."

정신과 의사와 있으니 그녀는 완전 정상인처럼 행동했다. 악마 이야기는 꺼내지도 않았다. 그녀는 바보 같은 농담에 웃었고 절대 횡설수설하지 않았으며 항상 의사가 주도하게 놔뒀다. 의사는 그녀가 신체적으로 건강하고 정신적으로 안정되었다고 말했다. 그녀가 신체적으로 건강하다는 것은 나도 안다. 우리는 차를 몰았고 그녀는 집 안으로 들어와 미니스커트와 힐을 벗어 버리고 더러운 가운을 걸쳤다. 난 다시 펠리카와 자러 갔다.

우리의 첫아이(나와 예본나의 아이)가 태어난 이후에도 예본나는 계속 악마를 믿었고, 악마는 계속 그녀 앞에 모습을 드러냈다. 조현병이 진행되었다. 한순간 그녀는 조용하고 온순하다가 이내 축 늘어지고, 수다스럽고, 멍하고, 경솔하고 꽤 못돼졌다. 그리고 악마는 계속 나타나 횡설수설 지껄였고 그 어떤 것도 말이 되지 않았다.

간혹 그녀가 주방에 있을 때면 마치 남자 목소리처럼 매우 쉬어 버린 추악한 고함 소리가 들렸다. 그럴 때면 주방으로 가서 그녀에게 물었다. "왜 그래, 자기?" 이어서 말했다. "난 음탕한 인간말짜가 될 거야." 그리고 큰 잔에 술을 따라 마신 다음 거실로 가서 앉았다.

어느 날 그녀가 기분이 안 좋을 때 몰래 집으로 정신과 의사를 데려오는 데 성공했다. 의사는 아내가 정신이상 소견이 있다고 밝히며 정신병원에 입원시키라고 말했다. 난 필요한 서류에 서명하고 공판 기회를 얻었다. 다시금 그녀는 미니스커트에 하이힐 차림으로 나왔다. 그렇지만 이번에는 평범한 사람인 척하지 않았다. 그녀는 지성주의자로 변신했다. 그녀는 자신이 정상이라고 변호하면서 빼어난 언변을 자랑했다. 날 아내를 버리려고 하는 파렴치한으로 몰았다. 그녀는 여러 증인의 증언을 신빙성이 떨어지는 것으로 만들었다. 게다가 법원 의사 두 명을 혼란스럽게 만들었다. 판사가 의사와 상담하고 나서 말했다. "본 법정은 라도스키 부인의 혐의에 대한 증거가 불충분하다고 판결합니다. 따라서 이 재판을 종결하겠습니다."

난 그녀를 집으로 데려갔고, 그녀가 더러운 붉은 가운으로 갈아입고 나올 때까지 기다렸다가 입을 열었다. "빌어먹을, 당신이 날 멍청이로 만들었잖아!"

"당신은 미쳤어요." 그녀는 지지 않았다. "당신의 우울증을 없애기 위해 펠리카랑 자러 가지 그래요?"

난 그렇게 했다. 이번에는 아내가 상아 담뱃대 밖으로 삐져나온 커다란 담배를 피우며 침대 옆에 서서 미소 띤 얼굴로 지켜보았다. 어쩌면 그녀는 마지막으로 괜찮은 척한 것인지도 모른다. 난 꽤 즐겼다.

그런데 다음 날 퇴근하고 집에 와 보니 집주인이 현관 앞에 있었다.

"라도스키 씨! 라도스키 씨, 당신 부인이 이웃들과 다투고 싸움을 벌였어요. 그리고 창문을 다 부숴 버렸어요. 그만 집을 나가 주세요!"

나와 예본나와 펠리카, 우리는 짐을 쌌고 예본나의 어머니가 사는 글렌데일로 갔다. 늙은 장모는 꽤 정정했지만 모든 주술, 마법의 거울, 불타는 향이 그녀에게 내려온 터라 우리더러 프리스코 근교에 자신이 소유한 농장으로 가라고 했다. 우리는 장모에게 아기를 맡기고 길을 나섰다. 그런데 농장에 도착해서 보니 주택을 소작인이 사용하고 있었다. 검은 수염에 덩치도 큰 소작인이 문 앞에 서서 파이널 벤슨이라고 자기 소개를 하며 덧붙였다. "난 평생 이곳에 살아왔고 누구도 날 내쫓을 수 없어. 그 누구도!" 그는 196센티미터 키에 몸무게가 160킬로그

램에 육박했고 늙지도 않아서 우리는 법적 조치가 시작될 동안
농장 끝자락에 셋방을 얻었다.

그리고 첫날 일이 벌어졌다. 새 침대에서 펠리카와 누워 있
는데 다른 방에서 끔찍한 신음 소리와 흐느낌이 들려왔고, 마
치 거실 소파가 무너지는 것 같았다.

"예본나가 안 좋은가 봐." 나는 침대에서 빠져나왔다. "금방
돌아올게."

그녀는 방해를 받았지만 괜찮았다. 파이널 벤슨이 그녀를
올라타고 있었다. 굉장했다. 그는 남자 네 명 몫을 거뜬히 해냈
다. 난 침실로 돌아갔고 보잘것없지만 최선을 다했다.

아침이 왔고 난 예본나를 찾을 수 없었다. "멍청한 여편네가
어디로 갔나 모르겠네."

펠리카와 아침을 먹다가 창밖을 내다보니 예본나가 보였다.
청바지에 칙칙한 황록색 남자 셔츠 차림으로 농장에서 일하고
있었다. 파이널이 그녀와 함께 했다. 두 사람은 뭘 모아서 바구
니에 담았다. 순무 같았다. 파이널이 직접 여자를 얻은 것이다.

"맙소사." 내가 서둘러 말했다. "가자. 여기서 나가. 빨리!"

나는 펠리카와 함께 짐을 쌌다. 우리는 로스앤젤레스로 돌
아와서 모텔을 잡고 집을 알아보았다.

"젠장, 자기." 내가 가벼운 마음으로 말했다. "내 걱정은 끝
났어! 내가 얼마나 고생했는지 당신은 모를 거야!"

우리는 피프스 위스키를 사서 축배를 들고 사랑을 나눈 다
음 평화롭게 잠이 들었다.

난 펠리카의 목소리에 잠을 깼다.

"이 더럽고 성가신 악마!" 그녀가 외쳤다. "무덤에서 쉴 자리가 없어? 네가 내 예본나를 데려가고 지금은 날 따라 여기까지 왔어! 꺼져, 악마야! 꺼지라고! 우릴 내버려 둬!"

난 침대에서 일어나 앉았다. 펠리카가 쳐다보는 쪽을 보니 악마가 보이는 것 같았다. 커다란 얼굴에 석탄처럼 빨간 불길 아래로 주황색 불꽃이 보였고 초록색 입술에 누런 이 두 개가 튀어나왔다. 악마는 머리카락 뭉치를 반짝이며 씩 웃었다. 그 눈이 야한 농담을 하듯 우리를 내려다보았다.

"저기, 난 음탕한 인간말짜가 될 거야."

"꺼져!" 펠리카가 명령했다. "전지전능한 하느님과 부처님과 수천만 신의 이름으로 명하노니 우리의 영혼에서 완전히 떨어지고 지금부터 만 년 동안 나타나지 마!"

난 전깃불을 켰다.

"위스키를 마셔서 그런 거야, 자기. 아주 안 좋은 위스키인데다 여기까지 먼 거리를 오느라 피곤해서 그래."

난 시계를 쳐다보았다. 오후 1시 30분이었고 술 생각이 간절했다. 옷을 챙겨 입었다.

"어디 가요, 행크?"

"주류 상점에. 딱 시간이 맞아. 술을 마시고 머릿속에서 그 커다란 얼굴을 잊어버리자. 완전 많이 마시고."

난 옷을 다 입었다.

"행크?"

"왜, 자기?"

"당신한테 할 말이 있어요."

"해, 자기야. 하지만 얼른 해. 가서 술을 사 와야 하거든."

"난 예본나와 자매예요."

"아, 그래?"

"맞아요."

난 몸을 구부려 그녀에게 입을 맞췄다. 그리고 밖으로 나가 차를 타고 시동을 걸었다. 차를 몰았다. 할리우드에서 술을 구하고 노르망디로 간 다음 계속 서쪽으로 달렸다. 모텔은 동쪽에 있고 버몬트애버뉴 근처다. 파이널 벤슨을 날마다 보게 되는 것도 아니고 그와 연관이 있는 것이 아니니 가끔은 그런 미친 것들을 내버려 두고 자신을 추스르면 된다. 아무도 건드리지 않는 여자를 얻으려면 분명 대가가 따른다. 그러는 동안 항상 어느 바보가 내가 버린 걸 주워 가니 죄책감이나 유기한다는 느낌을 가질 필요가 없다.

바인스트리트 근처 호텔 같은 곳에 멈추고 묵을 방을 찾았다. 열쇠를 받는데 엉덩이까지 말려 올라간 스커트를 입은 여자가 로비에 앉아 있는 것을 보았다. 아주 많이 말린 스커트다. 그녀는 계속 봉지에 든 술병을 쳐다보았다. 난 계속 그녀의 엉덩이를 쳐다보았다. 아주 많이. 엘리베이터에 올라탈 때 그녀도 나와 같이 탔다.

"그 술을 아저씨 혼자 다 마실 거예요?"

"그럴 필요가 없으면 좋겠죠."

"안 그래도 돼요."

"좋아요."

엘리베이터가 꼭대기 층에 도착했다. 그녀가 몸을 획 돌렸고 난 그 희미한 움직임과 매끄러움을 보았다. 온몸이 떨리고 경련이 찾아왔다.

"41호실이네요." 내가 말했다.

"알았어요."

"그런데 자긴 신비주의에 관심 있는 거 아니지? 날아다니는 접시, 천국의 군대, 마녀, 악마, 주술 교육, 마법의 거울 같은 거."

"뭐에 관심 있냐고요? 이해를 못 했어요!"

"아무것도 아니야, 자기!"

그녀는 내 앞에서 걸었고 하이힐이 딸깍거렸고 흐린 복도 조명을 받아 몸매가 출렁거렸다. 못 기다리겠다. 우리는 41호실을 찾았고 난 문을 열고 전등을 켜고 잔 두 개를 꺼내 헹구고 위스키를 따라 한 잔을 그녀에게 건넸다. 그녀는 소파에 앉아 다리를 높게 꼬고 술잔 너머로 내게 미소를 지어 보였다.

괜찮을 것이다.

마침내.

한동안은.

음탕한 늙은이의 비망록

개정판 1쇄 발행 | 2024년 8월 30일

지은이 | 찰스 부코스키
옮긴이 | 공민희
펴낸이 | 이정헌
편집 | 이정헌
교정 | 노경수

펴낸곳 | 도서출판 잔
출판등록 | 2017년 3월 22일 · 제409-251002017000113호
주소 | 경기도 김포시 김포한강3로 432 502호
팩스 | 070-7611-2413
전자우편 | zhanpublishing@gmail.com
웹사이트 | www.zhanpublishing.com

표지 그림 | 이고은 | www.leegoeun.com
디자인 | DNDD | www.dndd.com
인쇄 | 공간코퍼레이션

ISBN | 979-11-90234-68-9 03840